# सिम्मी हर्षिता
# की
# लोकप्रिय कहानियाँ

# सिम्मी हर्षिता
# की
# लोकप्रिय कहानियाँ

सिम्मी हर्षिता

*प्रकाशक*
**प्रभात पेपरबैक्स**
4/19 आसफ अली रोड, नई दिल्ली–110002
फोन : 23289555 • 23289666 • 23289777 ❖ फैक्स : 23253233
इ–मेल : prabhatbooks@gmail.com ❖ वेब ठिकाना : www.prabhatbooks.com

*संस्करण*
प्रथम, 2016



*मूल्य*
एक सौ पचास रुपए

अ.मा.पु.स. 978-93-5186-900-9

*मुद्रक*
आर–टेक ऑफसेट प्रिंटर्स, दिल्ली

★

**SIMMI HARSHITA KI LOKPRIYA KAHANIYAN**
Published by **PRABHAT PAPERBACKS**
4/19 Asaf Ali Road, New Delhi-110002

ISBN 978-93-5186-900-9

₹ 150.00

जो सबकुछ दे और कुछ भी न ले,
ऐसे ही जन महिमाशाली
**डॉ. महीप सिंहजी** की
सतत कर्मशीलता का स्मरण करते हुए,
जिनकी पत्रिका '**संचेतना**' में मेरी
पहली कहानी
प्रकाशित हुई थी।

# दो शब्द

मुझे ऐसा नहीं लगता कि अपनी इन कहानियों को मैंने रचा है और मुझे इन पर कुछ कह सकने का अधिकार है। मैं इन्हें नहीं ये ही मुझे अणु-अणु गढ़ रही हैं—ये ही मेरे मानसिक और कलात्मक क्षितिज को धीरे-धीरे विकसित कर रही हैं—इन्हें लिखकर ही मैंने लिखना—जीवन को देखना और जीना सीखा है। हर कहानी लिखना लगन से एक नया और कठिन पाठ सीखना है—पानी के अंदर-ही-अंदर तैरकर नदी पार करने की यात्रा करना है—जमीन वहाँ तक खोदना है, जहाँ से पानी फूटने लगे। सामान्य मैदानी इलाकों में 35-40 फीट खोदने पर ही पानी निकल आता है, पर पहाड़ी-रेतीले इलाकों में दो-ढाई सौ फीट से भी अधिक खुदाई करनी पड़ती है। लिखना मुझे लगता है जैसे कोई गंभीर केस लड़ना हो। केस की अपील पंचायत, कचहरी, उच्च न्यायालय से चलकर उच्चतम न्यायालय तक दायर करनी पड़ती है और तब जाकर किसी सार्थक अर्थवत्ता का न्याय मिल पाता है।

इन कहानियों ने मेरे परिचय के संसार को विस्तृत किया है।

मैं इस सबके लिए इनके प्रति कृतज्ञ हूँ।

इन क्षणों में रवींद्रनाथ ठाकुर की 'गीतांजली' के इस गीत की मुझे याद आती है—

'कतो आजाना रे जानाइले तुमि।
कितने ही अनजानों से तूने मेरा परिचय कराया है।
कितने ही पराए घरों में तूने मुझे निवास का स्थान दिया है।
बंधु! तू दूरस्थों को निकट और परकीयों को आत्मीय बनाता है।
तुमसे परिचित होकर किससे अपरिचित रहूँगा?
कहाँ जाने का निषेध होगा?
कहाँ जाने से भय लगेगा?'

1969 में मेरी पहली कहानी 'अपने-अपने दायरे' प्रकाशित हुई थी। 45 वर्ष हो

चुके हैं। इस दौरान जो पाँच कहानी-संग्रह आए हैं, उन्हीं में से पृष्ठ सीमा का ध्यान रखते हुए इन लोकप्रिय कहानियों को चुना गया है। ये कहानियाँ मेरे चारों उपन्यासों से पहले आई हैं, जिन्होंने मुझे लेखक रूप में एक विशिष्ट पहचान दी। हर कहानी के साथ जुड़ी हुई है सहृदय और प्रबुद्ध पाठकों की प्रियता और कोई-न-कोई यादगार इबारत।

**—सिम्मी हर्षिता**

के-24, लाजपत नगर, III
नई दिल्ली-110024
फोन नं. : 29833602

# अनुक्रम

# आओ बातें करें

बचपन जब से आया है, बार-बार इसरार कर रहा है—"बूई, ऊपर चलो न अपने कमरे में!"

उस कमरे में ऐसा कुछ भी तो नहीं, जिससे बचपन का दिल वहाँ बहल सके। एक छोटा सा कमरा है, जिसमें किताबें हैं, टाइपराइटर है। गरमियों में सुबह से गई शाम तक सीधी पड़ने वाली धूप के कारण ऐसी तपिश है कि बिना मुरगी के सेए अंडे से चूजा निकल आए और जाड़े में कुलफी जम जाए। पर बचपन है कि जब भी यहाँ आता है, उसके मन को यही कमरा अपनी ओर बार-बार खींचता है। शायद अपने फैजी घर के कमरों की अनुशासित साज-सज्जा के सामने यह कमरा उसे बिल्कुल अलग मनमौजी और अजायबघर सा नजर आता है। पहले वह टाइपराइटर की टिक-टिप और उसकी घंटी की टनटनाहट सुनने मेज के पास खड़ा हँसता रहता था। अब टाइप करना सीखना चाहता है और याद दिलाता है—"बूई, मुझे एक कार्बन जरूर देना!"

इस कमरे में उसे अपने काम की कई चीजें नजर आती हैं, जैसे कि तरह-तरह के पैन-पैंसिल, रबर-कागज, फाइल, रंग-बिले ग्रीटिंग कार्ड आदि, जिन्हें वह ले लेना अपना सहज अधिकार समझता है। ऐसा यह प्रसन्नताभरा अपनेपन का निर्बाध साम्राज्य उसे इसी कमरे में नजर आता है। उसे पता है कि घर के दूसरे कमरों की कोई चीज इधर-से-उधर नहीं की जा सकती है। उन्हें सजावट के रूप में अपनी निश्चित जगह पर पड़े रहना होता है। उन्हें लेना बेतुकी शैतानी है और बदले में डाँट-डपट ही हिस्से में आती है।

"बूई, चलो न अपने कमरे में बैठकर बातें करें!" वह बार-बार बड़ों की दुनिया में से निकलकर बूई के पास प्रश्न बनकर आ जाता है। तो क्या यह इतनी लंबी-चौड़ी बूई उसे हमउम्र नजर आती है?

बातें? बचपन से? इस नन्हे से बातें? क्या बातें हो सकती हैं इस बच्चे के साथ?

क्या बातें करना और सुनना चाहता है यह बच्चा? ऐसा आग्रह तो इसने आज तक कभी नहीं किया! क्या शायद इसलिए कि पहले बूई उसे उस कमरे में ही बैठी मिल जाती थी और आज ऊपर जाने का नाम ही नहीं ले रही बातों और मेहमाननवाजी के चक्कर में फँसी हुई!

उसके माथे पर बिखर आए नन्हे-नन्हे बालों को दुलार से ऊपर सहेजकर मैं उसे विश्वास दिलाती हूँ—"अच्छा, अभी चलेंगे थोड़ी देर में!" यही उत्तर मैं पाँचवीं बार दे रही हूँ।

नन्हा अतिथि आर-पार देख सकने वाली दृष्टि से हँसता है, यह जानकर कि उसे टाला जा रहा है और रूठने के से भाव से केवल इतना कहता है—"हाँ! बूई?" मुझे लगता है, अब इस आग्रह को टाला नहीं जा सकता।

बचपन का मन रखना भी है और लगाना भी है—इस बोझिल दोहरे दायित्व के एहसास के साथ, दिन के तीन बजे थके मनोभाव से सीढ़ियाँ चढ़ने लगती हूँ। चाबी मैंने आगे भागते हुए बचपन को दे दी है, क्योंकि उसका बार-बार का उत्साही आग्रह कहता है—"बूई, मुझे कोई काम बताओ न। मैं आपकी हैल्प करूँगा!"

बचपन ताले के मुँह में चाबी घुमाकर उसका बंद मुँह खोल देता है। अंदर आकर वह पंखे का बटन नीचे करता है और सिर के बल लटका पंखा अलसाए ढंग से चक्कर काटने लगता है। मैं उसे एक ऐसी खूबसूरत पुस्तक निकालकर देती हूँ, जिसे कभी मैंने सागर के शहर बंबई से खरीदा था और जिसमें सब तरह की मछलियों की रंगीन तसवीरें हैं। बचपन उसमें रुचि लेगा, मुझे ऐसा लगता है और एक पत्रिका उठाकर पढ़ने लगती हूँ।

बचपन वह पुस्तक लेकर जल्दी-जल्दी सारे पन्ने पलटता है और एक मिनट में उसे परे रखते हुए कहता है—"बूई, यह किताब तो आपने पिछली बार भी दिखाई थी, जब मैं श्रीनगर से आया था!"

"अच्छा?" मेरी भुलक्कड़ याददाश्त सवालिया हो उठती है और मैं उठकर कुछ दूसरी रंग-बिरंगी पत्रिकाएँ उसके सामने रखकर फिर निश्‍चिंत हो जाती हूँ।

बचपन उन पत्रिकाओं को भी इधर-उधर से देख-पलटकर एक ओर रख देता है और अपने स्कूल की बातें इस तरह सुनाने लगता है जैसे कि वे उसके मन में ऊपर ही तैर रही थीं। वह उन्हें सुनाने-बतियाने के लिए ही इस कमरे के एकांत में आना चाहता था, जहाँ उन्हें पूरा-पूरा ध्यान दिया जा सके।

"ओह! मैथ्स के सर से मुझे बहुत डर लगता है! बड़े गुस्से वाले हैं! मम्मी से कहते हैं—"बचपन बहुत शैतान है! मैं इसे ठीक कर दूँगा!" अपने शैतान होने पर उसे बहादुरी भरी खुशी होती है।

''मेरी क्लास में एक लड़की है नंदिता! वह सब को रुला सकती है। वह सब को रुला देती है। मुझे भी। पर उसे कोई रुला नहीं सकता। उसमें बहुत कॉन्फीडेंस है! वह हर चीज में पार्ट लेती है। उसकी मम्मी स्कूल में पढ़ाती है न। पढ़ाती तो हमारी मम्मी भी है, पर वह हमारा फेवर तो नहीं करती न।''

बचपन मुझे बातों का रास्ता सुझा देता है। मैं उससे उसकी पढ़ाई की बातें करने की कोशिश करती हूँ—''तुम्हें कौन सा विषय नहीं अच्छा लगता?''

''मैथ्स।''

''कौन सा विषय अच्छा लगता है?''

''इंगलिश!''

इस उत्तर से मुझे उसके शैशव का प्रथम भाषा-युद्ध याद आ जाता है। मैं उसे उस याद की कहानी सुनाने लगती हूँ—''एक था बचपन। उसके पापा बड़े उत्साह से उसके लिए पहली किताब खरीदकर लाए थे और पढ़ाने बैठे—ए फॉर एपल।''

''हूँ। जे तो सेब है। मैं लोज सेब खाता हूँ।'' बचपन ने उनके ऐसे गलत ज्ञान पर हँसते हुए उत्तर दिया था।

पापा ने कहा—''दिस इज अनियन।''

बचपन ने कहा—''जे तो पियाज है। दादी लोज पियाज काटती है।''

पापा आगे बढ़े—''कैरेट।''

बचपन भी आगे बढ़ा—''हाहा। कैलेट नहीं! जे तो गाजल है! मैं लोज गाजल खाता हूँ। पापा, आप तो गलत पलाते हो! आपको तो कुछ भी पत्ता नईं! मैं आपको पलाऊँगा। जे शेल। जे मूली। जे संतला। मुझे सब पत्ता है! जे मिलच—सू ऊ! बोत कलवी। जे हाती मेला साती!''

पापा गरजे—''ज्यादा बकवास की तो बूथा लाल कर दूँगा! दिस इज एलीफेंट।''

उस एक धमकी ने गलत और सही भाषा का चुनाव तत्काल तय कर दिया था!

बचपन अपने भूले हुए शैशव की कथा सुनकर खिलखिलाता है। मैं पूछती हूँ—''क्या तुम्हें गाजर-मूली वाली वह भाषा ठीक से पढ़नी-लिखनी आती है?''

''हाँ। जब मैं उस दिन मम्मी के साथ बस में बैठा था तो आगे वाली सीट पर लिखा था—'बैठने से पहले सीट के नीचे देखें। लावारिस वस्तु बम हो सकती है। शोर मचाइए और इनाम पाइए।' मैंने सारा पढ़ लिया था।''

आह मेरे बच्चे। अब पढ़ने-सुनने को क्या यही कुछ रह गया है?

''अब प्रीति और तुम किस क्लास में पढ़ते हो?''

''मैं फिफ्थ में और प्रीति सिक्सथ में।''

''वाह। तुम दोनों बच्चे तो खूब बड़ी क्लास में आ गए हो! तुम दोनों को पढ़ना-

लिखना खूब अच्छा लगता है न?''

''नहीं। मुझे पढ़ाई अच्छी लगती है और प्रीति को पढ़ना अच्छा लगता है।''

मैं उलझे भाव से बचपन की ओर देखती, सोचती और पूछती हूँ—''यह कैसी पहेली है 'पढ़ाई' और 'पढ़ने' की? इन दोनों में फर्क क्या है भला?''

''फर्क यह है कि प्रीति को कॉमिक्स पढ़ना अच्छा लगता है, क्लास की पढ़ाई नहीं। मुझे क्लास की पढ़ाई अच्छी लगती है, कामिक्स पढ़ना नहीं। इसीलिए तो क्लास में मेरा दूसरा नंबर आया है!''

''अरे वाह। तुम तो बहुत समझदार हो गए हो।'' बचपन पलंग पर लेटे-लेटे किलकता है प्रशंसा पाकर और उसी उत्साह में वह काँच के गिलास को बार-बार उछाल कर गेंद की तरह लपकता है। मैं उसे मना करती हूँ—''यदि तुमने गिलास तोड़ दिया तो तुम्हारी दादी गुस्सा करेगी।''

''नहीं! दादी तो मुझसे डरती है! गुस्सा नहीं करेगी।'' अपने हठ के प्रति दादी की दुलारभरी कमजोरी वह खूब समझता है।

''अच्छा! तो तुम से कौन नहीं डरता?''

''मम्मी नहीं डरती!''

''तुम किससे डरते हो?''

''पापा से।''

''क्यों?''

''गुस्सा आने पर ऐसा स्लैप मारते हैं कि नील पड़ जाता है।''

''हूँ।''

''बूई, मेरे पापा बचपन में लड़ते थे न सब से?''

''बचपन में तो थोड़ा-बहुत सभी लड़ते हैं, पर बड़े होकर लड़ना-झगड़ना ठीक नहीं होता! उन दिनों यहाँ ड्यूक महाशय रहा करते थे। काले रंग का लंबा-तगड़ा! खूब बड़े-बड़े तीखे दाँत! मुझे तो उससे बड़ा डर लगता था और वह जरा भी अच्छा नहीं लगता था। इसीलिए शायद मैं भी उसे अच्छी नहीं लगती थी। मुझे देखते ही वह भौंकने लगता था और एक बार तो उसने मेरी टाँग पर अपने पंजे से गहरी खरोंच भी मार दी थी और तब तेजाब से उस जगह को जलाना पड़ा था। वह तुम्हारे पापा को सबसे अधिक प्यार करता था, क्योंकि सारी देखभाल वही करते थे उसकी। वह हमेशा उनके आसपास बैठा रहता था। इसी कारण सब भाई-बहनों पर उनका दबदबा छाया रहता और उनकी ज्यादती भी सहनी पड़ती। ड्यूक के डर के कारण घर में कोई न तो उनको ऊँचे स्वर में डाँट सकता था और न ही हाथापाई हो सकती थी। उनका उसे एक 'शूऽ' कहना ही काफी था। इस तरह एक तरफ आपके पापा और उनका वह भौंकू-झपटू अंगरक्षक और

दूसरी तरफ हम सब भाई-बहन बिना किसी हथियार के!''

बचपन खिलखिला उठा—''क्या आपकी मोहिनी बुआ से लड़ाई होती थी?''

''खूब! मैं उनसे दो साल छोटी हूँ न इसलिए झगड़ा मैं ही ज्यादा करती थी। क्या तुम्हारा प्रीति से झगड़ा होता है?''

''झगड़ा तो होता है, पर मजा नहीं आता। हम दो ही हैं न! जब झगड़ा होता है तो बातचीत बंद हो जाती है, इसलिए फिर जल्दी ही बोलना भी पड़ता है। नहीं तो फिर किस से बात करें? तीन-चार-भाई-बहन होने से मजा रहता है। एक से झगड़ा हो गया तो दूसरे से बात कर ली!''

''हूँऽ! भई अब तो सब को दो में ही गुजारा करना पड़ेगा। ज्यादा बच्चों वाले मम्मी-पापा को सरकार सजा देने की सोच रही है!''

''हूँऽ! अच्छा बूई, क्या आपको पेड़ और चिड़िया वाली कहानी आती है?''

''पेड़ और चिड़िया वाली तो कई कहानियाँ हैं। तुम किस कहानी के बारे में सोच रहे हो?''

''द्रोणाचार्य और अर्जुन वाले पेड़ और चिड़िया की कहानी। यदि द्रोणाचार्य मुझे पढ़ाते और मुझसे पूछते कि तुम क्या देख रहे तो मैं पता है क्या कहता?''

''क्या कहते?''

''गुरुजी, मैं देखना तो चिड़िया की आँख ही चाहता हूँ, पर इतनी दूर से चिड़िया की आँख कैसे दिखाई दे सकती है?''

''इसका मतलब है, छात्र अपने गुरु से कुछ सीखना नहीं चाहता। मोटी और बड़ी चीजें तो सभी देख सकते हैं, पर अपने गुरु का प्रिय शिष्य अर्जुन बनने के लिए तुम में वह बारीक चीज देखने की योग्यता और कोशिश होनी चाहिए, जो गुरु दिखाना चाहता है।''

एक चुप्पी के बाद एक सवाल गूँजता है—''बूई, क्या गॉड है?''

''अरे इन थके-अलसाए पलों में ईश्वर जैसी कठिन पहेली क्यों पूछते हो? नींद की बात करो। चाय की बात करो। दूध कहाँ से आएगा—यह सोचो!''

बूई की उलझन उसे मजा देती है—''नहीं बूई, पहले गॉड की बात करो। क्या वह है?''

इस बार उसके प्रश्न के साथ एक अंधा शोर मेरे अंदर धकियाता चला आता है। उखड़े अंतस को कीलों से पाट देता है और सारे उत्तर छीन लेता है। मैं पत्रिका में मुँह छिपाए निस्पंद अनसुनी सी बैठी चीखती रह गई हूँ—इन खौलते हुए अनीश्वरीय पलों में ईश्वर को क्यों पूछते हो, जिसमें अपना चेहरा देखना भी कठिन है! जब इनसान के होने में ही शंका होने लगे, तब ईश को क्यों कर सोचा जाए? पेड़ पर चहचहाती

चिड़ियों की बात करो—वर्षा में कल्लोल करती चिड़ियों का गीत गाओ—पहाड़ों की ऊँचाई नापती चिड़ियों की कहानी सुनाओ—बहती नदिया में से चोंचभर पानी ले जाती चिड़ियों का साहसी संतोष दोहराओ—हरियाली में टँके फूलों से पराग ले जाती चिड़ियों की पहेली बुझाओ—घोंसला बुनती चिड़ियों की कला और उत्साह निरखो—पर इस सवाल से अपने मुरदा घर के सूने आँगन में बैठी हुई दारुण विलाप करती युगों-युगों से निहत्थी उन चिड़ियों की याद मत दिलाओ, जिन्हें इस धरती पर कल रात धार्मिक पिशाचों के पंजों से बचाने इस बार भी कोई नहीं आया! उस 'ईगाखु' के नामलेवे मुरदार तमाशबीन पाशविकता का नंगा नाच और उसे यादों के कैमरे में कैद होता देखते-हँसते रहे, ताकि क्रूर निर्लज्जता को भी लज्जित करने की बहादुरी दिखा सकें!

हे मेरे दुलारे बचपन! कुछ मत कहो! कुछ मत पूछो आज! गॉड के होने की बात मत करो—उसे मार दिए जाने की बात करो! बात यह करो कि संसार में कितने लोग सचमुच जीवित हैं और कितने लोग जीते-जी अपने हाथों मर चुके हैं या मार दिए गए हैं! न जाने कब-कहाँ किस धर्म का बैल किसी परधर्मी को देखकर भड़क जाए और उसे सींगों से रौंद डाले! पता नहीं कब तक भेड़िया न्याय वाला बहानेबाज भूखा तर्क हमें हाँकता रहेगा? आओ, जीवन रहते जिंदगी की बात कर लें! आओ, कुछ ऐसा करें कि इनसानों के चेहरों पर साइनबोर्ड की तरह लिखे धर्मों और उनके ईश्वरों के नाम इनसान से पहले ही नजर न आ जाएँ। ईश्वर, गॉड, खुदा आदि सुनहरे शब्दों को आग में पिघलाकर कोई साझा ईगाखु गढ़ें। सेब को चाहे 'एपल' कहो या कुछ और—इससे उसके रंग-रूप-गुण और उसके हमारे रिश्ते में कोई अंतर नहीं आता—पर उस अदृश्य का नाम बदल देने से उसकी शक्ल-सूरत बदल जाती है और इनसान की सीरत बदल जाती है। इनसानियत का बँटवारा हो जाता है। अच्छा-भला इनसान गिरगिट की तरह रंग बदलकर अक्ल का अंधा-बहरा हो जाता है। हे अदृश्य! क्या तुम्हारी खोज मनुष्य ने इसलिए की थी, ताकि वह दिखाई देनेवाले इनसानों को तुम्हारे नाम पर सदियों-से-सदियों तक असीम दुःख दे सके? तुम्हारे नाम पर मनुष्य दूसरों को क्या केवल भीख की दलदल ही दे सकता है?

"लगता है गॉड की पहेली से डरकर बूई सचमुच ही सो गई है! बताओ न, क्या गॉड है?"

हठी प्रश्न फिर उठकर खड़ा हो जाता है और सोग मनाते संतप्त मौन को छितरा देता है। अपने अंदर रोती हुई रातों के अँधेरों में भटककर बचपन की मिठास के पास लौट आती हूँ तो जीवन का एहसास लौट आता है। इस बार उसका प्रश्न उसके पापा से जा टकराता है और हँसी आने को हो आती है। लगा जैसे कहीं कुछ नहीं बदलता और पीढ़ी-दर-पीढ़ी मनुष्य इस गोल धरती पर बैठा हुआ, उन्हीं गोल-मटोल प्रश्नों की गेंद

से खेलता-उलझता चला आ रहा है।

"तुम्हारे पापा लड़कपन में यही प्रश्न अपनी दादी से पूछा करते थे। दादी बड़ी गंभीर चिंता के साथ ईश्वर के होने के ढेरों तर्क दिया करती थीं, ताकि तुम्हारे पापा का ईश्वर के होने में पक्का विश्वास हो जाए। वे इस विश्वास को सही जीवन के लिए जरूरी मानती थीं, पर तुम्हारे पापा उनका कोई भी तर्क न मानने की जिद के लिए ही प्रश्न किया करते थे और उन्हें इस तरह खिझाकर खूब मजा लेते थे। वह उनके हर तर्क के उत्तर में बार-बार यही कहा करते थे—'यदि आपका भगवान् है तो दिखाइए!' यदि तुम भी अपने पापा की तरह ऐसी ही किसी जिद के लिए ही मुझसे यह सवाल पूछोगे तो मेरे पास दादी की तरह देने-बताने को बड़े-बड़े तर्क हैं ही नहीं।"

"बूई, यदि बड़ा नहीं तो कोई छोटा सा सबूत ही दे दो!"

"सबसे बड़ा और सबसे छोटा सबूत तो तुम खुद भी हो सकते हो। यदि इस धरती पर बचपन न होता तो यह दुनिया इतनी मीठी और नई न होती। अब तक बासी होकर टाँय-टाँय फिस हो चुकी होती!"

बचपन हँस दिया कुछ और सुनने की इच्छा से।

"इनसान और ईश्वर का रिश्ता एक भावना यानी फीलिंग का रिश्ता है, जिसे पनपने में युगों-सदियों का विश्वास और साधना लगी है, इसलिए उसे किसी एक 'हाँ' या 'न' में नहीं बाँधा जा सकता। भले ही हम ईश्वर को देख या दिखा न सकें—उसका होना या न होना सिद्ध न कर सकें—पर फिर भी यह भावना ही अपने आप में कितनी खूबसूरत है कि हम अकेले नहीं हैं—कोई शक्ति है, जो इस संसार के लोगों की शक्ति से बड़ी है—जो हमेशा हमारे साथ—हमारे अंदर है—कोई है, जिससे हम शिकवे-शिकायत कर अपने मन का बोझ हल्का कर सकते हैं—कोई है, जिसे इनसान की इनसानियत से प्यार है—जो यह चाहता है कि हम न कभी कमजोर पड़ें और न कभी डरें—न हार से हारे और न बुराई से बुरे बनें। युगों-युगों से मनुष्य की वाणी अपनी इस भावना का तरह-तरह से, तरह-तरह की भाषाओं में गुणगान करती आ रही है। वह भावना हमारी यादों का हिस्सा बन गई है और तुम भी आज उसे प्रश्न के रूप में याद कर रहे हो! याद तो याद ही है, चाहे प्रश्न के रूप में हो—चाहे उत्तर के रूप में हो—चाहे 'हाँ' के रूप में हो—चाहे 'न' के रूप में हो!"

"हूँऽ!" बचपन ने बड़ी सी हुंकारी भरी, जैसे कि मुझे आश्वस्त कर रहा हो। ईश्वर के चक्रव्यूह की कहानी सुनते-सुनते वह सो नहीं गया है।

"अच्छा बूई, यदि ईश्वर अधिक शक्तिशाली है तो इनसान के सामने कमजोर क्यों पड़ जाता है? कुछ लोग प्रेम से उसके घर बनाते हैं और कुछ लोग उसके घर को गुस्से से कभी जला देते हैं और कभी तोड़-फोड़ देते हैं! वह फिर भी चुपचाप देखता क्यों

रहता है? वह अपने घरों की रखवाली खुद क्यों नहीं करता? वह कोई करिश्मा क्यों नहीं दिखाता, ताकि लोग फिर यह गलत काम न करें। जैसे ही लोग गॉड का घर तोड़ें या जलाएँ वैसे ही उनका अपना घर भी जादू से धड़-धड़ टूटने और जलने लगे, तभी लोग सुधरेंगे और उससे डरेंगे।''

''तुम्हारे सारे सवाल ठीक हैं, पर एक सवाल यह भी तो है कि अपनी शक्ति का दिखावा या अहंकार करना क्या ठीक है? ईश्वर मनुष्य के क्रोध और ताकत के मुकाबले में गुस्सा, नफरत और घमंड से भरकर हर वक्त अपनी ताकत के करिश्मे दिखाता रहेगा तो फिर हमारे इनसान होने का तो सारा आनंद ही खत्म हो जाएगा। यदि ईश्वर ही अपनी शक्ति से सारे अच्छे काम करने लगेगा तो फिर मनुष्य के लिए कुछ अच्छा सोचने-करने और बड़ा होने के लिए क्या रह जाएगा? केवल खाना-पीना और लड़ना-झगड़ना? वह तो फिर टिंगु, जानवर या रोबोट बनकर रह जाएगा न? वह तो फिर हार से हारता चला जाएगा—बुराई से बुरा बनता चला जाएगा—डर से डरता चला जाएगा! अपनी नासमझियों को समझाना और गलतियों को गलत करना भूल जाएगा। अपनी इनसानियत को भी पूरी तरह से भूल जाएगा—वह इनसानियत जो उसे ईश्वर जैसा शक्तिशाली बना देती है—वह इनसानियत जिसके जागते ही सारी बुराइयों को गहरी नींद में सो जाना पड़ता है और सारी गलत बातें ठीक होने लगती है—वह इनसानियत जिसके न रहने पर इनसान भी नहीं रहेगा! ईश्वर के बदले इनसान ही क्यों न यह करिश्मा दिखाए कि वह अपने झगड़ों में ईश्वर को इस तरह से शामिल नहीं करेगा।''

बचपन विराम चिह्न की तरह हँस दिया और बोला—''हूँ!''

''अच्छा यह बताओ कि तुम्हें दिनजान में अच्छा लगता है या यहाँ?''

''मुझे तो यहाँ ज्यादा अच्छा लगता है! वहाँ तो बारिश बहुत होती है। शाम को जल्दी ही अँधेरा हो जाता है। अधिक देर तक खेल भी नहीं सकते वहाँ। और फिर यहाँ दिनजान से अधिक रौनक है। यहाँ आइसक्रीम मिलती है! वहाँ तो ठंडी चीज खाने को मिलती ही नहीं। खाली गरम-गरम समोसे मिलते हैं! बस, जब कुछ खाने की इच्छा हो तो समोसे खाओ! यह भी कोई बात हुई? पर वहाँ के समोसे इत्ते-इत्ते से होते बड़े टेस्टी हैं! बूई, हम घर से बाहर सैर करने कब जाएँगे? आइसक्रीम कब खाएँगे?''

''आज तुम न तो घूमने जा सकते हो और न आइसक्रीम ही मिल सकती है। तुम तो जानते ही हो न कि शहर में क्या हो रहा है?''

''हाँ, बूई! पर लोग एक-दूसरे को मार क्यों रहे हैं?''

सवाल झनझनाता चला जा रहा है। दिल धक सा रह गया है। हकबकाई सी उसे देख रही हूँ। ओह मेरे बच्चे! तुमने ऐसी भयानक बातें क्यों सुन ली हैं? मीठी-अल्हड़ पगडंडियों से होते हुए तुम इस अंधे कुएँ तक क्यों पहुँच गए हो? सावधान! कहीं तुम

उसमें गिर न जाओ! वर्षिल बूँदाबाँदी से चलकर आग की लपटों तक क्यों आ गए हो? पीछे हट जाओ! कहीं तुम जल न जाओ! यह सवाल उस सर्पीले अँधेरे में ले जानेवाला है, जहाँ तुम डर जाओगे। इसलिए इससे तुम दूर रहो!

एक बचपन से बातें करना इतना कठिन हो जाएगा, यह तो सोचा न था कभी। कभी चक्रव्यूह में फँसा देता है, कभी चक्रवात में! मेरे मिट्‌ठू! मैं तुम्हारे प्रश्न का सीधा-सपाट अखबारी उत्तर कैसे दे दूँ? कैसे कह दूँ कि उस धर्मवाले इस धर्मवालों को मार रहे हैं क्योंकि···क्योंकि···क्योंकि···! मैं कैसे किसी धर्म को तुम्हारी नजरों से सदा के लिए गिरा दूँ? मैं कैसे तुम्हारे सामने किसी धर्म को हत्यारों की भीड़ में शामिल कर दूँ? मैं कैसे धर्म की आँखों से करुणा के आँसुओं के बदले सच्चाई का खून बहते दिखा दूँ? और इस तरह तुम अच्छाई के बदले पहले बुराई से परिचित हो जाओ! नहीं-नहीं! तुम ईश्वर से बातें करो-तुम ईश्वर की बातें करो। धर्म की बातें अभी रहने दो, क्योंकि जिसे समाधान बनना था क्रूरता का, वह स्वयं क्रूर बनता जा रहा है! कभी किसी शहर से धर्म के शव उठ रहे हैं—किसी शहर से उसके जनाज़े उठ रहे हैं—और कहीं से ताबूत! उधर देखो, एक देश का भाग्यविधाता शासक अपने वासियों को क्या संदेश दे रहा है—किस तरह वह लोगों को पालतू भेड़ों की तरह हाँक रहा है—"जहाँ कहीं भी तुम्हें 'वे लोग' दिखाई दें—उन्हें मार डालो! इससे तुम्हारा 'वह' तुम से खुश होगा···!" जब तक मनुष्य निःशस्त्रीकरण के साथ-साथ ऐसे निःधर्मीकरण के बारे में कोई फैसला नहीं कर लेता, तब तक तुम मुझसे अपना यह सवाल मत पूछो, जिसका उत्तर मैं तुम्हें नहीं दे सकती।

यदि लोग किसी दोषी को मारते तो बात इतनी दारुण न होती। ये मारना यदि इकहरा हो, जिसमें केवल दूसरे को मारा जाता है तो भी बात इतनी चिंतनीय न होती। पर इस तरह से लोग लोगों को तो मार ही रहे हैं। साथ ही वे अपने आप को भी मार रहे हैं—अपने बच्चों के वर्तमान को मार रहे हैं—अपने जवानों के रचनाशील भविष्य को मार रहे हैं—रेगिस्तान की खेती कर रहे हैं और अपने विशाल नीले आकाश को गिद्धों की फड़फड़ाहट से ढक रहे हैं!

मेरे बच्चे! तुम धर्म, जाति और रंग को अपनी असली पहचान बनाने से बचकर रहना, क्योंकि जब ये चीजें मनुष्य को नरभक्षी बना देती हैं तब बेखबर बैठे इनसानों की हत्या पर खुश होकर, वह अपने धर्म, जाति और रंग का जश्न मनाता है।

मैं बचपन के प्रश्न के सीखचों में कैद निरुत्तर खड़ी हूँ। चाहती हूँ टाल जाना उस भयानक प्रश्न को अनसुना करके। पत्रिका में आँखें गड़ाए हुए शायद सच ही मैंने नहीं सुना, इसलिए वह फिर दोहराता है अपना सवाल और पत्रिका को हाथों से छीन लेता है—"बूई, लोग एक-दूसरे को जान से क्यों मार रहे हैं? सच-सच बताओ!"

कितना मासूम पर कितना भयानक सवाल! कितना सरल पर कितना कठिन सवाल! कितना मानवीय, पर कितनी अमानवीयता को दोहराता सवाल! कितना खूबसूरत पर कितना बदसूरत सवाल! कितना सभ्य पर कितना असभ्य सवाल! कितना सवालिया बना देनेवाला सवाल! सभ्यता के दावेदार हम इनसानों की पोल खोलने वाला सवाल! इनसानी इतिहास के सूरज की चुगली करनेवाला सवाल! तुम्हारा नाबालिग प्रश्न हम बालिग इनसानों पर लानत भेजने वाला! कैसे करूँ इस भयानक जहर की चर्चा इस इतने मीठे बचपन से?

मेरे बच्चे! कोई पशु अपनी ही शक्ल वाले पशु को जान से नहीं मारता। यह बहादुरी केवल मनुष्य ही करता है! पर शायद मनुष्य भी मनुष्य को नहीं मारता। मारते हैं वे एक दूसरे की पहचान को, स्वाभिमान को, देश को, धर्म को, जाति को, रंग को, भाषा को, दौलत को, शक्ति को, सभ्यता को, संस्कृति को और ऐसे हर मारक संदर्भ में वे नोचते हैं औरत को, रौंदते हैं उसकी अस्मिता को! उसकी पवित्र कोख में अपनी मांसखोर दरिंदगी थूककर ही वे अपनी हिंसा और बदले को पूरा हुआ समझते हैं!

लोग कभी हथियारों से एक-दूसरे की शरीरी हत्या करते हैं और कभी व्यंग्य, उपेक्षा, छूआछूत, घृणा और संदेह से एक-दूसरे की मानसिक और भावनात्मक हत्या करते हैं। शरीरी हत्याएँ दिखाई देती हैं, इसलिए वे खबर बनती हैं। मानसिक और भावात्मक हत्याएँ उतनी आसानी से, उतनी स्पष्ट दिखाई नहीं देतीं, इसलिए वे खबर की गिनती में नहीं आ पातीं, पर वह समय पाकर कभी-न-कभी विस्फोटक रूप धारण कर लेती हैं। इनसान सदियों-सदियों से इन दोनों तरह की हत्याओं के लावे में जल रहा है। सारे इनसानों को जीने का अवसर दे पाने के लिए शायद इस धरती को दूसरा जन्म लेना पड़ेगा!

हे प्रश्नशील! मैं तुम्हें क्या बताऊँ और क्या न बताऊँ? सच पूछो तो इस सदियों पुरानी दुनिया के पास अपने बच्चों को बताने योग्य कुछ विशेष है नहीं। जो है—जो वह किताबों के रास्ते से बंद कक्षाओं में बताने-सिखाने की कोशिश करती है—वह बताना नहीं बनना है—अपने नंगे सच को आदर्श के दर्जी से सिलवाकर शर्म के कपड़े पहनाना है थोड़ी देर के लिए। जो आज बताया-सिखाया जाता है—वह कल जीवन की खुली काली सड़क पर आकर झूठा सिद्ध हो जाता है—किताबी शब्दों के सुनहरे रंग बिखर जाते हैं और सामने आती हैं, मुरदा यथार्थ के सिर पर टँगी बदरंग तख्तियाँ। हम रंगे हुए सच को जीने वाले रंगे सियार हैं!

मेरे नन्हें! तुम्हारे प्रश्न के उत्तर में यह सब विष बुझा बताकर, मैं तुम्हारे इतने साफ-सुथरे और निर्मल-निश्छल सुगंध रचे मन पर मैल के छींटे कैसे डाल दूँ? दीवारों और गड्ढों, खंदकों और खाइयों से मुक्त तुम्हारे मन की सुंदर-समतल जमीन पर कंटीले झाड़-

झंखाड़ कैसे रोप दूँ? यह सब जानने से अच्छा है कि तुम कुछ भी मत जानो और इतने ही पवित्र तथा अविभाजित चिंतनशील मानसिकता के धनी बने रहो। अपने इसी समदर्शी मनोभाव में अपने यह और ऐसे असंख्य सवाल दोहराते-पूछते रहो इस संसार से। उत्तरों से भी अधिक जरूरी हैं सवाल। इस दुनिया को उत्तरों की उतरती सीढ़ियों नहीं—सवालों की उठती सूलियों की जरूरत है—सवालों के आईने में अपना बदल चेहरा देखने की जरूरत है—जरूरत है, इस दुनिया को सवालों से झाड़ने-बुहारने की!

मेरे प्यारे अतिथि! जितना पूरा, बेबाक और ललकारता हुआ तुम्हारा प्रश्न है—काश! वैसा ही उत्तर मेरे पास होता। तुम्हारा प्रश्न सिर उठाए खड़ा है और मेरे उत्तर सिर झुकाए खड़े हैं! तुम्हारे बचपन के सामने हमारा बड़प्पन लज्जित है—तुम्हारे प्रश्न के सामने हमारे उत्तर लज्जित हैं! तुम्हारे सवाल के सामने हम सब अपनी चुप्पी के आँचल में ही अपना मुँह छिपा सकते हैं।

मेरे मुख को जैसे सवाल ने सिल दिया है। चाहती हूँ कि बचपन को कोई आवाज देकर नीचे बुला ले, पर ऐसा नहीं हो पा रहा। बच्चों और बड़ों की दुनिया के बीच शर्म का परदा खींचते हुए, मैं किसी तरह केवल इतना ही कह पाती हूँ—''पता नहीं लोग ऐसे क्यों कर रहे हैं? लगता है, उन्होंने भी उस दुकान की शराब पी ली है, जिसे पीकर लोग पागल हो जाते हैं! शायद हमें कोई पुकार रहा है! चलो, देखें कौन है?''

□

# बनजारन हवा

"आज घर से बाहर जाने की क्या जरूरत है?"

"आज ही तो जरूरत है!"

"मतलब?"

"पहले तो नौकरी के लिए आवेदन-पत्र मँगवाते थे, पर आज ऐसा विज्ञापन छपा है, जो खुद आने को कहता है। क्या पता वहाँ पहुँचते ही नौकरी मिल जाए!"

"आज नौकरी के बारे में न सोचकर उसके बारे में सोचो, जो तुम्हें देखने आ रहा है! आज तुम्हारा बाहर धूल-धूप में भटकना ठीक नहीं।"

"ठीक है।"

"तो नहीं जा रही न?"

"बस गई और आई!"

नानी से लेकर दादी तक के सारे रिश्तेदार इसी शहर की गोद से खुमी की तरह निकले हैं और किसी पुराने पेड़ की जड़ों की तरह इससे चिपके हुए फैलते चले जा रहे हैं। ऐसा है उनका प्यार—'अपने इस शहर से बाहर जाना हमें तो मौत जैसा लगता है!' एक ही शहर में—एक से परिचितों—रिश्तों के बीच सारी जिंदगी गुजार देना कैसा बेढब विचार है। उनके इस मोह के कारण ही सरकार को अपने इस शहर का दायरा बार-बार बड़ा करना पड़ रहा है!

आभा के प्रति चिंतामुक्त होने के बाद गठरी की तरह बाँध-बूँध देनेवाली माँ-पा की ममता आज से मेरे लिए भी इसी शहर में से एक पतिया-अतिया की तलाश की खुशी में है। एक पतिराम भी कटोरी में दही की तरह जमा हुआ मिलने वाला है! यह कैसा तो एक गावदी विचार है! हर पल इस आकस्मिक दुर्घटना की चिंता मेरे आसपास मँडराती रहती है—अभी वह हादसा हुआ कि हुआ—अभी वह बौड़म आता कि आया मेरे जीवन को सदैव के लिए इस शहर के कुएँ में फेंक देने के लिए, यहाँ से बाहर जाने

की सारी संभावनाएँ सदा के लिए खत्म कर देने के लिए!

ओह! कैसा एकदम गोंदीला जीवन है, हर वक्त आलमारी में बंद पड़ी-अपढ़ी रहनेवाली पुस्तकों की तरह। कहीं कोई दूरी नहीं तय करने को, कोई पहाड़ नहीं पार करने को, नदी नहीं लाँघने को, समुद्र नहीं तैरने को! जहाज और रेलगाड़ी का आविष्कार जैसे मेरे लिए न हुआ हो। न गाड़ी मिली, न छूटी—न स्टेशन की भाग-दौड़ और शोर के भागीदार हुए—न किसी ने हाथ हिलाकर विदा दी, न हम किसी से विदा के दुःख-सुख में अँसुआए। न कोई हम से दूर गया—न हम किसी के पास आए! न दूरी ने यादों के जलतरंग जन्म को दिया—न किसी ने खत लिखने को रंग दिया। न खत लिखना सीखने की कला किसी काम आई—न कभी डाकिए को हमारा नाम-पता ढूँढ़ने की याद आई। जीवन एक तयशुदा समयसारिणी। मेरे पास सारा संसार है भूगोल के नक्शों और ग्लोब में। बस सबकुछ चिप्पू सा खेत में पसरा पड़ा, लता से लटका-सटका मुटियाता कद्दू।

गति के लिए धड़कनों में हर पल एक आकुलता धमा-चौकड़ी मचाए रहती है। मीलों दूर से सागर कहता है—मैं खारा हूँ! मैं नहीं मानती तो वह उफन उठता है। पर्वत कहता है—मेरी ढालवाँ चोटियों पर पानी दौड़ते-दौड़ते ठिठक और ठिठुर जाता है! मैं नहीं विश्वासती तो वह एक पत्थर मेरी ओर फेंक देता है। क्या छोटी सी बचकानी गिनती में समा जाने योग्य हैं इस विराटता के सारे आश्चर्य? मैं समेट लेना चाहती हूँ इसकी असीमता को अपनी दृष्टि के सीमांत में और खोज लाना चाहती हूँ कोई नव्यता!

कुछ पूर्वजों की विरासत ने—कुछ बुजुर्गों की सीख-सिखावन और रुकावट-टुकावट ने—कुछ संगी-साथियों की बतकहियों ने—कुछ छापेखाने ने—कुछ फिल्मों, रेडियो और दूरदर्शन ने गा-बजा दिया। कुछ वह चुगद बता देगा। रहा-सहा उसकी संतानें और बहू-बेटियाँ बता देंगी तथा शेष यमराजजी बता देंगे। पर मैंने अपने आपको क्या बताया? क्या खोजा और क्या पाया?

काश! मेरी जिंदगी होती एक बनजारन हवा! दिन-रात गति में गुम जीवन! एक से दूसरे दीप-अदीप में डोलता हुआ भय-अभय से दूर! मेरा विश्राम हर समय बिस्तरबंद बना रहता है और कदम किसी अपरिचित राह पर चलते-भटकते, अनजाना-अनदेखा तलाशते रहते। पर अपना यह जीवन तो है नकेल में बँधा एक ऊँट—अपनी छोटी-चपटी सी दुम से मक्खियाँ उड़ाता हुआ, ऊँट—आराम-विराम से जुगाली करता हुआ, ऊँट—पूरी हिफाजत और सावधानी से अपने अंदर पानी और भोजन भरकर एक-एक कदम नाप-तौल कर चलता, ऊँट—आसपास से निकलती किसी तेज सवारी की दहशत-वहशत से रुक-ठहर जानेवाला ऊँट—एक बार बैठकर जुगाली करने में लग गया तो फिर जल्दी ही न उठने वाला ऊँट, जिसकी हर करवट का मुझे पता रहता है और

जिसकी कोई कल ट़ेढ़ी नहीं!

मैं तो हूँ एक घोड़ा, जिसकी आँखों पर चढ़ा है दोनों ओर पट्टा चौड़ा, ताकि सामने की सड़क को ही केवल देखूँ और कहीं इधर-उधर न रेखूँ-पेखूँ।

सबकुछ कितना निरर्थक और नीरस—कितना उकताहट और सुस्ताहट का मारा हुआ! दीवारों-तारों से घिरा, वरदी पहने, कोर्सी किताबें और खाने का डिब्बा बैग में रखे, पानी की बोतल कंधे पर लटकाए—किसी हिफाजत की अंगुली पकड़े स्कूली बच्चा मेरा अस्तित्व! हर पल मेरे मन में ये स्कूली दीवारें फलाँगने की अड़ समाई रहती है। लगता है, अनजाने शांत-संतुष्ट-आज्ञाकारी दिन बीत गए हैं और अब हर हाल में अशांत-अनींदे-अवसादित रहना है कभी जग की वजह से, कभी मन के जगराते की वजह से, कभी पाई हुई तृप्ति की वजह से, कभी पाई हुई अतृप्ति की वजह से। कभी उदासी की कब्र खोदते रहना है, कभी खट्टे अंगूरों के लिए उछलते रहना है। जो चाहना है, उसे पाना नहीं-और जो पाना है उसे चाहना नहीं!

इधर एक बीमारी हो गई है चलने की। जैसे ही घर से एकाएक कहीं लापता हो जाने का विचार कौंध मारता है, अवसाद भरी गठरी का बोझ धड़ाम से नीचे गिर पड़ता है और बदरंग मन जगमगा उठता है। शिथिलता का पत्थर टूट जाता है—अटपटे निषेधक विचारों के जाले झड़ जाते हैं—एक स्फूर्ति और खुशी लबालब भर जाती है। खेलता-दौड़ता उत्सवी मनोभाव लौट आता है और तब लगता है कि जीवन केवल पपड़ियाई मिट्टी ही नहीं है। वह है ऐसा जल जिसमें हमेशा आकाश झिलमिला सकता है और अपना रंग घोल सकता है।

आज फिर मेरे पैर सैंडिल में धँस गए हैं और पैदल सड़क-दर-सड़क सटर-पटर करने लगे हैं। लापता होने के लिए भला चाहिए भी क्या? कदम और कदमों के लिए कैसी भी जमीन।

कदम और सड़क···पग और पगडंडी···। एक पथ पर कितने पथ-पैदल पथ···पार पथ···भूमिगत पथ···। एक पथ पर कितने निषेध—शराब पीकर गाड़ी मत चलाओ। सावधान! आपकी गति पर नजर रखी जा रही है। वक्रगति से गाड़ी चलाने का दंड पाँच सौ रुपए। छेड़छाड़ पर ससुराल जाने का दंड। लेन ड्राइविंग इज सेफ ड्राइविंग। नरक में जाने की जल्दी मत करो। सुरक्षा को जीओ और दूसरों को जीवित रहने दो···।

राह में एक बाग-बाग में एक बैंच, हिलते-डुलते पत्तों की छाया-हरियाली-सूखे पत्तों की टुपकाहट और मैं! नीचे पड़ा हुआ एक कागज बेचैनी से इधर-उधर फड़फड़ा रहा है न जाने क्यों? जैसे ही मैं उसे उठाती हूँ, वह टपकाने लगता है शब्दों के आँसू—

जिस बगिया में बच्चियाँ नहीं खेल सकतीं निर्भय उन्मुक्त हवा में
जिस आँगन में मुन्नू नहीं जी सकती वांछित होकर

वह बगिया और आँगन जीने योग्य कैसे हो सकते हैं?
जो संसार बच्चों का बचपन छीन लेता है, पेट की भूख के कारण
जो संसार मासूम की मासूमियत चीथ देता है, तन के वहशीपन के कारण
वह संसार जीने योग्य कैसे हो सकता है?
जिन घरों के घेरे में रिश्तों की पवित्र दीवारें ढह जाती हैं
वे रिश्ते और घर जीने योग्य कैसे हो सकते हैं?
जहाँ काँटों में फूल हँस न पाएँ
वे काँटे जीने योग्य कैसे हो सकते हैं?
ओह! यह जगह तो बहुत उदासी देती है। चलो कहीं और!

राह में बिछी एक नहर···नहर का किनारा···पीपल का घनेरा पेड़···पानी में मछलियों का खेल···लिखे हुए अनेक निर्देश—यहाँ तैरना मना है, यहाँ डूबना मना है, यहाँ मछली पकड़ना मना है। कंकड़-पत्थरों के साथ उदासी-नाराजगी और आनेवाले उस कनतूतर को पानी में फेंककर लौट आना!

गगनचुंबी इमारत की सीढ़ियाँ चढ़ते-चढ़ते ऊपर पहुँच जाना—कहीं पहुँचने के लिए नहीं, कूदने के लिए नहीं! आकाश की निकटता को अनुभव करना—अपने अंतस में मुक्त हवा को भरना, उस बजरबट्टू को ऊपर से नीचे धकेलकर उतर आना!

रेलवे स्टेशन···नन्ही पटरियों पर सरकती-लहराती चीखती विशाल रेलगाड़ियाँ··· चढ़ने-उतरने का एक साथ होता घमासान युद्ध··· । बिना टिकट सफरना है अपराध—लोग खेलते हैं, रोज यह खेल जब तक पकड़े नहीं जाते! मैं भी खेल रही हूँ इक खेल घर की पकड़ से दूर! पुल पर से उस हुड़कचुल्लू को नीचे गिरा कर लौट आना!

कदम···सड़क···सड़क पर चलती बातों के कदम—'इधर से आओ···बात बनी नहीं···अरे जूता मारो उसे! खों-खों···पों-पों···अटपट···साला। सटाक से गिरता पानी का परनाला। नाक-कान छिदवा लो···कान साफ करवा लो···फलश साफ करवा लो··· ।

चलते चले जाना और कहीं न पहुँचना या कहीं न पहुँचने के लिए चलते जाना···

चलते-चलते भूख का पौधा उग आया है—धीरे-धीरे बढ़ने-खिलने लगा है और उस पर घर कद्दू की तरह उग आया है अपनी हिफाजत-अनुशासन और सुरक्षा का झंडा-डंडा हिलाते हुए। भूख को भुट्टा थमा दिया है। भुट्टा घर दादा की तरह बोला, 'छि:! यों सड़क चलते हुए भुट्टा खाती हो!' मैंने उसे दाँतों से काट खाया। वह रोने लगा और मैंने तमाशा देखती भीड़ में अपने को शामिल कर दिया है।

साँप जो जहर है, साँप जो मौत है—इस समय दिल बहलाव और रोजी-रोटी बना हुआ है। लोग साँप को देख रहे हैं—मैं सपेरे को देख रही हूँ। साँप की तरह चमकीली उसकी आँखें, उसका चमकीला शरीर, उसकी चमकीली पीली बीन-बीन पर चिकने

चितकबरे साँप और सपेरे का लहराना। मैं सपेरे को देख रही हूँ—उसके हाव-भाव को देख रही हूँ। एकाएक लगा, मैं उसकी पुरुषीय सर्पीली दृष्टि के घेरे में आ गई हूँ! वह एकटक मुझे देख रहा है—देखे ही जा रहा है और बीन बजाता-लहराता जा रहा है, बिल्कुल मेरे सामने आकर···! मैं आँखें और मुंडी इधर-उधर घुमाते हुए उस पर यह जाहिर करना चाहती हूँ—मैं तुम्हें थोड़े ही देख रही हूँ। उन असहज लहरों में फिर एक पल को भी ठहर पाना संभव नहीं हो पाता। डर और घबराहट में वहाँ से चल देती हूँ। ओह! सपेरे की वे चिकनी-चमकीली आँखें साँप जैसी!

अरे वह घर दादा तो यहाँ भी मेरा पीछा कर रहा है अपने उपदेसों से—'अरी ओ! सोच-सँभलकर चल! यों न भटक सड़कों-गलियों में। अनदेखा कर पुरुषों की नजरों को अनसुना कर उनके फिकरों को और मेरी सुरक्षा में आ जा! क्या यह सब तुम्हें शोभा देता है किसी पुरुष के हावों-भावों को पढ़ना? तेरे माँ-पा तैयारी में जुटे हैं, उस महाअतिथि और परीक्षक-निरीक्षक के स्वागत में! घर को सजाया-सँवारा जा रहा है। लो रसगुल्ले और बर्फी भी आ गई है। लो तुम्हारी बहना आभा भी आ गई है, तुम्हें ठीक से सजाने-सँवारने के लिए ताकि 'वह देखते ही मुसकरा दे!'

मिल्क बूथ के अंदर बैठी दो लड़कियाँ। बाहर पंक्ति बनाती-तोड़ती भीड़···भीड़ को अनुशासन में रखता, डंडा थामे सीकिया पुलिसमैन···खिड़की के अंदर से झाँकती दो जोड़ी चंचल आँखें। खाली बोतलों के लेन-देन के साथ किशोर-युवा मुसकानों का आदान-प्रदान थमने को नहीं आ रहा। एक लड़की संशयात्मक व्यग्रता से मेरी ओर देखती है और चौकस आवाज में साथ वाली लड़की से कहती है—"पता नहीं ये कौन और कैसी लड़की है? कितनी देर से यहाँ खड़ी हमारे पीछे पड़ी है!"

चलो छोड़ो यह घूरती गुप्तचरी वाली बोड़हा हरकतें! किसी को यों शंका-कुशंका में डालकर परेशान करना क्या अच्छी बात है? लोग यातायात को सहज भाव से लेते हैं, पर ट्रैफिक जाम से घबराते हैं। सो अपनी गाड़ी स्टार्ट करो अब!

एक बारात चली जा रही है, खूब रौनक और धूम-धाम से। तृप्ता से जब कहा—"देखो, बारात जा रही है!" तो बेसुरेपन से कहती है—"जब एक बार अपनी बारात और उसका नतीजा देख लिया हो तो फिर बारात देखने की इच्छा नहीं रहती। बारात का मतलब है—बेढब जिम्मेवारियों और रिश्तों के चक्रव्यूह का आजन्म कारावास!"

याद आ जाती है आज की सुबह सुहावनी सी। लगभग सात का समय। एक नवब्याहता नंगे पाँव अपने घर के खूँटे से रस्सी तुड़ाकर भाग आई है। पीछे-पीछे अपने छोटे बेटे का कंधा थामे स्कूटर पर सास, उसके पीछे हवाई चप्पल में घसीटता हुआ खूँटा। उस खूँटे की मालकिन ने आते ही झपटकर बहू को दबोच लिया है। जूड़ा उसकी अंगुलियों की पकड़ में है और वह उसे पूरे दम से दाएँ-बाएँ मरोड़-खींचकर एक ही

सवाल बार-बार दोहरा रही है—"बोल! बोल! कहाँ जाएगी? हूँ? कहाँ जाएगी?"

वह न खिंचते बाल छुड़ाने की कोशिश करती है, न इधर-उधर से पड़ते चाँटे-मुक्कों का विरोध करती है और न उस मँडराते सवाल का जवाब देती है। वह न रोती है मार से और न क्रोधित होती है गालियों से और न किसी बदले में बहती है। शायद उसने बदला ले ही लिया है घर की दीवारें लाँघकर और सब को चौराहे पर ला खड़ा कर। वह शांत और सुरक्षित मनोभाव लिये खड़ी है, खुले वातावरण की निगहबानी में। अब कोई उसका कुछ नहीं बिगाड़ सकता।

"चल! चल वापस!" ठेलता-धकियाता हुआ आदेश। वह वापस भी नहीं चलती। पक्का मुँह बनाए नंगे पाँवों से धरती पर जस-की-तस ठस खड़ी रहती है—गालियाँ सुनती रहती है, मार खाती रहती है, अंगूठे से जमीन कुरेदती रहती है जैसे कि वह उससे ही अपनी दु:ख बीती कह रही हो। कोई राह चलता बुजुर्ग उसे समझाता है—"जाओ बेटी, अपने घर जाओ!" वह निर्विकार अनसुना चेहरा लिये खड़ी रहती है। लोग उत्सुकता से रुकते हैं, देखते हैं उसकी मेहँदी-तिल्ला-गोटा और चूड़ा—और चले जाते हैं। सास जब मार-खींचकर-गाली-गलौज कर थक जाती है तो हाँफने लगती है—तेजी से धड़कता दिल थामकर सड़क से लगे पैदल पथ पर बैठ जाती है और हाल-बेहाल सी पसीना पोंछने लगती है। सामने वाले घर से एक महिला हमदर्दी का गिलास ले आती है। उसे पिलाती है और शांत होने के लिए कहती है। शांति की बात सुनकर वह और अशांत हो जाती है—पूरी बेचारगी से जोर-जोर से साँस लेने लगती है—आँखें-नाक पोंछने लगती है। छोटा बेटा फिर स्कूटर पर आता है और माँ को घर ले जाता है। पति जो अब तक हवाई चप्पल में घसीटता दूर खड़ा-खड़ा चुपचाप माँ के तीरंदाजी करतब भोले बचुए की तरह देख रहा था, अब पत्नी के पास आता है और उसे घर चलने के लिए कहता है। हर कथन, आग्रह और प्रश्न का एक ही उत्तर आ रहा है—नकार की मौन अड़। सात से आठ, आठ से साढ़े आठ। इस बीच वे चलकर पेड़ की छाया तले आ गए हैं, सीधी पड़ती धूप से बचने के लिए। कोई रिश्तेदार आकर खूँटे को कुछ समझाता है। जमी हुई स्थिति में हलचल होती है। वह पत्नी को लेकर बस स्टॉप की ओर चल पड़ता है, जिस ओर वह घंटे भर से लगातार देख रही थी।

मैं बारात के संग-संग चल पड़ती हूँ। एक स्वर दूसरे से पूछता है—"राधा के क्या हालचाल हैं?"

दूसरा स्वर उतराता है—उसकी गाय गुम हो गई थी। मिल गई है।"

दोनों स्वर हँस पड़े—"भाई यह हाल तो गाय का है, राधा का नहीं!" पहला स्वर बोला।

"स्वतंत्र रूप से किसी व्यक्ति का क्या हाल और क्या चाल? हम से जुड़ी-तुड़ी चीजों का हाल ही तो हमारा हाल-बेहाल बन जाता है। दावा तो बहुत है मैं का, पर आखिर हम हैं क्या?"

उसे सुनकर मुझे अपना हालचाल याद आ गया। आज एक उल्लू-पुल्लू शाम को मुझे देखने आनेवाला है, पर मैं उसे नहीं देखना चाहती। तब मैं शाम तक क्या करूँ? क्या यों ही सड़कें नापती चलूँ? उस नौकरी की ही खबर क्यों न ले ली जाए? शायद वह मेरा ही इंतजार कर रही हो! इसी ओर ही तो है वह जगह!

भटकते-चलते मुझे ध्यान आया कि शहर का यह भाग तो शायद मैंने पहले कभी देखा नहीं! इतने वर्षों में भी यह शहर मेरे लिए कितना नया है, क्योंकि मैंने इसे कदमों से नापा नहीं। या शायद मेरे दिमाग का नक्शा ही ऐसा बोदा है कि मुझे व्यक्तियों, जगहों, मकानों और सड़कों के नाम तथा स्थिति ठीक से याद नहीं रहती। हर बार उन्हें नए सिरे से ढूँढ़ना-सुलझाना पड़ता है। यहाँ तो देखे-अदेखे का अजब घालमेल हो गया है! दारा रोड! शकरपारा रोड! पर अर्जुन रोड तो कहीं दिखाई नहीं देती। यहीं कहीं तो मैंने देखा था उसे पिछली बार! किसी राहगीर से पूछा तो उसने कहा"'इधर।"

मैं इधर भी गई, उधर भी गई और अर्जुन रोड के बदले दुर्योधन रोड पर पहुँच गई। सड़क के एक घेरे से निकलकर, दूसरे घेरे में और फिर तीसरे घेरे में। एक तिपहिए वाले से पूछा—"अर्जुन रोड किधर है?"

"आइए, बैठिए।" उसने झटपट कहा और मैं सम्मोहित सी, घबराई सी, डूबती सी, उतराई सी उस तिनके पर बैठ गई। जब उसने तिपहिया चालू किया तो दिमाग में प्रश्न किया—'तुमने उससे कहा क्या था?'

'अर्जुन रोड कहाँ है?'

'और उसने क्या कहा?'

'आइए, बैठिए!' अरे ये तो मुझे अनाड़ी-कबाड़ी समझकर भगाए लिये जा रहा है!

"अरे स्कूटर वाले! ठहरो! तुम कहाँ लिये जा रहे हो? तुम से किसने कहा था अर्जुन रोड चलने को? उतारो मुझे!" मैं कहते-कहते चिल्ला पड़ी।

"लाइए, पैसे लाइए इतनी दूर के!"

"कैसे पैसे? दूर कहाँ? अभी ही तो बैठी हूँ और अभी ही तो उतर गई हूँ!" मैं झटपट उतर कर चल दी अटपटाती चाल में।

"पागल लगती है यह लड़की!" मुझे इस वाक्य में क्रोध के बदले अपना बचाव नजर आया। मैं चुप सामने दिखने वाली लंबी काली सड़क को तेजी से नापने लगी। एक बार जल्दी में पाँव मुड़ गया और सैंडिल की तनी टूट गई। एक बार साड़ी पाँव के

नीचे आ गई और गिरते-गिरते बची। पीछे से कार सर्र करती, मुझे धूल में रौंदती हुई निकल गई। स्कूटर वाला आगे से पीछे की ओर तथा फिर पीछे से आगे की ओर थोड़ी-थोड़ी देर बाद निकल जाता कहता हुआ—''चलो केवल एक रुपए में पहुँचा देता हूँ!''

अरे तो क्या इसने सचमुच ही मुझे पागल समझ लिया है? एक लसूड़ा घर पर आ रहा है और कई लसोड़े राह चलते मिल जाते हैं!

मैंने बचाव के लिए भीड़ को इधर-उधर ढूँढ़ा तो घर दादा ने हाँक लगाई—'अरी ओ मूर्खा! तेरे मन की ये फितूरबाजी और सूनी सड़कों पर भटकती करतूतें, यदि तेरे माँ-पा को पता चलें तो वे क्या सोचें? मत भूल कि तू एक लड़की है और लड़की को हर कदम पर सावधान रहना पड़ता है!'

चलो गोली मारो उस साक्षात्कार को! कौन सी वह नौकरी मुझे ही मिलने वाली है? खुद तो बहुत चल ली। अब क्यों न दूसरों को चलते हुए देखा जाए? इस जीवन में कुछ और न बन पाएँ, पर इतने भी गए-गुजरे तो नहीं कि दर्शक भी न बन पाएँ! यदि दुनिया में दर्शक न होते तो सारे सांस्कृतिक क्रिया-कलाप ठप हो चुके होते। दर्शक जाति की अपनी ही महिमा है, जो करोड़ों की फिल्म को एक नजर में हिट और पिट करती है!

आहा! फिल्म का नाम लेते ही मेरे मुँह में पानी आ गया है! अपने फिल्मी उत्साह की चपेट में जो भी मेरे आसपास होता है, उसे मैं अपने साथ बहा ले जाती हूँ। लोगों को उनके जरूरी काम बिसरा देती हूँ और इनकारी के सारे दरवाजे-खिड़कियाँ बंद कर देती हूँ।

हे श्रीमान! कहीं आपके मुँह में भी तो पानी नहीं आ गया? मेरे ये सारे न्योते सिर्फ अपनी जाति वालों के लिए होते हैं। विरोधी जाति वालों के प्रति मेरे मन में एक असंवैधानिक भावना भरी हुई है यानी छुआछूत की भावना! इस आधार पर आप मुझे भी गावदी और बौड़म कह सकते हैं। इसीलिए तो मैं उस देखने आनेवाले बौड़म से भाग रही हूँ! किसी की इतनी हिम्मत कि मुझे देखे और नाप-तौल कर मुझे पास-फेल करे! इसीलिए तो मैंने हर टिंगु-पिंगु को पहले ही फेल किया हुआ है। कोई कटहल पहले पास होकर तो दिखाए और फिर मुझे पास करने की बात करे!

एक बार की बात है कि एक थे हमारे सज्जन पड़ोसी, जो फिल्मेरिया रोग से ग्रस्त थे। किसी फिल्मोत्सव पर टिकटों की पूरी कॉपी उनकी जेब में विराजमान रहती और वे दिन-रात किसी-न-किसी फिल्मालय में। जब उन्हें मेरी इस फिल्मी बीमारी का पता चला तो बड़े प्रसन्न हुए। जैसे ही उनकी पत्नी अंदर की ओर मुड़ी, वे झटपट बोले—''कल तीन बजे जुबली पर आ जाइएगा!''

इससे पहले कि मैं कोई प्रतिक्रिया व्यक्त कर पाती, उनकी धर्मपत्नी चाय की ट्रे

लेकर आ गई! तब जो होना था, वही तो हुआ। उनके सम्मान में मुझे जुबली पहुँचना पड़ा यह कहने के लिए—"मेरा फिल्म देखने का मन नहीं है (आपके साथ)!" उन्होंने टिकट वापस कर दिए।

"तो चलिए कहीं बैठकर चाय पी लें!"

"चाय पीने का भी मेरा मन नहीं है (आपके साथ)!"

"फिर जो आपका मन हो वही करें!"

"मेरा घर जाने का मन है!"

"घर तो जाना ही है, मन हो या न हो! कितना अच्छा होता कि हम फिल्म देखते! एक फिल्म परदे पर चल रही होती—एक फिल्म हमारे मन में चल रही होती।"

मैं हँसी और वहाँ फिट हो सकने वाले किसी मुहावरे के बारे में सोचने लगी। मुहावरा तो याद नहीं आया—टी.वी. का परदा सामने आ गया, जिस पर लिखा था—रुकावट के लिए खेद है!

वह मेरे जीवन का एक यादगार दिन है, जब मैंने पहली बार अकेले फिल्म देखी थी या कहो कि देखनी पड़ी थी। वह भी ऐसा ही एक भगोड़ा दिन था।

वह बिल्कुल पहली बार थी कि कोई लड़के की माँ रात नौ बजे पधारी थी आभा को देखने-परखने के लिए। वह अपने किन्हीं परिचितों के साथ दूसरे शहर से आई थी और उसे हमारे ही घर ठहरना था। शेष लोग कहीं और ठहरे हुए थे और अपने किसी दूसरे काम से आए थे। इस तरह अचानक रात को आ धमक पड़ने के कारण घर की हवा में एक सहमी हुई गहमह समा गई थी और साथ ही एक तनाव भी। खाने की मेज पर जूठे बरतन लापरवाही से पड़े हुए थे। सारे दूध का दही जमा दिया गया था और उसे चाय पीने की तलब भी। दादी दबी जुबान में माँ को आड़े हाथों ले रही थी। ऊँचा बोलने-हँसने-लड़ने पर प्रतिबंध लागू हो गया था। उस औरत को खुश करने के लिए उसे घी-दूध की नदी में डुबो दिया गया। गले तक पेट को पाटकर वह मुटल्ली रातभर खर्राटे भरती रहती। दो रात और दो दिन की घनघोर सेवा और दिल बहलाव के बाद प्रातः पाँच बजे उसे विदा होना था। आभा बरामदे में खंभे के पास किसी लज्जालू और प्रत्याशा भरी लता की तरह सिर झुकाए, उसे विदा देने खड़ी थी। आकाश पर सुबह का तारा टिमटिमा रहा था। आभा का चेहरा चुनाव में अपनी सफलता के दो सांकेतिक बोल सुनना चाहता था, सुनना पड़ा वह मुंछड़ी हमारी दादी से कह रही है—"आपकी छोटी लड़की का रंग और कद-काठ हमें पसंद है!"

और फिर न जाने कितनी बार देखा-देखी हुई थी और आभा बी.ए. से एम.ए. और बी.एड. तक पहुँच गई थी और तब उसने एक दिन चुपचाप अपनी बाँह में सुई घुसाकर छोड़ दी थी और फैसला कर लिया था ब्याह न करने का और धीरे-धीरे मर जाने का!

ऐसे ही हताशा भरे दिनों में एक बार फिर लड़के वाले एकाएक बिना किसी निश्चित सूचना के अपनी सुविधा के अनुसार रविवार की सुबह दस बजे आ धमके थे। घर के सारे कमरों के दरवाजे बैठक की ओर मुख किए हुए थे। केवल एक गुसलखाना ही था, जिसका दरवाजा पिछवाड़े की ओर खुलता था। मुझे बदहवास दौड़कर वहाँ छिप जाना पड़ा, ताकि देखा-देखी के उस अपमानजनक तुलनात्मक भाव-तौल से हम सब बच सकें! देखने आनेवाले मूरखों को क्या पता कि आभा कितनी प्यारी और मीठी बहना है मेरी, कितना प्रेमभाव और बड़प्पन है उसमें! और मैं एक गावदी और झगड़ालू विचार—कोई न गुजार सके, जिसके साथ दिन चार! अरे यह चिट्टी चमड़ी न देखो—दूध से धुला वह चेहरा तो देखो! कद का यह लट्ठ न देखो—शादी का उसका हठ तो देखो!

बीच-बीच में आभा आ जाती और मेहमाननवाजी का सामान मुझे भी थमा जाती। उसके चेहरे पर एक चमकती खुशी झिलमिला रही थी, जो मेरा हौसला बढ़ा रही थी गुस्तखानी बंदिश और गंध को सूँघते रहने का। तभी एकाएक यह सूझा कि क्यों न पास के किसी सिनेमाघर में चली जाऊँ? इस हवादार विचार के आते ही मन खिल उठा। लगा कोई बड़ा भारी क्रांतिकारी जन्म ले रहा है! उधर माँ का वही खटराग कि नानी-चाची के यहाँ चली जाऊँ। क्रांति का दमन करने की साजिश! आभा ने मुझे कुछ रुपए थमाए और मैं पिछवाड़े की तारें टाप गई।

सिनेमाघर पहुँचते ही क्रांति के गुब्बारे की हवा निकल गई। पहले गुस्तखाने का पटरा हावी था और अब दुनिया की पटरी हावी हो उठी। सोच में एक ही बात पिटपिटाने लगी—मैं फिल्म देख रही हूँ, अकेले ही फिल्म देख रही हूँ, लोग क्या सोचते होंगे? कि ऐसे अड़बंग काम करनेवाली अच्छी लड़की कैसे हो सकती है? लोग मनपसंद फिल्म देख रहे थे और मैं अपने को देखे जा रही थी उनकी नजरों में! परदे पर क्या हो रहा है—कुछ भी उचटे हुए ध्यान में नहीं आ पा रहा था। तीन बजे लोग अपने घरों को जा रहे थे और मैं बाहर आकर रिक्शेवाले से कह रही थी—"जगत ले चलो।" उसने अपनी टोहती नजरों से मेरी ओर एक पल ध्यान से देखा। मैं उसकी नजरों को न देखकर इधर-उधर ताकने लगी लापरवाही से यह जाहिर करने के लिए कि यह कोई ऐसी खास बात नहीं कि तुम मुझे ऐसी आँखों से देखो! यदि देखना है तो मेरे इरादे को देखो और वह तुम देख नहीं सकते। सुनने में कहीं कोई गलती तो नहीं हो गई। इसलिए उसने दोबारा पूछा—"जगत चलना है?" मेरी "हाँ" पर उसने अपने चेहरे पर बेमन सा भाव लिये हुए मुझे बैठा लिया और पाँच मिनट में जगत पहुँचा दिया। उसे सवारी से अधिक सवारी के रंग-ढंग की चिंता थी। ये रंग-ढंग भी कैसा दुष्ट है, जो वक्त-बेवक्त बीच में टपक पड़ता है और रिक्शेवाले की नजरों से हमें गिरा देता है!

जगत में कोई पुरानी-धुरानी सी फिल्म शुरू हो चुकी थी, इसलिए चारों ओर एक

निर्जन-निर्णीत सन्नाटा छाया हुआ था। उस अजनबी सी साँय-साँय के कारण डर और शंका मन की पुलिस चौकी में पंख फड़फड़ाने लगी। लगा जैसे रात के अँधेरे में किसी उलूक ने किसी निरीह चिड़िया को धर दबोचा हो—एक असहाय चीत्कार और नुचे-बिखरे हुए कुछ पंख सुबह के झुटपुटे में! टिकट कहाँ मिलता है—प्रवेश द्वार किधर है—यह किसी नैतिकता के दोषी की तरह पूछना पड़ा। बालकनी की सीढ़ियों के सूनेपन से घबराकर दो बार नीचे उतरना और चढ़ना पड़ा। किसी खतरे की हालत में भागने की सुविधा के लिए दरवाजे के पास वाली सीट पर ही बैठ गई। उस घने अँधेरे में आँखें फिल्म देखने के बदले जासूसी करने लगीं—यहाँ आगे औरतें बैठी हैं···वहाँ भी एक औरत बैठी है सफेद साड़ी में···डर-चिंता की कोई बात नहीं···पर इन सबने सफेद कपड़े ही क्यों पहने हुए हैं? जब किसी तरह घड़ी देखते-देखते मध्यांतर हुआ तो देखा—सफेद धोती-कुरता पहने, पान चबाते, सिगरेट सुलगाते इक्का-दुक्का खतरे! इससे पहले कि फिल्म पूरी तरह से अपने अंत पर पहुँचे, मैं भागती हुई सी नीचे उतर आई जैसे कि पीछे कोई कूकर-सूकर लगा हो! गुसलखाने में भोजन करते हुए पता लगा देखनहारे सात बजे की गाड़ी से नहीं जा रहे—अभी रातभर और ठहरेंगे, अब वे बाहरी नहीं भीतरी व्यक्ति हैं! आभा ने कलाई में से सुई निकाल दी है! या रब!

उस दिन को याद करते हुए मैं अपने एक परिचित फिल्मालय में जा पहुँची हूँ। ओह! टिकट खिड़की ने तो बड़े गुमान से अपनी बाँहें समेटी हुई हैं! प्रवेशद्वार के पास रंग-बिरंगे शब्दों में 'हाउस पुल' यानी रोशनी गुल का स्वागत बोर्ड टँगा हुआ है। 'फुल' का फूल फूल-फूल कर कह रहा है—'ये नया फिलिम इसी हफ्ते ही तो लगा है—बहुत अच्छा है—सारा शहर टूट पड़ा है—तुम क्यूँ पीछू खड़ा है—अंदर आऊ न—तुम शायद टिकट न मिल सकने की लाचारी में घिर गया है—हाउस फुल का मतलब यह तो नहीं कि टिकट नदारद है—ये तो खाली शब्द हैं—इनके अर्थ कहीं और हैं—हिम्मत है तो ढूँढ़ लो!'

वह कलूटा हमेशा की तरह बाहर 'फैंसी ब्रेड पकोड़े' की दुकान पर छुपा बैठा होगा, इंतजार करता हुआ मुझ जैसे किसी कठफोड़े का! उसके पास जाकर कहा—"एक फिल्मी ब्रेड पकोड़ा तो देना!" उसने पानू बत्तीसी निकालकर पच्चीस रुपए में एक कलचोंचा टिकट थमा दिया! मैंने शान से उस भीड़ के समंदर में अपनी नौका ठेल दी!

तयशुदा जोड़े विरल हैं। हाथों में फाइल थामे कॉलेजी लड़के-लड़कियों का अविच्छिन्न प्रवाह। जैसे कि फिल्म के ये शुरुआती दिन विशेष रूप से केवल उन्हीं के लिए हों। वे अलग-अलग हैं, फिर भी संग-संग दिखाई देते हैं। शायद यह हवा में उड़ती हुई एक उम्र विशेष है, जो उन्हें जोड़ रही है। कॉलेज और घर के बीच खड़े फिल्मी तालाब में एक साथ लुकीछिपी डुबकी! बड़े हो जाने का पारदर्शी अहं और एहसास!

चारों ओर बातों का संगीत···बातों की चहलकदमी! कितने चेहरे···चेहरों के पोस्टर···फिल्मीकट चेहरे···धक्कों का रोमांस करते चेहरे···फिकरे कसते तमाशायी चेहरे···सीधे-सरल उत्सुक चेहरे···टिकटबाज शिकारी चेहरे···इन सब के बीच हाथ में डंडा थामे—चौकसी की टोपी लगाए दो पुलीसी चेहरे··· !

मैं अकेली हूँ—अकेली ही रहना चाहती हूँ—पर अकेली दिखना नहीं चाहती। किसी साथ की तलाश में आँखें इधर-उधर दौड़ती हैं। उधर अपनी जाति का एक झुंड खड़ा है। वहाँ जाना ठीक रहेगा। मैं उनकी दीदी बनकर उनके पास जा खड़ी होती हूँ! वे व्यस्त हैं अपनी ही दुनिया में। शायद बहुत दिनों बाद वे दूरभाष से समय तय कर मिली हैं और बीच के अंतराल को बातों से पूर लेना चाहती हैं। एक-दूसरे की कोई बात पकड़ से छूट न जाए इसलिए चारों टकराहट की सीमा तक पास-पास घिर आई हैं। गतिमान प्रसन्नता और उत्साह में वे एक-दूसरे का छेड़नाम हवा में उछाल देती हैं और मैं उन्हें लपक लेती हूँ।

''ताश! भाई वह कब आ रहा है?'' मैं चौकन्नी हो जाती हूँ। कौन वह? तो ताश का कोई चक्कर चल रहा है। हूँऽ! ताश है भी तो खूब रं।-बिरंगी!

ताश नाराज हो जाती है इस सवाल से—''लूडो! कम-से-कम आज तो उसका नाम मत लो यार! पिक्चर का सारा मूड बिगड़ जाएगा। मेरा दिल धुकड़-पुकड़ करने लगा है। मैं तो रोज प्रार्थना करती हूँ कि हे भगवान्, तू मेरी एक आँख ले ले, पर मुझे पास कर देना! '' अरे यह तो पढ़ाई चोर है!

लूडो एक आँख बंद कर खतरे का संकेत करती है—''तब तेरे को ही सब फूँऽ कर चले जाएँगे!''

अब बात 'फ्रेंड-फियांसी' पर आ जाती है और कैरम तथा शतरंज की नोक-झोंक शुरू हो जाती है। 'वह' शतरंज से कैसे और कब मिला था—क्या-क्या कहा था—क्या पिलाया था और यह कैसे बन-बन के बोल रही थी—''···मेरी तो हँसी छूटी जा रही थी!''

शतरंज बनावटी नाराजगी में अपना गोल-मटोल सिर हिलाती है—कैरम को तरेर कर देखती है—मुसकराती है।

ताश की सैंसरशिप शुरू होती है—''हूँऽ! वह भी कोई लड़का है? कहती थी, बड़ा स्मार्ट है! फूऽ!'' जैसे कि किसी बेचीज को फूँक से उड़ा रही हो। आसपास का सबकुछ नापसंद उसके लिए फूऽ है।

शतरंज अपना बचाव करते हुए कहती है—''ओह! इट इज द अदर वे राउंड, ताश! मैंने उसे कभी लिफ्ट नहीं दी। वही मेरे पीछे पड़ा है!''

बात सरक कर अपने-अपने हीरो तक पहुँच गई। लूडो अपनी तरंग में आ जाती

है—''एक ज्योतिषी ने कहा है कि मेरी शादी किसी एक्टर से होगी। मुझे मेरा वह बहुत पसंद है! तकिए के नीचे उसका चित्र रखकर सोती हूँ और उठते ही उसकी सूरत देखती हूँ। सच, वह मेरे लिए बड़ा लक्की है! पर ओह चौकस-चौकोर मम्मी-अम्मी! जमाना बदल जाए, पर ये मम्मियाँ कभी नहीं बदलेंगी!''

ताश लूडो की पसंद पर अपनी टिप्पी देती है—''क्या पसंद है! फूऽ! तेरे उस डैशिंग हीरो में तो अब जरा भी एट्रेक्शन नहीं रहा! क्या खेतों में गदहों की तरह ढैंचू-ढैंचू करता है और बंदर की तरह पेड़ों के चक्कर काटता है! इंगलिश हीरो हीरो होते हैं रियल सैंस में। हाउ बोल्डली दे हैंडल द हिरोइन ऐंड हाउ रुथलेसली दे लीव हर! ओ माई डियर क्लार्क गेबल। कम आउट फ्राम द ग्रेव विद योर सिनिक स्माइल ऐंड मैरी मी!''

''ताश! तेरे लिए मुझे बड़ी चिंता है। तेरे सामने चुनने का समय आ गया तो तू क्या करेगी?'' शतरंज मुसकराई।

ताश खिलखिलाई—''मम्मी को भी मेरी चिंता है। उन्होंने मुझसे मेरी पसंद की लिस्ट माँगी है। दस-बीस और पिक्चर देख लूँ तो फिर लिस्ट बनाऊँगी। दादा कहते हैं—पिक्चर मत देखो! यह कैसे हो सकता है? खाना मत दो, पर लेटेस्ट पिक्चर दिखा दो। हर बार पूछ कर देखी होतीं तो सारी मिस हो चुकी होती और जीवन रेगिस्तान बन चुका होता।''

''अरे नहीं! कब्रिस्तान बन चुका होता!'' वे खिलखिलाई।

एकाएक उनकी सारी चहक टिकटों की विशालकाय चिंता के नीचे दुबक गई है—पता नहीं जाली ने टिकट लिये भी होंगे या नहीं? चारों सिर इधर-उधर घूमते हुए वक्त को चिंता से घूरने लगे हैं। तभी उन्हें सामने से जाली आती दिखाई दी है और उसने टिकटों के बदले पैसे आगे बढ़ा दिए हैं। जाली ने उनके आगे से परसी हुई पत्तल हटा दी है और वे लार टपकाती रह गई हैं। अब क्या होगा इनका?

''हो गई न इंसल्ट हमारी!''

''कर दिया न हमें बोर!''

''इस वक्त न हम घर जा सकते हैं, न कहीं और!''

''कल जब मैं टिकट लेने आई थी तो वे खत्म हो चुके थे!''

''तो फिर फोन क्यों नहीं किया?''

''मैंने सोचा, कोई दूसरी पिक्चर देख लेंगे।''

''नहीं, नहीं! हमें तो यही देखनी है। नहीं तो ये मिस हो जाएगी! ओ माई गॉड! जाली, यू आर रियली मैलंकली। हम वापस नहीं जाएँगे!'' वे रुआँसी हो आईं। कबूतरी चेहरों पर टिकट की जिद्दी चिंता किसी शिलालेख की तरह खुद गई है। तभी जाली ने

टिकट किसी विजेता की तरह लहरा दिए हैं। फूले हुए चेहरे फूल बन गए हैं।

"ओह यू जाली! यू चीट!"

"यू नीड अ गुड बीट!"

"यू आर सो स्वीट!"

"डियर, डोंट स्टैंड इन दिस हीट!" एक समवेत खिलखिलाहट दिशाओं को छू आई।

पाँचों चिड़ियाँ टिकटों के पंख लगाकर अंदर उड़ गई हैं और मुझे फिर उस मूसलचंद की याद आ गई है, जो खूब सैंट-वैंट लगा रहा होगा परीक्षक बनने के गरूर में! उसके हिस्से में तो आज शाही आतिथ्य है और अपने हिस्से में है दस पैसे का ठंडा पानी। अब उस डंठल को भूलकर अंदर चलें सपनों की दुनिया में!

शो छूटते ही सारे प्रत्याशी उत्सुक शोर के साथ जादूघर में प्रवेश करने लगे हैं। लगता है, सजी-धजी बारात चल रही है और द्वारपाल द्वारचार की रस्म पूरी कर रहा है। शतरंज के मोहरे अपनी-अपनी जगह ले रहे हैं। क्रम-क्रम से अँधेरा हो रहा है और परदा प्रकाशित होता जा रहा है और उसके साथ दर्शकों का मन भी। उस अँधेरे में कुरसी-प्रदर्शक अपनी टॉर्च से एक गतिशील दूधिया सड़क बना रहा है देर से आनेवालों के लिए।

अब मेरा घूमंतु मन-ध्यान मेरे पास लौट आया है और इस बात के लिए चिंतित है कि मेरे दाएँ-बाएँ न जाने कौन आकर बैठेगा? हमजाति हो तो कितना अच्छा हो! लो, एक मटका मेरी दाईं ओर की सीट पर आकर पसर गया है और मैं बाईं ओर सिमट आई हूँ। मेरा मन बेवजह उस मोटे-सोटे के साथ शत्रुता ठान बैठा है और जूडो-कराटे की बौछार उस बेचारे पर करने लगा है। वह थककर सोया ही क्यों न रह गया अपनी राशन की दुकान पर?

लो सब से पहले परदे पर बाजार आकर बैठ गया है। बाजार के बाद बाजारू राजनीति आ गई है। सबको परे हटाकर सैंसर की कैंची परदे पर तैरी है किसी अभिभावक की तरह। एक शब्दहीन गुंजार—एक प्रसन्न लहर आई है और फिर एक उत्सुक चुप्पी छा गई है। अब हम सब अद्वैतभाव से परदे की ओर मुखातिब हैं। कला के इस नए खजाने का कुछ भी आँखों के दायरे से छूट नहीं जाना चाहिए!

अँधेरे में टटोलते हुए दो लोग मेरी बाईं ओर की खाली सीटों पर आ विराजे है। मेरा ध्यान एकदम से उचटकर खड़ा हो गया है चौकसी की मुद्रा में। मैं अब निश्चित और लापरवाह भाव में फिल्म नहीं देख सकती। इधर-उधर हिलने-डुलने पर—मुसकराने पर कड़ी पाबंदी!

मेरे कंधे पर कुछ पूछने के ढंग से हाथ रखते और फिर उठाते हुए बाईं ओर का

शत्रु बोला—"फिल्म शुरू हुए कितनी देर हो चुकी है?"

यह सोचकर कि अँधेरे में ऐसा हो ही जाता है और जब आने से पहले ही मनपसंद फिल्म शुरू हो चुकी हो तो और भी सो बता दिया—"पंद्रह मिनट।"

"अच्छा! अखबार में तो सवा तीन का ही समय दिया हुआ है! लगता है फिल्म लंबी है।" कुछ पल बाद वह फिर पूछता है—"शुरू में क्या हुआ है?"

मेरा गुस्सा फट ही तो पड़ता है—"मुझसे क्यों बात करते हो? उससे करो न जो तुम्हारे साथ आया है!" उसकी नीयत के प्रति संदेह और तनाव और घबराहट में लगा, अँधेरा गुंडागर्दी पर उतारू है!

"ओह! मैंने सोचा कोई लड़का बैठा हुआ है!" वह अपनी भलमनसी की सफाई देते हुए बोला। पारदर्शी अँधेरे में मेरी ओर मुखातिब उसकी चमकती आँखें और मुसकराते चेहरे के बीच सफेद दाँत किसी शैतानी खतरे की घंटियाँ बजाने लगे। मैं इसे लड़का नजर आ रही हूँ साड़ी में भी और आवाज में भी! घोंचवा कहीं का! तेरे पेट में मरोड़ उठें और तू पूरा टाइम शंटिग करता रहे!

अब पिक्चर को देखना क्या बस ढोना है वक्त काटने के लिए! एक झाड़ घर पर आ गया होगा और दो झाड़ यहाँ बैठे हैं मेरे दाएँ-बाएँ!

लो अब बायाँ बैंगन दाएँ वाले से पूछने लगा है .कि अब तक क्या हुआ है? दायाँ बेपेंदी का लौटा मजे ले-लेकर बता रहा है कि कैसे तोता तोती से छेड़खानी कर रहा था! एक यमदूत पायीरियायी गंध से और दूसरा तंबाकू से मुझे कृतार्थ करने की कोशिश कर रहा है! मेरा खून खौलने लगा है। मन हुआ दोनों का जबड़ा तोड़ दूँ—गरदन मरोड़ दूँ! अरे मेढको! क्यों टर्रा रहे हो? कभी दाँत-आँत भी साफ कर लिया करो! अरे कहाँ की निकल आई तुम दोनों पोसतियो की दोस्ती चने-भठूरे जैसी?

अरे केकड़े! लगता है कमजोर हैं तेरे फेफड़े! क्यों अटपटे ढंग से बार-बार खाँस रहा है?

अरे मकड़जाल! ठीक नहीं लगते तेरे भी हाल! तेरा पैर क्यों कुदक-फुदक रहा है मेरे पैर के पास?

अरे! ये क्या हो रहा है? ये बायाँ घाघ तो मेरी ओर सरकता चला आ रहा है! मेरी बाजू के साथ अपनी छिपकली जैसी बाजू सटा रहा है! हूँऽ! अब यह चीमड़ मुझे सचमुच की लड़की समझने लगा है!

लगता है, इस मोटड़े-पोतड़े के मन में भी तोतड़े का भूत प्रवेश कर गया है! तभी तो अपनी कुरसी में फिट नहीं हो पा रहा! मैं सिकुड़ती जा रही हूँ और यह फैलता जा रहा है!

ये दोनों चींटे तो मेरी चैन की बंसी को तोड़े चले आ रहे हैं। अरे फफूँद की

औलादो। अरे कूतड़ो-लूमड़ो। अरे गीदड़ो। अरे बिल्ली के ख्वाब में छींछड़ो। अरे मछड़ो। तुम पर मैं तोप नहीं मच्छरदानी लगाऊँगी। मैंने झट पे 'क' के ऊपर 'ऐ' लगा दिया—"हाऊ···आऊ···ऐं···ऊँ···आँ···आऊच···!"

बाईं ओर का मछरंग एकदम से परे हटकर चड़बड़ाया—"अरे-रे! ये क्या कर रही हैं यहाँ? बाहर जाइए!"

"मुझे डर है कहीं आप लोगों के कपड़े खराब न हो जाएँ! मेरी तबीयत···आऊच।"

दूसरा मछरंग अपने बचाव की हमदर्दी में खटाक से उछल पड़ा—"आप इधर कोने वाली सीट पर आ जाइए!"

'क' के सिर पर 'ऐ' के डंडे लगते ही मेरी कुरसी की सीमा के दोनों दुश्मन धराशाई हो गए हैं! अब मैं इन किलकिलों-पिलपिलों के साथ निर्विघ्न फिल्म देख सकती हूँ! मुँह के आगे रूमाल रखकर और सिर पर पल्लू ओढ़कर फिल्मी अँधेरे में हँस सकती हूँ! एक चक्करी बाहर की भी लगा आती हूँ, जहाँ गरम-ठंडा बिक रहा है।

परदे पर सबकुछ सनातन सलीके से चल रहा है! मियाँ की दौड़ मसजिद तक, तोते की दौड़ तोती तक! तोता-तोती एक-दूसरे को चोंच मारने के बाद चोंच भिड़ाने लगे हैं। उनके साथ उनका एक मित्र ऊदबिलाव भी है, जिसका काम हर वक्त खींसे निपोड़ना है। तभी बीच में एक उलूक कूद पड़ता है, जिसका कभी कोई अपना मौलिक चुनाव नहीं होता। नकलची कहीं का! वह भी तोती के साथ गीत गाना चाहता है इसलिए उसे उड़ा ले जाना चाहता है। उस उलूक की साजिश सफल होती है और तोते के दिल में तोती के प्रति प्रेम नफरत में बदल जाता है। तोती ने अपने प्रिय तोते की याद में रोना और गाना शुरू कर दिया है। लोगों ने पॉपकॉर्न खाना शुरू कर दिया है!

मेरा पड़ोसी मोठदेव अपने पड़ोसी सोंठदेव के साथ कथा बाँचने लगा है—"एक थे फुमन गुरु। उन्हें किसी दूसरे गाँव जाना था। घूम-फिर कर अपने ही गाँव के सामने आ पहुँचे और अपनी गाल के मुँहासे को दबाते और दर्द से मुँह सिकोड़ते हुए प्रसन्न हैरानी से कहने लगे—'अरे! यह घर भी अपने ही घर सा है!' यदि आज फुमन गुरु होते तो उसी खुशी और हैरत से कहते—'अरे यह फिलिम भी अपनी पिछली देखी फिलिम जैसी है! क्या ऊपर वाला कुम्हार अब खोपड़ियों के साँचे और लुगदी एक जैसी बनाने लगा है?"

छह बजते-बजते परदा अखाड़ा बन गया है और ठाँ-डूँ होने लगी है, ताकि नतीजा देखने के लिए लोग जाग जाएँ। सवाल है—एक तोती। जवाब हैं दो—तोता और उलूक! वे दोनों अपना दारापन और शेटीपन दिखा रहे हैं। तोते के हाथों उलूक को बार-बार धूल चाटनी पड़ रही है। उसकी एकाध हड्डी भी तोते ने तोड़ दी है! तीन घंटों का किस्सा खत्म करने के लिए उधर से बंदर सेना आन पहुँची है और उलूक को रस्सियों से

बाँध दिया है। तोता तोती को लेकर बैंड-बाजे के साथ शादी करने चल पड़ा है। सारी उठा-पटक में ऊदबिलाव के हाथ में भी एक ऊदबिलायी आ गई है! बेचारे उलूक को केवल लार और मार ही मिली!

मोटरामजी! अब जरा कुरसी छोड़ दीजिए देशप्रेम के लिए! देखते नहीं झंडा लहरा रहा है। सीधे खड़े होने के बदले आप तो उबासियाँ ले रहे हैं और कमर सीधी कर रहे हैं। अरे कैसे देशभक्त हैं आप और आपका वह पड़ोसी चोंचराम।

लौटती भीड़···भीड़ के अस्पताली चेहरे···चेहरों पर मातमपुरसी। बाहर खड़ी उत्साही और उत्सुक उमड़ती भीड़ को व्यंग्य से देखते हुए एक व्यक्ति लड्डू का ढेला मारता है—"हीरो-हीरोइन के नाम पर सारी पब्लिक पागल हो गई है!"

कुछ चेहरे बहुत प्रसन्न हैं—"नीलू यार! अच्छा हुआ जो वह अपने मामाजी का दोस्त मैनेजर मिल गया। वरना बड़ा अफसोस होता पॉकेटमनी खर्चने का। सब सालों की पिक्चर पास से ही देखनी चाहिए!"

भीड़ में खो गई चिड़ियों की चहकार फिर सुनाई पड़ने लगी है!

लूडो—"इन प्रोड्यूसर-डायरेक्टरों के दिमाग में तो पंकचर हो गया है! अब कोई पिक्चर नहीं देखेंगे!"

शतरंज—"हाँ। बस अब केवल वो वाली पिक्चर देखेंगे। सुना है, बहुत अच्छी है। उसमें मेरा वो है न!"

ताश—"तू हमेशा यही कहती है और फिर···!"

कैरम—"अब घर जाकर यह मत कह देना कि फिल्म अच्छी नहीं थी। नहीं तो सब हमारा मजाक उड़ाएँगे कि जैसे मक्खी गुड़ पर···"

तभी एक युवक फिल्मालय के मुहाने पर प्रतीक्षित रंग-बिरंगी भीड़ को देख, हाथ फेंक-फेंककर चिल्लाने लगा—"एकदम बोर और बेकार! जंग खाया डिब्बा! कोई मत देखना।"

उसका दोस्त उसे खींचकर बाहर ले जाता है और धीरे से पूछता है—"अरे गावदी यार! तू किसे सुना रहा है ये सब?"

"अरे हम तो पागल थे जो देख ली, पर कम-से-कम दूसरों का तो भला कर दें!"

उनके संवाद से मुझे भी गावदी-बौड़म की याद आ जाती है, जो अब तक आकर शायद चला गया होगा और माँ-पा गोलगप्पा बने बैठे होंगे। अब क्या किया जाए? कौन सा सच और झूठ का खट्टा-मीठा पानी उन गोलगप्पों के लिए तैयार किया जाए?

जब घर दादा के पास पहुँची तो देखा कि वहाँ तो मजे से शाम का शो चल रहा है! एक बगुला बैठा रंग-बिरंगी मछलियों से हँस-हँसकर बतिया रहा है। अपने कुनबे की

सारी लड़कियों इकट्‌ठी हैं देखा-देखी का लालबुझक्कड़ी तमाशा देखने के लिए! उन लड़कियों में से एक फुलझड़ी उस लाल फीते को पसंद आ गई है! चलो, मेरा भटकना सार्थक हुआ और उसका भी काम हो गया!

सुना है कि जोड़े स्वर्ग में तय होते हैं—पर जो जोड़े नरक में जीते हैं, उनके रिश्ते कहाँ तय होते हैं?

□

# आत्मकथा का मनोभाव

नानी आजकल राजधानी में अपने जीवन के 'अंतिम' दौरे पर आई हुई है अपनी नन्ही सी अटैची के साथ, जिसमें पहनने के लिए तीन-चार जोड़े कपड़े हैं। अपनी सारी बेटियों के पास क्रम से अपने संबंधों के आधार पर कुछ घंटे या कुछ दिन रहने का कार्यक्रम है नानी का। 'क्या भरोसा इन साँसों का? फिर कभी मिलना हो या न हो!' ये शब्द नानी की यात्रा के साथ टिकट की तरह जुड़े हुए हैं। सबसे मिल-भेंटकर नानी फिर सरायपुर लौट जाएगी—अपने उस कमरे में जहाँ नानी की सारी गृहस्थी समाई हुई है। उस कमरे में सारी चीजें इस तरह क्रम से लगी हुई हैं कि उन्हें पकड़-थामकर नानी इधर से उधर घिसट-सरककर पहुँच जाती है और धीरे-धीरे अपनी नन्ही सी गृहस्थी और जीवन की सारी दिनचर्या निबटा लेती है। जब से नानी के बाएँ हाथ-पाँव पर पक्षाघात ने नाराजगी जाहिर की है, तब से नानी के चौबीस घंटे उसी कमरे तथा उससे जुड़े गुसलखाने तक सीमित होकर रह गए हैं। जब तक नानी को बाईं ओर से ठोस पकड़ या सहारा न मिले तब तक कदम आगे नहीं बढ़ पाता। यदि नानी लाठी टेककर चल पाती तो कोई परेशानी नहीं थी। कहाँ नानी के दुनिया नाप लेनेवाले कदम और कहाँ वर्षों तक एक ही कमरे की परिक्रमा!

एक दिन नानी की अर्धाली उम्र में उनके पति शाम को थक-हारकर लौटे थे और बोले, '...अब मुझसे नहीं होता। मैं थक गया हूँ।' नानी ने हौसले से कहा था, 'तुमने बहुत किया! अब मैं करूँगी!' और नानी एक पहिए वाली गृहस्थी की गाड़ी को लेकर दौड़ पड़ी थी। उस पल उसके अंदर पहली बार अपने महत्त्व का खुशनुमा एहसास जागा था। हर वक्त भागने-दौड़ने वाली अनथक और दुरुस्त नानी को अब जैसे किसी ने खूँटे से बाँध दिया है—उसके जीवन की फैली टहनियों-पत्तों को जैसे, किसी ने छांग दिया है। चारों ओर बिखरे-फैले नानी के संसार को एक ही पल में अपने में सिमट-सिकुड़ जाना पड़ा। जब दौड़ में तीव्र गति से दौड़ते धावक को एकदम से रुकने के

लिए कहा जाए तो वह सँभल नहीं पाता, गिरने-पड़ने को हो आता है—नानी वर्षों इसी गिरी-पड़ी मनःस्थिति में रही। पैर नहीं भाग पाते थे, पर मन की आदत भाग उठती थी। नानी की स्थिति बेहद गंभीर हो गई थी—बच सकने की आशा से दूर। पर नानी के अंदर के स्पंज ने उसके जीवन की इस विडंबना को भी अपने में सोख-समेट लिया और नानी ने चलने-दौड़ने के बदले घिसटना स्वीकार कर लिया।

नानी के असहाय से बुढ़ापे में भी एक उत्साह और स्वीकृति है। वह क्योंकि पुरानी नानी है इसलिए उसके पास ढेरों पहेलियाँ हैं—कथाएँ हैं—गीत हैं—एक शांति है—एक स्थिरता है—एक अवकाशीय मनोवृत्ति है—घुलमिल जाने का तरल भाव और हँसी है। नई नानी पता नहीं कैसी होगी? क्या नई नानी भी बूढ़ी होगी? क्या उसके बाल भी इस नानी की तरह सफेद दिखाई देंगे या वह उन्हें जीवनपर्यंत काला करती रहेगी? क्या उसके चेहरे पर भी झुर्रियों की लहरें होंगी या वह त्वचा की 'प्लास्टिक सर्जरी' करवा लेगी? क्या उसे कोई कहानी आती होगी? यदि आती होगी तो क्या कहानी सुना सकने के लिए उसके पास तनावहीन-थकनविहीन-कुंठारहित-शांत-संतुष्ट-स्वस्थ फुरसत और द्रवित मनःस्थिति होगी?

बातों के लिए नानी हमेशा फुरसत में रहती है। पर जब नानी अपनी यात्रा पर होती है, तब तो उसका उद्‌देश्य ही बातें होती हैं। अब तक की बातों की जमा पूँजी एक साथ उसे बाहर निकालनी पड़ती है। वह आँगन में खुशनुमा और निश्ंचित, चारों ओर के वातावरण का बारीक जायजा लेती हुई बैठी होती है। पास से निकलते हर आते-जाते नाती-नातिन को आग्रही लाड़-दुलार से कहती है, 'आओ, बैठो न!' यह संबोधन की सुविधा नानी को अपने कमरे में नहीं है। और तब नानी की कोई-न-कोई खिलखिलाती हुई पद्यबद्ध आदिकालीन कथा या फुलझड़ी शुरू हो जाती है। नानी खुद भी हँसेगी और सुनने वाले को भी हँसा देगी। बच्चों के बीच बैठकर हल्के-फुल्के ढंग से बतियाने-हँसने की यह सुविधा भी नानी को अपने उस कमरे में नहीं है। नानी की कहानी या किसी फुलझड़ी के बीच उसकी बेटी या दामाद पास से गुजरते हैं तो नानी सहमकर चुप हो जाती है और उनकी गंभीरता और अनुशासन का खतरा टलते ही बात फिर आगे बढ़ने लगती है। पर नानी के पास दिलबहलाव ही नहीं आश्वासन, आशावाद और आशीर्वाद भी रहता है। वह आधुनिक नाती-नातिन, जिनके पास इस कामकाजी और डिग्रीधारी दुनिया में बेकारी की बोझिल उदासी है या परीक्षा की चिंता है या नतीजे की निराशा है, नानी उसे यह वायदा देती है कि घर जाकर वह उसके लिए पाठ करेगी, माला फेरेगी, भगवान् के दरबार में सवा रुपया अरदास करवाएगी और तब देखना, समस्या अपने आप हल होगी। पर नानी अपना भाग सुरक्षित रखते हुए यह पूछना कभी नहीं भूलती कि जब काम हो जाएगा तब मुझे क्या दोगे? नानी का यह सवाल तसल्ली

के रंग को और भी गाढ़ा और पक्का कर देता है। नानी यह समझाना भी नहीं भूलती कि कठिन दिनों को किसी तरह चुपचाप काट दो, भले दिन अवश्य आएँगे।

कभी पूछो नानी से, 'नानी, उम्र बढ़ने पर मन पर उसका क्या प्रभाव पड़ता है? विरक्ति? उदासीनता संसार और उसकी चीजों से?'

नानी उत्तर देती है, 'उम्र का कोई प्रभाव मन पर नहीं पड़ता। बड़ा बदमाश है मन। चाहता है जाते-जाते और संसार को जी ले, खा-पहन ले अच्छा-अच्छा!'

नानी की आँखों में मोतियाबिंद उतर आया है हल्का सा। दिखाई देनेवाला संसार कुछ धुँधला गया है, पर कानों और दाँतों पर कोई असर उम्र का नहीं पड़ा। पूरे बत्तीस बिना दर्द या कीड़े के। सुनने की शक्ति भी नानी की बहुत बारीक और सावधान है। हल्के से भी शब्द कान में पहुँच जाते हैं। अब नानी आँखों के बदले कानों से ज्यादा काम लेने लगी है। बैठी हुई नानी का सिर इधर-उधर हिलता-घूमता रहता है। सुनकर देखती हो जैसे नानी।

नानी का जैसे कायाकल्प होने को है। माथे पर चाँदी से बालों में हल्का सा साँवलापन आ गया है। 'नानी, अब तुम जवान होने वाली हो! देखो, तुम्हारे बाल काले हो रहे हैं!' नानी खिलखिलाकर हँस देती है। हर मुसकराती बात पर खिलखिलाहट नानी का रंग है।

''आओ, बैठो न!'' मेरा पास से गुजरना होता है और नानी का यह वाक्य न चाहते हुए भी मुझे अपने पास बैठा-बाँध लेता है।

बस, अब नानी फिर मेरे विवाह का किस्सा छेड़ बैठेगी और फिर दोनों में कहा-सुनी हो जाएगी। नानी के अनाधिकार और मेरे अधिकार में फिर टकराव हो जाएगा। नानी जो कुछ कहेगी, पहले से ही उसका अंदाजा लगाकर चित्त बेस्वाद, बेसुरा और ऊबा हुआ हो आता है।

''तुमने न जाने किस-किस पर कहानी लिखी, मुझ पर नहीं लिखी!'' नानी बिना किसी भूमिका के एकाएक एक अनोखी-अनहोनी सी शिकायत मुझे थमा देती है।

मेरी आँखें चौंककर नानी की ओर एकदम सीधा और दो-टूक देखती हैं और सवाल करती हैं—नानी पर कहानी? नानी तो कहानी सुनाती है। भला नानी की अपनी भी कोई कहानी होती है? 'नानी' शब्द अपने में किसी कहानी की संभावना या आकर्षण से कोसों दूर नजर आता है। चेहरा अविश्वासी हो उठता है, जैसे कि नानी और उसके जीवन के महत्त्व को नकार रहा हो। आँखों और चेहरे पर जो भाव आकर टँग गए हैं, वे ठंडे, निष्ठुर और क्रूर किस्म के हैं, जो कह रहे हैं—नानी आज पूरी तरह बीता हुआ वक्त है—एक असंगत पुरानी तिथि। क्या नानी के कल का हमारे आज के साथ कहीं तालमेल या संबंध हो सकता है? पर इस घिरती आती संध्या के हल्के अँधेरे और बूढ़ी

दृष्टि में नानी मेरे मनोभाव नहीं देख-समझ पाएगी, यह तसल्ली मुझे है।

"मेरे जीवन में दुःख-ही-दुःख है!"—नानी का यह वाक्य जैसे मेरे मौन संशय, अविश्वास, उपेक्षा, उदासीनता और अभिमानी आज को आश्वासन देना चाहता है। पर आश्वस्त होने के बदले मन कहता है—'कहानी' शब्द नानी पर फिट नहीं बैठता और 'दुःख' शब्द नानी पर सजता नहीं। नानी के रूप में उन्हें कभी परेशानी में, तनाव में, किसी अभाव में, असंतोष में, चिंता में, गंभीरता में, भड़के-खीजे-अँसुआए मनोभाव में देखना तो हो नहीं पाया! नानी तो केवल नानी है। खिलखिलाती कहानियों वाली कविताई नानी-पहेलियों वाली नानी-मौका पड़ने पर नृत्य की लय-ताल में झूम सकने वाली नानी-जीने वाली नानी-हँसने वाली नानी-लापरवाह और मस्त नानी। नानी को दुःख से क्या लेना-देना? नानी ने भले ही दुःख को जिया हो, पर 'दुःख' शब्द का कभी कोई आभास तो नहीं दिया! नानी ने दुःख को जिंदगी से कभी भारी नहीं होने दिया—दुःख को जीवन से अधिक गरिमा नहीं दी। दुःख की चट्टानें जीवन की नदी के तल में बैठी रहीं और जीवन का पानी उन पर हिलोरें लेता रहा। चट्टानें कभी बाहर नहीं झाँक पाईं। लगता है, नदी में पानी अब कहीं कम हो गया है। वे चट्टानें बाहर झाँकने लगी हैं। पर शायद नानी के दुःख को न जान-समझ सकने का कारण हमारे बीच के वक्त-स्थान-उम्र-भावना और संवाद की दूरी भी है। अगर हिसाब किया जाए तो हमारे परस्पर साथ के बिखरे हुए दिन कुछ सप्ताह ही तो बन पाते हैं। वे सप्ताह भी केवल रिश्ते के लेखे में आते हैं, मन के लेखे में नहीं। रिश्ते क्रूर भी होते हैं। वे व्यक्तियों को जीवन की विशाल धरती से उखाड़कर, तंग अँधेरे साँचों में बंद कर देते हैं और उन पर एक पक्की मुहर का ठप्पा लगा देते हैं। उस रिश्ते के साँचे तथा मुहर से बाहर उनका जीवन जैसे खत्म हो जाता है।

पचहत्तर वर्षीया नानी कुरसी पर फँसी बैठी है। रजत बाल, उज्ज्वल-स्वस्थ त्वचा की कोमल झुर्रियाँ। ओह! न जाने नानी को कैसे पता चल गया है कि कहानी दुःख की होती है, सुख की नहीं! इसलिए उसके जीवन में कहानी होने की पूरी संभावना और योग्यता विद्यमान है। यह सोचकर विस्मित प्रसन्नता भी होती है कि नानी को अपने दुःख के रूप और सामर्थ्य की इतनी विश्वसित और दावेभरी पहचान है। उस विश्वास और दावे को एक बार सुनने-जानने और समझने की इच्छा होती है। मन अपने अंदर के जमघट लगाए सामान को परे सरकाकर, नानी के बैठने के लिए जगह बनाने की कोशिश करता है।

वह नानी जिसने हमेशा दूसरे की ही बात और चिंता की है, आज अपनी बात कहना चाहती है। व्यक्ति आत्मकथा या तो उम्र के उत्तरार्ध में लिखता है या जब उसे राजनीतिक बंदी बना दिया जाता है। नानी आज उम्र के उतार में भी है और साथ ही

विवशता की कैदी भी है। अतः वह आत्मकथा के मनोभाव में है। दुनिया में बिखरी-फैली नानी अपनी पचहत्तर वर्षीय वृद्धावस्था में, अपने में लौट आई है और अपने बिखरे जीवन को समेट लेना चाहती है। नानी आज जिंदगी के जोड़-घटाव की मन:स्थिति में है। अब तक उसने केवल रकमें लिखी थीं।

अब तक नानी की जो पहचान मेरे मन में थी, वह एक टेढ़ी-मेढ़ी हास्यकर व्यंग्य-चित्र की तरह थी। उस चित्र की एक रेखा यह है कि नानी ने एक से एक गुस्सैल और कठिन बेटियों को जन्म दिया है, जिनसे नानी खुद भी डरती है, जबकि नानी में गुस्सा बिल्कुल नहीं है। शायद इसका कारण नानी के हालात रहे हों या पति का स्वभाव। दूसरी रेखा यह है कि नानी पेट की कच्ची है। नानी को इधर-उधर की कहने-सुनने का चसका है और वह भी रहस्य भरे ढंग से धीमे-धीमे। नानी कान की भी कच्ची है और दूसरे की बातों में जल्दी ही आ जाती है। और यह भी कि नानी अपने कुनबे का वार्षिक गजट है। नानी खबरवाहक है। नानी का पेट जब बातों के बोझ से बोझिल हो जाता है तो वह अपनी बेटियों के पास दौरे पर चल देती है, उसे हल्का करने को। 'मिलोगी तो बातें करूँगी।'—यह नानी के एक ही लकीर में पिरोए शब्दों वाले हर खत की अंतिम पंक्ति होती है, जो मन में एक घनेरी जिज्ञासा उत्पन्न कर देती है, पर नानी की उन बातों को सुनने का मौका हमें कभी नहीं मिलता। नानी के पेट में से वे बातें गुपचुप निकलकर उनकी बेटी के पेट में पहुँच जाती हैं। जब नानी अपनी बेटी से मिलती है तो बेटी घर की देख-भाल करती हुई आगे-आगे और नानी बातें करती हुई पीछे-पीछे एक कमरे से···चौथे कमरे में। बातों की सड़क पर चलते-चलते नानी कभी दाईं ओर आ जाती है और कभी बाईं ओर। तब ऐसा लगता है जैसे कि कोई इंजन शंटिंग कर रहा हो। इससे मुझे यही एहसास मिलता कि नानी केवल अपनी बेटी के लिए ही आती है। नानी की तलहटी उसकी बेटी के लिए होती है और हमारे लिए केवल सतही सतह। नानी के व्यंग्य-चित्र की एक टेढ़ी रेखा यह भी है कि नानी का सर्वाधिक प्रिय विषय विवाह है, जिसमें नानी को महारत हासिल है। 'नानी ने हमें फँसा दिया'—नानी के कई नाती-नातिनों की यह कभी हँसमुख और कभी गंभीर अभियोगभरी शिकायत है। न जाने नानी कैसे बैठे-ठाले दौड़ते हुए रिश्तों को पकड़ बाँध लेती है? जब तक दुनिया में नानी है, तब तक किसी को अपने विवाह के लिए चिंतित होने की जरूरत नहीं। एक वक्ररेखा यह भी है कि नानी के बुढ़ापे में दूसरे के व्यक्तिगत जीवन में सेंध लगाने और गलत वक्त पर सही उपदेश देने की आदत है और बदले में उसे जवानी की नाराजगी सहनी पड़ती हैं। उस कार्टून की एक रेखा यह भी है कि नानी को दाल-सब्जी में हरी-मिर्च कुतरकर खाना और उसे खाते हुए परेशान होना अच्छा लगता है। यह भी कि नानी इस बुढ़ापे में भी नाक, कान, गले,

अंगुलियों और बाँहों में गहने ओटाये रहती है। और एक रेखा यह भी कि नानी सोते समय इतने जोर-जोर से खर्राटे भरती है कि उसमें केवल नानी ही सो पाए और सब जागते हुए नानी की नींद की रखवाली करते रहें। जैसे कि नानी केवल बातों का बकसा, हरी मिर्च, बीस कैरेट के गहने या खर्राटा भर हो या विवाह तय करनेवाली कोई संस्था हो या विवाही-विज्ञापन का अखबारी पृष्ठ हो, जिसके बारे में विशेष सोच-विचार करने या गंभीर होने की कतई जरूरत नहीं। वस्तुतः हर इनसान बाहर से एक साधारण सा व्यंग्यनुमा चित्र मात्र ही दिखाई देता है—उसकी कुछ खास बाहरी आदतें और स्वभाव ही जैसे पूरा व्यक्ति बन जाता है, जब तक कि हमारी संवेदना उससे नहीं जुड़ती।

नानी मुझे अपने आपसे बाहर आने का निमंत्रण दे रही है। वही नानी जो अब तक केवल नानी भर थी, जिससे बातचीत करने या पास बैठने तक का कभी वक्त या खास जरूरत नहीं होती थी, वही साधारण नानी इस पल एकाएक विशिष्ट हो उठी है। उसके स्थूल रूप में से एक सूक्ष्म रूप उजागर हो उठा है। उसके 'नानी आकार' में से शिशु मन बाहर झाँकने लगा है। नानी के अंदर एक और नानी! मेरी सारी इंद्रियों सजग-सचेत होकर नानी को ध्यान से देखने-सुनने और महसूसने लगी हैं। उसका मुआयना करने लगी हैं। मुझे लगा, पहली बार मेरे मन ने नानी के प्रति एक विस्मित तरलता, एक स्नेही घनत्व महसूस किया है। नानी नन्ही सी, सोंधी सी, मीठी सी हो उठी है। लगा, नानी केवल नानी ही नहीं—वह केवल एक रिश्ता ही नहीं—कुछ और भी है। रिश्ते से परे भी उसका अपना एक व्यक्तित्व है, जीवन है, अनुभूति है। मेरे मन में भावों और उनसे जनमे शब्दों की बाढ़ सी आ गई है जैसे।

इधर नानी की दृष्टि कुछ ज्यादा कमजोर हो गई है, पर फिर भी नानी चश्मा नहीं लगवाती। इसलिए नानी स्वयं खत न लिखकर कभी-कभी दूसरे से भी बोलकर लिखवा लेती है। ऐसा लगता है जैसे कि आज नानी अपना खत मुझसे लिखवाने जा रही है जिंदगी के नाम। नानी बहुत धीरे-धीरे गुपचुप बोलती है, ताकि कोई और न सुन ले। बार-बार सवालिया 'हूँ? हूँ?' करना पड़ता है। नानी की कथा शुरू हो चुकी है—नानी आज से पचहत्तर वर्ष पूर्व की दुनिया में लौट गई है—

"...मैं जब पैदा हुई थी तो मेरा भाई एक वर्ष का था। माँ का दूध पीता था। 'पुत्ती गंड पवे संसार'—पुत्र से ही व्यक्ति संसार से जुड़-बँध पाता है—उसी से संसार के साथ उसकी गाँठ पड़ती है, एक सूत्र चलता रहता है। मेरी माँ के मन में लालच आया, यदि मैं न होऊँ तो वह मेरे उस भाई को, अपने उस बेटे को छह महीने और दूध पिला सकेगी। उसने आस-पड़ोस की सहेलियों की उपस्थिति में एक चम्मच में अफीम घोली मुझे खत्म कर देने के लिए, ताकि जो दूध मैं उसका पीऊँगी, वह मेरा भाई पी

सके। जैसे ही वह मुझे अफीम देने को हुई, भाई को जोर की हिचकी और उबकाई आई, हाथ-पैर अकड़कर नीले हो गए। उन औरतों ने कहा, 'तुम इसको मारना चाहती हो, पर उसके बदले वह मर जाएगा। उसे बचाना चाहती हो तो इसे मत मारो!' माँ काँप उठी। अफीम का चम्मच फेंक दिया और इस तरह तुम्हारी इस नानी को एक बहाने से जीने का मौका मिला। मुझे यह इतनी बड़ी फुलवाड़ी जो लगानी थी!"

जन्म के बाद नानी को एकदम से विवाह की उम्र याद आती है।

"...बारह वर्ष की उम्र में मेरा विवाह हो गया। उस वक्त विवाह आसपास और 'वट्टा-सट्टा' ढंग से होते थे। यानी जिस घर से बेटी ली वहीं बेटी दी। इधर मुझे मार पड़ती, उधर बदले में मेरा भाई अपनी पत्नी को मारता। वहाँ उसे पड़ती तो बदले में मुझे पति से यहाँ पड़ती। सास-पति दोनों सख्त। जब मन में आया घोड़ी या बैलगाड़ी मँगवाई और बीच में मुझे तथा मेरे आगे-पीछे मेरी बेटियों को बैठाकर घर से निकाल मायके भेज दिया। जिंदगी केवल बदला-दर-बदला, मार-पीट, गाली-गलौज मायके का अपमानजनक सफर और आँसू होकर रह गई थी।

एक के बाद दूसरी बेटी, दूसरी के बाद तीसरी, चौथी, पाँचवीं। मार और कड़वे बोल। हर बार बेटी पैदा होने पर मेरी सास तंदूर की दो रूखी रोटियाँ व्यंग्य की कसैली सब्जी के साथ मेरी बेटी की ओर फेंकते हुए कहती, 'जा, दे आ उसे...!' प्रसूतिगृह में बैठी मैं उन्हें चबाती रहती और रोती रहती।

मेरी माँ भगवान् से प्रार्थना करती कि कम-से-कम एक बेटा दे दो मेरी बेटी को, ताकि मेरी बेटी भारी हो। बेटा जैसे कोई पासंग हो या कोई तमगा हो औरत के लिए। वह मेरे लिए भगवान् के द्वारे लोगों के जूते उल्टे कर उन पर अपनी नाक रगड़ा करती।

सात बेटियों पर एक बेटा अभिजीत आया। ठीक से नजर आ सकने वाली नजर नहीं थी उसके पास। वह दोस्तों से खेलता तो दोस्त उसकी गेंद, गुल्ली-डंडा, कंचे आदि छीनकर या हराकर ले जाते। वह घर आकर मुझसे कहता, 'मेरा भी एक भाई होता तो फिर क्या मजाल किसी की कि कोई मुझसे मेरी चीज छीन सकता? हम दोनों भाई मिलकर खेलते और जो हमसे छीना-झपटी या बेईमानी करता, दोनों उस पर पिल पड़ते, उस पर सवार हो जाते और तब उन्हें अपनी नानी याद आ जाती जैसे अब मुझे याद आ जाती है।' तब उसे क्या पता था कि एक दिन उससे चीजें ही नहीं दिखाई दे सकने वाली जिंदगी भी छिन जाएगी और एक अँधेरी जिंदगी उसे जीने पड़ेगी।

अभिजीत के लिए एक भाई लाने के लिए मैं फिर संतान की खेती करने लगी।

मैं आज दस बेटियों और एक बेटे की माँ हूँ, पर फिर भी एक बेआसरापन है। मैं चल-फिर नहीं सकती। मेरा टुंड-मुंड ठूँठा जीवन। एक बेटा अभिजीत और वह देख नहीं सकता।

पहले अंधी गरीबी देखी थी। उससे छूट पाने के लिए हर तरह की मेहनत-मशक्कत की थी। अब अंधी-बेबस 'अमीरी' है। एक वक्त था, जब पैसा नहीं होता था पास। अब कुछ पैसा है तो खरीदने-पकाने-खाने की हिम्मत नहीं। दाँत थे तो चने नहीं, चने हैं तो दाँत नहीं। मैं मुट्ठी में पैसे लेकर, दरवाजे के बीच सड़क के सामने मुख कर बैठ जाती हूँ। कोई इधर-उधर से निकले तो प्यार-दुलार से उससे मँगवा लूँ बाजार से तरकारी आदि और पका लूँ। घंटों सरक जाते हैं। पैसे पसीने से तर-बतर हो जाते हैं। मुट्ठी में उनका दम घुटने लगता है। जब कोई नहीं मिलता तो अंदर घिसटकर आ जाती हूँ। पानी में नमक-मिर्च घोलकर रोटी खा लेती हूँ। सोचती हूँ, यदि मेरे शरीर के पर कटे हुए न होते तो खुद बाजार जाकर अभिजीत की जरूरत के अनुसार मनचाही खरीदारी कर सकती, थोड़ा-थोड़ा चुगा उसे डालती रहती तो वह अवश्य पहले की तरह स्वस्थ रहता। जो कुछ करना चाहिए, वह मैं नहीं कर पाती। कुछ दिन तो व्यक्ति दूसरों पर आश्रित रह सकता है, पर सारी जिंदगी यह नहीं निभ पाता। किसी अंधे, लँगड़े और बूढ़े इनसान को भी अपनी जरूरत के अनुसार ढंग का भोजन करने का अधिकार या जरूरत है, यह नहीं समझना-स्वीकारना या सहन करना चाहता कोई। बच्चे, जीवन के इस पड़ाव पर पहुँचकर ही पता लगता है कि जीवन का सबसे बड़ा दुःख पराश्रय का होता है। जब तक तुम अपने पैरों पर खड़े हो, किसी भी दुःख को मत कोसो और न दुखी होओ, क्योंकि तुम्हारे पास हाथ और पाँव हैं उससे भिड़ने और मुकाबला करने को। बड़े-से-बड़े दुःख में भी सबसे बड़ा यह सुख तुम्हारे हाथ में होता है।

अभिजीत को खून का कमी, जिगर, तिल्ली, दिल, गुर्दा, शुगर आदि बारह तरह की बीमारियाँ हैं। वह दवाओं के अतिरिक्त विशेष कुछ खा नहीं सकता। डॉक्टर ऑपरेशन करने से भी डरते हैं। बारह तरह की बीमारियों के बारह तरह के डॉक्टर आसपास खड़े हों, खून की बोतलें हों, तब उसका एक ऑपरेशन हो सकता है। और कोई बीमारी हो तो इतना तो है कि व्यक्ति चुपचाप चारपाई पर लेटा रहे, दिनों-महीनों सेवा करवाता रहे, पर दिल की बीमारी तो ऐसी है कि व्यक्ति की दिल की दिल में रह जाए और इलाज का मौका न मिले।

सरकारी योजनाओं के कारण हमारा गाँव और कस्बा धीरे-धीरे शहर बन गया है। पुराना तालाब जिसमें गंदा पानी, मच्छर और मक्खियाँ भिनभिनाती थीं, अब उसे सुंदर पक्की झील और पार्क में बदल दिया गया है। कस्बे को नई आँखें, कान, नाक, जीभ, दाँत, खाल मिल गई है। यह दिनोदिन जवान, खूबसूरत, चमकीला, प्रकाशित, भीड़भाड़ वाला और नए जमाने का बनता जा रहा है। हमारा जीवन दिनोदिन बदरंग, बदसूरत, अकेला, बूढ़ा, असहाय, पुराना और अँधियारा होता जा रहा। यह फैल रहा है, हम

सिकुड़ रहे हैं। हमारे बीच की पहचान धुआँती जा रही है। नए और ऊँचे मकान तथा बाजार। नए तरह के दिल और दिमाग। काली, पक्की और चौड़ी सड़कें। अब पगडंडी कहीं नजर नहीं आती। दिन में कमरे के अंदर बैठी मैं जाली के बंद दरवाजे से बाहर चलती-फिरती सड़क को देखती रहती हूँ, वह मुझे नहीं देख पाती। रात को कमरे की रोशनी में सड़क घर के अंदर के जीवन को देख पाती है, पर अंदर वाला उसे नहीं देख पाता। ज्यों-ज्यों उम्र बढ़ती जा रही है, त्यों-त्यों जीवन ऐसा ही एक तरफा होता जा रहा है। संबंध और अपने ही अंग स्थायी रूप से साथ छोड़ते जा रहे हैं।

सर्दियों में धूप और मैं रोज एक-दूसरे को दूर से देखते रहते हैं। मुझ में इतनी हिम्मत नहीं कि कमरे के बाहर आती धूप तक अपने आप पहुँच जाऊँ। वर्षों बीत गए धूप में बैठे, धूप में चले, धूप को जिए।

जवानी में घर के बचपन की चिंता की थी। प्रौढ़ावस्था में घर की चिंता की थी। अब वृद्धावस्था को अपने अपंग बुढ़ापे की चिंता करनी पड़ती है। दूसरे की हित-चिंता करने में एक उद्यम भरा क्रियाशील उत्साह होता है। अपनी चिंता कितनी बीमार, नीरस और डरावनी होती है। बार-बार उद्यम भंग हो जाता है। बार-बार निष्क्रियता आ जाती है...।''

नानी जन्म और विवाह से चलकर मृत्यु के आईने के सामने आकर खड़ी हो जाती है।

''...पता नहीं किस रूप में मौत सामने आएगी? तुम्हारा नाना मृत्यु से पहले पाँच दिन तक बेहोश रहा। मैं पाँच दिन तक उसके मुख में दूध-पानी डालती रही। पाठ-सेवा जो हो सकता था, किया। हमारा अंत क्या और कैसा होगा, कौन जाने? तब कौन देखेगा हमें? कौन पानी भी मुँह में डालेगा? हम दोनों में होड़ लगी है मृत्यु की। पहले मैं! पहले मैं! हम दोनों में से कोई भी अकेले इस अपंग अँधेरे का सामना नहीं करना चाहता। दोनों ही उससे बेहद डरते हैं। यदि पहले मैं गई तो उसे कौन देखेगा? यदि वह गया तो मेरा क्या होगा? इसलिए दोनों साथ-साथ अपने जीवन के अँधेरे और विवशता को जीना-मरना चाहते हैं। पर यह कैसे हो सकता है? किसी एक को तो पीछे रहना ही होगा। इस दृष्टि से अभिजीत का पीछे रह जाना ठीक होगा। उसे जीने के लिए किसी घरेलू दीवार के आश्रय की जरूरत नहीं। वह कीर्तन करता है। संतों के साथ रह लेगा वह। पर मुझे तो किसी घर का एक कोना, अपनी न चल-फिर सकने वाली असहाय जरूरतों की पूर्ति के लिए किसी का साथ-सहारा चाहिए। किसी के प्रति स्नेह होना एक सहज स्थिति होती है, पर सहारा देना सहज नहीं यत्नसाध्य स्थिति होती है और इसलिए कठिन भी। सहारा दे सकने का अर्थ है किसी का बोझ ढो सकने की हिम्मत, थोड़ा सा झुक सकने की हिम्मत, अपनी सुख-सुविधाओं और वक्त का कुछ

भाग दूसरे को दे सकने की हिम्मत। और यह हिम्मत कुछ कठिन होती।

जिस मकान के नीचे के कमरे में हम दोनों रहते हैं, उसके ऊपर के कमरे में एक विधवा बुढ़िया रहती थी। वह रोज दिन के ग्यारह बजे सीढ़ियों से नीचे उतरती। रिक्शा बुलाती। रिक्शा उसे बाजार ले जाता। बाजार से वह पकौड़े-मिठाइयाँ आदि खाने का सामान लेकर आती और ऊपर बैठकर खाती। उसे दाल-रोटी नहीं, यही सब चीजें अच्छी लगती थीं। एक दिन वह उस निश्चित वक्त पर नीचे नहीं उतरी। न रिक्शा आया। न वह बाजार गई। मैंने पड़ोस की लड़की को ऊपर जाकर देखने को कहा। डर के कारण वह अपने साथ दो-तीन बच्चों को लेकर ऊपर गई। चारपाई पर से उठने की अंतिम कोशिश उसके शरीर में समाई हुई थी। चारपाई के पास मेज पर पड़े थे एक दिन पहले के बचे हुए दो पकौड़े!

जीवन की हजारों पहेलियाँ बूझकर भी इस मृत्यु की पहेली को मन बूझ नहीं पाता।

'चले जुआरिया दो हथ झाड़!' जब जुआरी खेलता है तो जमीन पर बैठकर। खेलते हुए उसके हाथ में धूल-मिट्टी लग जाती है। जीत जाए तो पैसे जब में डालता है। हार जाता है तो दोनों हाथों की मिट्टी झाड़कर उठ पड़ता है। वही हाल हुआ है मेरा इस संसार के जुए में। मेरी इस संसार के साथ कोई गाँठ नहीं पड़ पाई।

बार-बार ईश्वर से प्रार्थना करती हूँ, 'तन सुक्के पिंजर थिए··· !' पर सबकुछ जैसे कुएं में गिर पड़ता है। अनसुना चला जाता है। कोई असर नहीं होता मुझ पर। मेरा शरीर नहीं सूखता। उल्टे पानी पड़ जाने से और फूल जाता है।"

"क्यों सूखना चाहती हो नानी?"

"ताकि अपने शरीर को आसानी से इधर-उधर सरका सकूँ। ताकि जब मरूँ तो लोगों को उठाने में आसानी रहे। यह न कहें—'कितनी भारी है!' पर मेरे बदले मेरा बेटा सूखता जा रहा है!

सबने मुझे मारा है—माँ ने, बाप ने, भाई ने, पति ने, सास ने, ससुर ने, देवर ने। वह मार व्यक्ति रोकर, आँसू पोंछकर फिर भूल-बिसर जाता है। पर भगवान्, तुम्हारी मार बड़ी सख्त है! वह मार भूल जाती है, पर यह नहीं। तुम्हारी मार कभी किसी को न पड़े!

जब कभी रोना आता है तो लगता है जैसे माथे में दरारें पड़ रही हैं। बेहद दर्द होता है, पर आँसू नहीं निकल पाते। तब मैं अपने से ही कहती हूँ—हाय! मैं रो भी नहीं सकती? जैसे कि आँसुओं का सुख भी केवल बपचन और जवानी की धरोहर हो।

कमरे में बँधा-बैठा मन जब कोई और उपाय नहीं कर पाता तो करण के कारण

को—अपने देखे-अनदेखे अपराध को ढूँढने-खोजने लगता है। चार बेटियों का अभी विवाह करना था और पति की मृत्यु हो गई थी। पैसों की जरूरत थी। उन दिनों सरायपुर में बच्चे जनवाने का कोई विश्वासी सुभीता नहीं था। इस काम को कर सकने की होशियारी और समझदारी मेरे हाथों में है, ऐसा मुझे लगा। दो-तीन महीनों में ट्रेनिंग लेकर, वह काम मैं करने लगी थी। दिन-रात का भेद भूले हुए, हर शिशु की आगवानी के लिए दूर-दूर तक बाहर भागते कदम। जब कहीं किसी का कोई मामला बिगड़ जाता तब तुम्हारी इस नानी की ही खोज-ढूँढ़ होती। खूब नाम हो गया था इन हाथों का जो अब कुछ कर-धर नहीं पाते। तुम सबके भी आने की जब-जब सूचना मिलती, तब सबकुछ छोड़कर मैं चल देती अपनी फुलवाड़ी के नए फूलों का स्वागत करने को। अपने लगभग सभी नाती-नातिनों की संसार-प्रवेश की पहली रुलाई मेरे कानों ने सुनी है। जब लड़का रोता है तो एक सुर-लय के साथ और लड़की एकदम चीख मारकर, जैसे कि उसने घर-संसार में अपने गैर-जरूरी होने का खतरा महसूस कर लिया हो। आज बार-बार सोचती हूँ—मैंने जीवन में कोई पाप नहीं किया। कोई लालच नहीं किया। किसी को नुकसान नहीं पहुँचाया। या खुद बच्चे पैदा करती रही या दूसरों के पैदा करवाती रही। फिर भी मेरा जीवन ऐसा क्यों है—किसी सजा का सा एहसास दिलाता हुआ?''

संध्या धीरे-धीरे घने अँधेरे में डूब गई है।

× × ×

अभिजीत सुबह छह बजे कीर्तन करने जा ही रहे थे कि उनका शरीर एकदम से शिथिल हो उठा। डॉक्टर के आदेश पर उसी समय अस्पताल में भरती करना पड़ा।

उनकी देखभाल में लगी, उसी शहर में रहती उनकी बहन सत्ती और कीर्तन के सहकर्मी बहनोई से, डॉक्टर अभिजीत के अस्पताल पहुँचते ही, उनके पुनः घर लौटने की संभावना को काटते हुए कह देते हैं, ''जिनसे मिलना-भेंटना है, उन्हें बुला लें।''

पर अभिजीत का उलाहना दूसरा ही है, ''अरे! तुम लोग मुझे यहाँ क्यों ले आए हो? मुझे हुआ ही क्या है? भगवान् के चरणों में बैठकर कीर्तन करने का मेरा वक्त है यह।''

डॉक्टर का निर्णय नानी को कोई नहीं आकर बताता। नानी की आश्वस्त और निश्चिंत मनःस्थिति के साथ डॉक्टर के निर्णय का कोई तालमेल ही नहीं बैठ पाता, ताकि किसी तरह बताना संभव हो पाए। अभिजीत और नानी दोनों के ही मन में आज मृत्यु की कहीं कोई आशंका नहीं है। दोनों ही सहज विश्वासभरी तथा स्वस्थ रोजमर्रा की स्थिति में हैं। एक-दूसरे की मृत्यु के भय और चिंता में जीने वाले दोनों के मन में मृत्यु और चिंता एकाएक ओझल-विस्मृत हो गई है। शायद मृत्यु की पहेली का यह

स्वभाव ही है कि जब बहुत दूर हो तो बहुत पास नजर आती है—तरह-तरह के रूप धरकर डराती-धमकाती है और जब कहीं पास ही बैठी हो तो किसी भविष्य के गर्त में सुषप्ति की सी हालत में दिखाई देती है। क्रोध-खीज में बुलाओ तो आती नहीं, जीने की शांत-स्वीकार्य मनः स्थिति में हो तो दरवाजा खटखटा देती है।

अभिजीत सत्ती से कहते है, ''बेजी यहाँ आकर क्या करेंगी? व्यर्थ की परेशानी और घबराहट! एक-दो दिन तक तो मैं घर लौट ही आऊँगा। इतनी सीढ़ियाँ चढ़ना भी उनके लिए मुश्किल होगा। बेजी को कुछ मत कहो। जाओ, उन्हें रोटी खिलाओ। रास्ते से आम खरीदकर ले जाना। सुबह से कुछ नहीं खाया होगा। पता नहीं आटा-दाल भी है या नहीं घर में। ये पच्चीस रुपए उन्हें दे देना और सामान भी मँगवा देना।''

अभिजीत को अस्पताल जाकर देखने की बात पर नानी धैर्य और समझदारी से भरकर सत्ती से कहती है, ''पहले भी अभिजीत का एक-दो बार अस्पताल जाना हुआ था। दो-चार दिन में वह घर लौट ही आएगा। तुम तो हो ही वहाँ, तब मेरी अस्पताल जाने की ऐसी क्या जरूरत? पहले पहाड़ को पकड़-घसीटकर ऊपर ले जाना और फिर नीचे उतारकर लाना। यह कैसा विकट काम है! गोवर्धन पर्वत को उठाने से भी ज्यादा विकट! मेरा अभिजीत के पास जाना उतना जरूरी नहीं है, जितना तुम्हारा उसके पास रहकर उसकी देखभाल करना। आज तो वह गया है। डाली भी आती ही होगी। तार पहुँच ही गई होगी। उसी के साथ चली चलूँगी।''

सत्ती के पास सत्य कहने और नानी पर उसकी प्रतिक्रिया को सहने-सँभालने की हिम्मत और फुरसत नहीं है इसलिए वह भी तर्कसंगत ढंग से सोचने लगती है, 'अभिजीत को अस्पताल पहुँचते ही जिस तरह डॉक्टरी अस्त्र-शस्त्रों के शिकंजे में जकड़ दिया गया है, ऐसे में माँ को वहाँ ले जाने का मतलब है एक साथ दो व्यक्तियों की देखभाल। अभिजीत को जीवन के अंतिम क्षणों में बेसुध लेटा देखकर माँ का सँभालना-सँभलना कठिन हो जाएगा। माँ तो वहाँ धरना देकर बैठ जाएगी। उसके लाचार आँसू, कुछ घटित होने से पहले की बदहवासी और विकलता जितनी देर टाली जा सके, उतना ही ठीक और सुविधाजनक है। माँ को सच्चाई देने से पहले सच्चाई की मुखर वेदना को थामने के लिए उसके पास चौबीस घंटे साथ देनेवाला कोई होना ही चाहिए। डाली आती ही होगी।''

नानी को सच्चाई दे सकने और सच्चाई के आँसुओं को पोंछ सकने का दायित्व सत्ती ने भी डाली पर डाल दिया है।

दूसरा दिन भी शुरू हो गया था। नानी दिनभर कमरे के दरवाजे के पास सूखती हुई बैठी रहती है, एक ही बात का जाप करते हुए—डाली आए और उसे अभिजीत के पास ले जाए। सड़क की हर गति डाली के आने की सूचना देती है। नानी का चेहरा

हर बार विश्वास और उत्साह से भरकर बाहर झाँकता है और खाली होकर अंदर लौट आता है। रह-रहकर धैर्य के दीप बुझने लगते हैं। अधीरता के बुलबुले उठने लगते हैं और मन की नौका बोझ से डूबने लगती है।

विवाहित बेटी को जब अपनी माँ से संवाद जोड़ना होता है तो उसके सामने केवल 'माँ' होती है इसलिए वह उसके साथ सीधा नंबर घुमाकर बात कर सकती है। पर जब माँ को बेटी के साथ कोई संबध या संवाद जोड़ना होता है तो उसे बेटी में निहित पत्नी, बहू, माँ और गृहणी आदि अनगिनत नंबरों का सामना करना पड़ता है, बेटी तक पहुँचने के लिए। वहाँ 'फोन' की सीधी सुविधा नहीं होती। माँ की स्थिति में जब औरत पहुँच जाती है तो एक तरह से काली कामरी ही बन जाती है, जिस पर और कोई रंग आसानी से नहीं चढ़ पाता। पर बेटी का रंग कच्चा और हल्का होता है। उस पर दूसरे अनेक रंगों के चढ़ने की संभावना-सुविधा और अवसर होते हैं। जब बेटी, पत्नी, माँ और गृहस्थिन हो जाती है तो पूरा-पूरा शुद्ध बेटी रह पाना उसके लिए संभव ही नहीं होता। ढेर सारे नए रिश्ते और दायित्व उसके बेटीपन को धीरे-धीरे सोखने और साधने लगते हैं। अपनी गृहस्थी के नन्हे-नन्हे स्वार्थ और उनकी पूर्ति उसे घेरने और मोहित करने लगती है। निरंतर बेटी बने रह पाना संभव नहीं हो पाता उसके लिए। बेटी धूमिल होने लगती है, पत्नी, माँ और एक घर की मालकिन को चटक रंग देने के लिए।

रिश्तेदार और मेहमान केवल घर के बाहर से नहीं आते, माँ के पेट से भी जनमते हैं। कुछ बेटियाँ, जिनके बीच नानी और उनकी उम्र का लगभग तेरह-सोलह वर्ष का ही फासला है, वे नानी की केवल रिश्तेदार भर रह गई हैं। उनका संबंध-स्नेह पुराना और सुस्त पड़ गया है—बूढ़ा गया है—अपनी गृहस्थी में उलझ गया है—दुनियादार हो गया है—मेहमान हो गया है—वह स्वयं भी नानी और दादी बन गया है। अब यह नानी उनके जीवन में विशेष कहीं नहीं रही। वह लगभग हमउम्र, मैत्रीपूर्ण स्नेहभाव कहीं-कहीं विधुर भी हो गया है। पति के बदले बेटों पर निर्भर हो गया है। अब उनका परस्पर मिलना-भेंटना जीवन के विवाह की खुशी या जीवन की मृत्यु के दुःख में ही होता है, वैसे नहीं।

कुछ बेटियाँ ऐसी हैं, जिनके ससुराल के साथ नानी की एक दूरी और बेगानगी है।

कुछ बेटियाँ धुर दक्षिण-पश्चिम में रहती हैं।

कुछ बेटियाँ और नानी के बीच उनकी अफसरीयत का दबदबा और गंभीरता की दूरी है, जिसमें नानी का मन घुटता और डरता-सहमता है।

इन सबमें सत्ती स्थान और पति के जीविकोपार्जन के साधन की वजह से और

डाली अपने जीवन की परेशानियों की वजह से नानी के सर्वाधिक निकट हैं। दोनों का अपना कोई ससुराल न होने के कारण भी यह घनिष्ठता बढ़ी है। नानी और अभिजीत का बड़प्पन ही उनका मायका और ससुराल सबकुछ है। इसमें भी छोटी बेटी डाली के प्रति नानी का अतिरिक्त लगाव है इसलिए अधिक भरोसा और विश्वास भी है। भावात्मक स्तर पर नानी उससे ज्यादा जुड़ा हुआ और सुरक्षित पाती है और अपने जीवन की लाचारी में उस पर निर्भर रह सकने का एक हल्का सा विश्वास रखती है। इस विश्वास की सुरक्षा पाने के लिए नानी तथा अभिजीत ने पूरी-पूरी कीमत देने का यत्न किया है, ताकि मन पर कोई दबाव महसूस न हो। एक वक्त था, जब डाली का पति गंभीर रूप से अस्वस्थ हो गया था। यह अस्वस्थता वर्षों चली थी और इलाज के लिए नौकरी से भी अवकाश मिल गया था। घर में छोटे-छोटे बच्चे और आर्थिक अभाव। तब जिस ममता और आर्थिक सहायता की उसे जरूरत थी, उसकी पूर्ति नानी अभिजीत के सहयोग से सफलतापूर्वक कर सकी थी। राजधानी में जो एक कमरे का मकान अभिजीत ने वक्त जरूरत पर अपने आश्रय के लिए खरीदा था, वह भी उन्होंने डाली को दे डाला था। तब नानी के पास डाली के फेरे लगते ही रहते। तब नानी पूरी तरह से स्वस्थ थी और जीवन में किसी लाचारी विशेष का कोई खटका नहीं था। नानी और अभिजीत की छोटी सी गृहस्थी की हर चीज डाली के लिए थी। जो कुछ भी जरूरत हो, उसे बिना पूछे या बिना कुछ सोचे ले जाने का उसका अधिकार अब भी ज्यों-का-त्यों है। मातृत्व के स्तर पर नानी सबकी है, पर आर्थिक स्तर पर नानी का हाथ डाली के प्रति ही मुखर रहता है। नानी को खुशी है कि अब डाली का पति स्वस्थ है और पुरानी नौकरी पर बहाल हो गया है। सरकार की ओर से रहने के लिए दो कमरों का मकान भी मिल गया है। बेटे भी कुछ पढ़-लिखकर किसी-न-किसी नौकरी पर लग गए हैं और साथ ही बाप-बेटों ने मिलकर नौकरी से इतर छोटा-मोटा व्यवसाय भी शुरू कर दिया है। वर्षों बाद उनके जीवन के आर्थिक खूँटे धरती पर भली प्रकार से गड़ गए हैं और उन पर जीवन का शिविर तनकर खड़ा हो गया है। बेटों के लिए रिश्ते आने लगे हैं। इसलिए उनकी यह छोटी बेटी भी अब जीवन में कामकाजी, व्यस्त, बड़ी-बड़ी और चौधरानी सी हो गई है। हर इनसान की तरह वक्त ने उसे भी मेहरबान होकर एक बार अपने जीवन को अपनी तरह से जीने और फैसला करने का अधिकार दे दिया है।

पर अब नानी को यह सत्य भी कौन दे कि तुम्हारे स्नेही विश्वास की डाली इस बार नहीं आएगी। डाली का जो शहर पहले तुम्हारे बहुत पास था—केवल दो घंटों का सफर—अब धीरे-धीरे बहुत दूर होता जा रहा है। उस दूरी को तय करने में डाली को थकन होती है—समय की भी कमी महसूस होती है। तुम्हारे बुलावे का तार अब उसे

भावुकता की घबराहट में बहकाता-बहाता नहीं। उसके मन की दुर्बल भटकन खत्म हो गई है। एक स्थिर गंभीरता मिल गई है तुम्हारी डाली के मन को। उसका मन अब यह तटस्थ भाव से सोच-समझ सकता है—बिना विचलित हुए यह तर्कसंगत निर्णय कर सकता है कि तुम अकारण ही घबरा रही हो या सकारण। पहले यह निर्णय इतना आसान नहीं था। पहले सबकुछ जीवन में गड्ड-मड्ड था—अब सबकुछ सुलझता जा रहा है। दिल, दिमाग, देह और आत्मा सब अपनी-अपनी जगह पर विराजमान हो गए हैं। अब उनमें परस्पर लड़ाई-झगड़ा नहीं होता। तार पाकर भी डाली और उसका परिवार निष्क्रिय और अनसुना सा बना हुआ है। उन्होंने फैसला किया है कि कल रविवार की संध्या को डाली का पति और बेटा सरायपुर और उसके निकटवर्ती शहर में अपने व्यवसाय का काम निबटाते हुए हमेशा की तरह तुम्हारे पास जाएँगे रात बिताने के लिए और तभी वे अभिजीत का भी हालचाल पूछ लेंगे। तुमने कुछ महीने पहले भी तो एक बार अभिजीत की अस्वस्थता से घबराकर तार डलवा दी थी आने के लिए। हुआ 'कुछ नहीं' था। व्यर्थ ही आना-जाना और खर्चा! यह बात डाली भूली नहीं अब तक। आज तुम्हारी स्थिति गड़रिया बालक जैसी हो गई है! पर इसमें ऐसी क्या खास या नई बात है, जो तुम्हें बताई जाए? इस सृष्टि में ऐसा तो होता ही रहता है। शांत और अचल खड़े ठोस पहाड़ गरम और तरल लावा उगलने लगते हैं—बहती नदियाँ कभी सूख जाती हैं और कभी बाढ़ देने लगती हैं—जमीन जिस पर मनुष्य अपनी सभ्यता के साथ खड़ा है, कभी धरती के नीचे दब जाती है और कभी समुद्र तूफानी लहरों के साथ जमीन पर आ बसता है—फल जब तक कच्चा होता है तब तक ही वह वृक्ष की टहनी के साथ लगा रह पाता है—पक जाने पर वह दुनिया के बाजार में पहुँच जाता है मोलभाव के लिए।

× × ×

सारे दिन की प्रतीक्षा के बाद थक-हारकर, नानी अपनी परबस पत्थर देह पर लाचारी और निराशा की चादर ओढ़कर, शिकायतों की चारपाई पर रात को लेट गई है। चारों ओर से घने अँधेरे की दीवारों ने उसे घेर लिया है।

उधर रात को लगभग एक बजे अस्पताल में बेसुध पड़े अभिजीत कुछ अदृश्य 'आगंतुक' अपने आसपास 'देखते' हैं। वह एकदम क्रोध और रोब से भरकर उठ बैठते हैं और गरजते हुए कहते हैं—"यह कौन सा वक्त है तुम लोगों के आने का? मैंने क्या कसूर किया है, जो पुलिस की तरह इस वक्त आ धमके हो? क्या इस समय कोई घर से बाहर जाता है? चले जाओ यहाँ से। सुबह दस बजे आना। कीर्तन करके, उस वक्त चलूँगा।"

उस आवेश-आदेश में उनके मुख पर लगा ऑक्सीजन का यंत्र, ग्लूकोज की नली

आदि बेसुधभाव से इधर-उधर बिखरकर जा पड़ते हैं।

उस कमरे के एक कोने में लेटी हुई सत्ती इस सारे दृश्य की साक्षी बनकर काँप-काँप उठती है। अभिजीत सुबह बहन सत्ती से शिकायत करते हैं, "मैं रोज घर इस समय चाय पीता हूँ। क्या आज चाय नहीं मिलेगी?" "आज खाली चाय क्यों?"

सुबह की इस सहज-सरल शिकायत और रात की उस आदेश भरी कठोरता, सबलता, धैर्य और हिम्मत के बावजूद अभिजीत कुछ घबराए हुए हैं। बेसुध से होने पर भी सुध-बुध में। एक लंबा अँधेरा जीवन जिया है उन्होंने। आगे न जाने क्या होगा? इस प्रकंपित-भयभीत से प्रश्न से घिरे हुए हैं वे। अपनी मनोवृत्ति बार-बार प्रभु से जोड़ते हैं। ऐसा न हो कि जीवन के हिसाब-किताब में फिर कहीं कोई गड़बड़ हो जाए या कोई गलती रह जाए। जैसे परीक्षा के कमरे में प्रवेश करने से पहले परीक्षार्थी जल्द-जल्दी कुछ और याद कर लेने के लिए अपनी पुस्तक के पन्ने उलटने-पलटने लगता है, अभिजीत भी 'उस कमरे' में प्रवेश करने से पहले अपनी चित्तवृत्ति पूरी तरह से अपने ईश्वर से जोड़ना चाहते हैं। वह कोई भी दूसरा ख्याल नहीं जीना चाहते। जरा भी ध्यान भंग वे सहन नहीं कर पा रहे। सत्ती से, डॉक्टर से कहकर सबके लिए अपने पास आने की मनाही करवा दी है। वह अभंग-वीतराग तथा प्रभुमय होकर शांत भाव से मृत्यु का वरण करना चाहते हैं। इसी में उन्हें सुरक्षा महसूस होती है। जीवन की शेष सारी सुरक्षाएँ इस पल ओछी पड़ गई हैं। अपने ईश्वर से परे जैसे वह सारे रिश्ते-नाते भूल गए हैं।

सुबह आठ बजे सत्ती और उनका पति घबराए हुए नानी के पास आते हैं, "अगर घबराओ न, हिम्मत हो देखने-सहने की तो चलो अभिजीत से मिलवा लाएँ।" एक साथ दोनों मोरचों को सँभालने का साहस वे अब भी नहीं जुटा पाते इसलिए सच्चाई अब भी मन में दुबकी रहती है। फिर भी वे चाहते हैं—नानी बिना सत्य कहलवाए या सुने अपने आप ही तैयार हो जाए सत्य को देखने के लिए। नानी स्वयं ही जिद्दी और हठी हो उठे अभिजीत के पास जाने के लिए और उन्हें एक दुराव-छिपाव के अपराधभाव से बचा ले—कुछ घंटों के बाद आनेवाले दारुण पश्चात्ताप भाव से अपने को उबार ले। 'हे प्रभु, सारी जिंदगी समझदारी से काम लेने वाली माँ पर आज नासमझी और अनजानेपन का परदा मत डालो! माँ के मन में बेटे के प्रति ममता की लहरों का तूफान पैदा कर दो। माँ के धैर्य को अधैर्य में बदल दो!' सत्ती का मन मौन प्रार्थना से भर उठता है।

पर नानी को न जाने क्या हो गया है? कहीं कोई खटका तक नहीं, "एक-दो दिन तक तो अभिजीत आ ही जाएगा। डाली भी बस आती ही होगी। उसी के साथ चली चलूँगी देखने। तुम्हें व्यर्थ परेशानी होगी। तुम दोनों वैसे भी बहुत थके हुए लग

रहे हो। कुछ देर यहीं आराम कर लो। और फिर अभी तो सुबह हुई है! अभी तो दिन चढ़ा है! ऐसी उतावली क्या है?''

सत्ती और उसका पति नानी के सुखद विश्वासी भाव पर खीजकर माथे पर हाथ मारकर रो देना चाहते हैं। पर अभी वक्त नहीं है उनके पास इस सबके लिए। अस्पताल वापस लौटकर जाना है उन्हें।

एकाध बार ''बेजी।'' शब्द की पुकार अभिजीत के मुख से निकलती है। सत्ती ''जी-जी'' कहकर उनके माथे पर हाथ फेरते हुए उन्हें माँ के पास होने का भ्रम और आश्वासन देना चाहती है। फिर एक बार पूछती भी है, ''बेजी को बुला लाऊँ?'' ''नहीं, अब नहीं! अब उन्हें परेशानी मत दो। अब तो मुश्किल से दस मिनट रह गए हैं। जहाँ पहुँचना है, वहाँ मैं पहुँच चुका हूँ।'' वह इस तरह अपनी आँखें चारों ओर घुमाते हैं जैसे किसी नई जगह और वहाँ की उपस्थिति को देखने-समझने का यत्न कर रहे हों।

डाली आती नहीं। नानी जा नहीं पाती। अभिजीत ही ग्यारह बजे तक घर आ जाते हैं, नानी के जीवन से अंतिम विदा लेने। नानी हक्की-बक्की और बदहवास रह जाती है पहले सुनकर और फिर देखकर। उसके क्रिया-कलाप जैसे पागल से हो गए हैं। उसकी हँसी और आँसू जैसे किसी ने सुई से सी दिए हों। उसकी आँखों के सामने परसों ही तो सुबह अभिजीत रक्तचाप की कमी के बावजूद हाथ से छड़ी टेकते हुए स्वयं चलकर रिक्शे पर बैठे थे! सफेद चूड़ीदार पाजामा, बोसकी का कुरता, सिर पर सँवरी हुई काली पगड़ी, पाँव में चमकते हुए काले जूते। घर से जीवन गया था और लौटी है मृत्यु!

घर से दूर, बेपरवाह और घर से असंबद्ध सी रहती अभिजीत की अँधेरी युवा कठोरता और जिद्दीपन को पिता ने मृत्यु के अंतिम क्षण समझाया था, 'माँ को सँभालकर रखना—बेटियों के दरवाजे पर मत जाने देना। उनसे अपनी इच्छा से मिलने भले ही चली जाए, पर लाचार होकर किसी आश्रय के लिए मत जाने देना—माँ का ख्याल रखना।' पर आज नानी का जो एक अपना अधिकार भरा, उसके अहं और स्वाभिमान का रक्षक, विश्वसनीय सबल सहारा था—जिस पर नानी निर्भर थी, जो नानी पर निर्भर था—वह छूट गया है। नानी के जीवन की संध्या में नानी की देहरी पर का दीया बुझ गया है। नानी के जीवन का एक और अध्याय खत्म हो गया है—एक और अध्याय शुरू हो गया है।

नानी अपनी माला के मनकों से बार-बार पूछती रहती है—'कौन सा बदला लेने के लिए अभिजीत भी मुझसे पहले चला गया? सत्ती ने मुझे साफ-साफ क्यों नहीं बता दिया था? क्या मृत्यु ऐसी चीज है, जिसे मैं पहली बार देख रही हूँ? छोटी-मोटी

संसारी यात्रा में भी हम अपने प्रियजनों को द्वार तक छोड़ते जाते हैं, उनकी सुखद यात्रा की कामना करते हैं। तब क्या जीवन से अलविदा की यात्रा से पूर्व मुझे अपने बेटे के सिर पर स्नेह-आशीर्वाद-हौसले तथा प्रार्थना भरा हाथ रखने का एक आखिरी मौका नहीं मिलना चाहिए था? डाली मृत्यु की सूचना पर तो अवश्य आएगी, पर वह जिंदगी की पुकार और बुलावे पर क्यों नहीं आ पाई? क्यों हमारी मृत्यु हमारी जिंदगी से महत्त्वपूर्ण हो गई है? शायद ऐसा ही होता है—पराश्रयता और लाचारी में ऐसा ही होता है शायद! जीवन में कभी-कभी सारी परिस्थितियाँ कितनी ज्यादा नग्न हो जाती हैं कि न किसी को पाने का भ्रम रहता है और न उसके अभाव के दोषारोपण की कोई गुंजाइश रहती है।'

× × ×

पिछले रविवार को अभिजीत चले गए थे। आज फिर रविवार है। आज फिर नानी की फुलवारी के पेड़-पौधे आए हैं। सुबह ग्यारह बजे तक तीन दिन पूर्व रखा गया अखंडपाठ का भोग पड़ गया है। शाम को कीर्तन होगा सरायपुर के विशाल गुरुद्वारे में। सारा नगर उमड़ पड़ा है अभिजीत के प्रति अपनी भावभीनी श्रद्धांजलि तथा आभार व्यक्त करने को। अभिजीत के साथी श्रद्धालुओं ने कुछ अखबारों में भी इसकी सूचना दे दी थी। अभिजीत के वर्षों पुराने परिचित, मित्र, श्रद्धालु, शिष्य और गुरु भी आ पहुँचे हैं। नानी अपने जीवन—अपने मातृत्व के इस पक्ष पर इस पल गौरवान्वित महसूस करती है। वेदना में भी एक सम्मानित संवेदना उसे मिल जाती है। अभिजीत का यश उस पल नानी को घेर लेता है और अँधेरे में भी एक सुरक्षा दे देता है। नानी देखती है एक विशाल जनसमूह अपने साथ। उसे लगा, जो शहर उससे इतना दूर था, वह कितना पास आ गया है!

अभिजीत के साथी और गुरुद्वारे के प्रबंधक सोचते हैं, शायद अभिजीत की अशक्त माँ का दुनिया में कोई सहारा नहीं है। अभिजीत की माँ के प्रति भी उन पर एक कर्तव्य आता है, जिसे वे निभाना चाहते हैं। नानी की आर्थिक सहायता के लिए वे सबसे दान देने की घोषणा करना चाहते हैं। पर नानी की फुलवारी अपने और नानी के प्रति इस 'अपमानजनक' स्थिति को घटित नहीं होने देती। लोगों को यह जानकर विस्मित प्रसन्नता होती है कि नानी के चमनिस्तान में इतने सम्मानित, समर्थ और प्रभावी वृक्ष हैं और अब नानी की देखभाल उनके जिम्मे है। इस सुरक्षा और सम्मान के जल में नानी की आत्मा भी खिल उठती है।

× × ×

अभिजीत का अधिकांश सामान दान के रूप में दे देने के बाद नानी ने निशानी के रूप में अपनी फुलवारी की प्रत्येक क्यारी को एक-एक चीज देने के लिए बहुत

सी छोटी-बड़ी चीजें पलंग पर सजा दी हैं। नानी कहती हैं, ''जब किसी के पास कोई चीज निशानी के रूप में होती है, तो वह जब-जब उसे देखता है तो याद करता है।'' कमरे में पड़ी अभिजीत की भौतिक चीजें दर्शकों की दार्शनिकता को पिघला रही हैं और एक भाष्य को जन्म देर ही है—

''अभिजीत इस हारमोनियम पर पिछले कई वर्षों से कीर्तन करते रहे हैं। इस पर उनकी अंगुलियों के निशान और उनका संजीदा स्वर जैसे जज्ब हो गया है! ओह! यह तो मन के अजायबघर में रखने योग्य है!''

''इस ट्रांजिस्टर से अभिजीत दुनिया को बंद आँखों से देखा-सुना करते थे। दुनिया को आवाज के माध्यम से महसूस कर जिया करते थे!''

''ये कोरे, कीमती विदेशी वस्त्र! अभिजीत ने इन्हें अभी केवल एक ही बार मुश्किल से पहना था।''

नानी के मन में अभिजीत के प्रति अपना प्रश्न गूँजता है, 'जब तुम इन्हें पहनते नहीं तो क्यों खरीदते हो व्यर्थ ही?' अभिजीत उत्तर देते हैं, 'साधु की भूख तो एक बार पहनकर ही मिट जाती है। फिर चाहे तुम इन्हें किसी को भी दान में दे दो, चाहे कोई भी इन्हें पहने, मुझे इससे क्या?

''यह अलार्म घड़ी अभिजीत ने पाँच वर्ष पूर्व खरीदी थी, कभी बाहर जाने पर वक्त पर उठने के लिए। पर अभी तक इसका प्रयोग नहीं किया था उन्होंने। इस पर बँधा रिबन तक नहीं खोला गया!''

''यह टेप रिकॉर्डर कितने शौक से उन्होंने खरीदा था, अभी कुछ दिन पूर्व ही! इसकी आवाज हम सब अपने-अपने टेप में भर लेंगे।''

''स्वयं अविवाहित रहकर भी सरायपुर में होने वाले अनगिनत विवाहों की रस्म ईश्वर के साक्ष्य में अभिजीत ने ही पूरी की थी। अभिजीत की उम्र ही क्या थी? महज पचास-पचपन वर्ष। उन्होंने देखा क्या? पाया क्या?''

ऐसी कितनी ही उदास यादों और हमदर्द स्वरों से कमरा अटा पड़ा है। घर से कोसों दूर बहते नदी-नालों की अतिवर्षा के कारण लोगों के घरों के अंदर तक घुस आनेवाली बाढ़ई भावुकता, इस पल उस कमरे में बह रही है, जिसमें सबकुछ डूबा जा रहा है। उस यादगार सामान के साथ-साथ आज का दिन नानी के भी फैसले का है। नानी कहाँ रहेगी? किसके पास? कौन सा फैसला उसके लिए होगा? नानी सबके सामने किसी प्रत्याशी के रूप में बैठी है। नानी के हाथ में माला धीरे-धीरे घूम रही है। हर मनका नानी की ओर मुखातिब है। एक-एक मनका कितनी-कितनी देर तक उसकी अंगुलियों और अंगूठे के बीच दबा रहता है। हर मनके के साथ नानी की मन:स्थिति बदल जाती है। नानी और मनके जैसे कोई बहस, कोई विचार-विमर्श कर

रहे हैं। जैसे कि उन्हें भी फिक्र हो कि वे कहाँ जाकर रहेंगे?

नानी के मन में भी हर इनसान की तरह किसी की याद बनने की चाह है। नानी के मन में भी हर इनसान की तरह अपने प्रति दूसरे के प्यार और अधिकार भरे दावे की यह साध है कि कोई स्वयं ही आगे आकर कहे, 'चलो माँ, तुम हमारे यहाँ चलकर रहो।' 'चलो प्यारी नानी, हम तुम्हें यहाँ से लिए बिना नहीं जाएँगे।' पर ऐसा नहीं हो पाता। वहाँ बाढ़ तो है, पर पीने को पानी नहीं है। जब-जब बाढ़ आती है, तब-तब सबसे पहले पीने योग्य पानी का अभाव हो जाता है। और इस अभाव में कहीं भी किसी का दोष नहीं होता—यह एक सहज स्थिति होती है, जिसे स्वीकार करना पड़ता है। नानी को देखकर दया-दुःख-चिंता-हमदर्दी और जिम्मेदारी के एहसास के बावजूद सब पर भावना नहीं, तर्क का जाला बिछ जाता है। भावना वहाँ शिव की जटाओं में गंगा की तरह फँस-उलझकर रह जाती है। किसी भगीरथ के अभाव में भावना की बर्फ पिघलकर बह नहीं पाती। नानी का बगीचा इस लोभ और मोह के विकार से ऊपर उठ जाता है। सब महान् त्याग और विशाल हृदय का परिचय देते हुए मन-ही-मन नानी को एक-दूसरे के लिए छोड़ देते हैं, जो भी चाहे वह नानी को ले ले—इस संबंध में बहसने-झगड़ने का छोटापन ठीक नहीं—आखिर नानी सबकी है—सबका उस पर बराबर का कानूनी हक है! अभिजीत की कीमती, सुंदर और बदले में कोई माँग-प्रत्याशा न करनेवाली भौतिक चीजें तो झटपट यादगार बन जाती हैं, पर कम-से-कम एक कमरा घेरने वाला नानी का अस्वस्थ, बूढ़ा तथा प्रत्याशाओं भरा 'असुंदर' भौतिक शरीर उसके यादगार बनने में बाधा उपस्थित करता है। ऐसा कोई भी अजायबघर नजर नहीं आता, जहाँ नानी रह सके, क्योंकि अजायबघर मृत-बेजान चीजों के होते हैं और नानी अभी जीवित है।

पर सबकुछ के बावजूद किसी में भी इतनी हिम्मत नहीं है कि वह नानी को चुपचाप लाँघकर चला जा सके बिना पीछे मुड़े या देखे। इसलिए नानी ने ही सबको अपना फैसला देकर उन्हें संकोच, दुनियावी बोझिल दबाव और बीमार, घुटन भरे कठिन, उलझे प्रश्न से मुक्त कर दिया है—यह कहकर कि अभिजीत के जाने के चालीस दिन तक वह अपने परंपरागत विश्वास के अनुसार इसी कमरे में रहना चाहती है। फिर एक दूसरा पहलू भी सामने आता है—सारे आर्थिक कागजात, बैंक में पैसा आदि सब अभिजीत के नाम हैं। उनमें नानी का नाम कहीं नहीं। जब तक सबकुछ नानी के नाम हस्तांतरित नहीं हो जाता, नानी को यहीं रहना होगा। इस शरीर के साथ बार-बार यहाँ-वहाँ जाना संभव भी तो नहीं। इस कानूनी उलझन वाले काम में महीनों लगेंगे या वर्ष, क्या कहा जा सकता है? इन सारी बातों के सामने आते ही कमरे की छत ऊँची उठ गई है, दीवारें फैल गई हैं, बंद द्वार खुल गया है और एक-एक कर सब लौट गए हैं।

× × ×

कितने ही चालीस दिन बीत जाते हैं। किसी-न-किसी का आना और फिर चले जाना लगा ही रहता है, पर जीवन की उदासी और एकाकीपन भस्म नहीं होता। नानी बाजरे के दाने लेकर बैठ जाती है और धीरे-धीरे बिखेरती रहती है, दरवाजे के बाहर। घरेलू भूरे रंग की चिड़ियाँ आती हैं, चुगती हैं, चूँ-चूँ करती हैं और इस तरह आँखों के सामने एक रौनक रहती है। बैठे-बैठे नानी उनमें अपनी बेटियों को देखने ढूँढ़ने और एक पहचान बनाने की कोशिश करने लगती है।

नानी अपने कमरे में बैठी-बैठी मन की लहरों के साथ तिनके की तरह इधर-उधर बहती रहती है। वर्षों पुरानी तरह-तरह की पंक्तियाँ उसके मन पर दस्तक देती रहती हैं और कमरे में स्वर गूँजते रहते हैं, "नदी किनारे रूखड़ा, किचर को बने धीर···?" (नदी के किनारे खड़ा वृक्ष कब तक धैर्य रखे?) "जिदर गईयाँ बेड़ियाँ ते उदर गए मलाह···!" (जहाँ नौकाएँ गई हैं, वहीं मल्लाह भी गए!) फिर नानी सोचने लगती है, 'न जाने कब राजधानी जाना मिलेगा? मिलेगा भी या नहीं? ईश्वर, कम-से-कम मेरी यह इच्छा तो पूरी कर दो। वहाँ पहुँचकर दस रुपए मत्था टेकूँगी। पता नहीं कब कचहरी का काम पूरा होगा? यहाँ तो अब मन नहीं लगता। वहाँ मेरी कितनी ही बेटियाँ हैं! वहीं मेरा मन लगेगा।'

अब कमरे में केवल गिनती भर की वे चीजें रह गई हैं, जिनका केवल नानी की जरूरतों से संबंध है। जब कभी नानी की दृष्टि कमरे में घूमती है तो नानी पटाक्षेप के अवसाद में डूब जाती है, '···संसार की परंपरा है कि जब घर का एक व्यक्ति चला जाता है तो दूसरा घर को सँभालकर आगे ले जाता है···उसे नई रोशनी, नई दिशाएँ, नया बल और सहारा देता है और इस तरह दुनिया आगे बढ़ती रहती है, विकास की नई मंजिलें तय करती हुई···पर इस घर को आगे ले जानेवाला कोई नहीं! इसके हिस्से का खेल खत्म हो चुका है!'

कभी एक गिनती की उलझन में फँस जाती है नानी, 'मैं एक उड़ता हुआ पक्षी थी कभी! मैं चौदह बार माँ बनी थी! कितना बड़ा और भीड़ भरा घर था! पहले अपने बच्चे और फिर बच्चों के बच्चे। तब क्या कभी सोचा भी था कि जीवन का अंत इस तरह का होगा? एक-एक कर सभी घर की देहरी लाँघकर चले जाएँगे और केवल मैं रह जाऊँगी पिंजरे में बंदी पक्षी की तरह? शायद नानी केवल कहानियों में ही होती है, केवल भोले बचपन तक ही वह रहती है। उसके बाद उसका कहीं कोई अस्तित्व नहीं रहता, जरूरत नहीं रहती।'

एक दिन नानी की तबीयत ठीक रहती है, एक दिन खराब। कभी अस्वस्थ शरीर की जरूरत के लिए और कभी मन की जरूरत के लिए कोई चीज खाने की चाह और

उस पर क्रूर अंकुश, 'ओह! मैंने यह या वह चाहा-माँगा तो लोग क्या सोचेंगे? सत्ती क्या कहेगी? सभी चले गए, पर मेरी भूख नहीं गई?' नानी तेजी से माला फेरने लगती है, ''जीवतयां मर रहिए···।''

और कभी अपनी वही पुरानी प्रार्थना, ''तन सुक्के पिंजर थिए···।''

अब नानी को सांत्वना है कि इस प्रार्थना का असर उस पर होने लगा है। चेहरे पर पीलापन, आँखें धँसी हुई, हर समय आँखों से पानी रिसते रहना, दृष्टि का कमजोर होते जाना। अब यह विवशता भी नानी को नहीं घेरती कि वह रो नहीं सकती।

''नानी, आजकल फिर यह प्रार्थना क्यों दोहराती हो?''

''ताकि मेरे लोग मुझ पर दया और हमदर्दी करें। बेचारी माँ दुःख में कितनी सूख गई है! ताकि इन अंतिम दिनों की असहायता का कोई ठिकाना हो जाए। एक उम्र होती है, जब व्यक्ति प्यार-दुलार चाहता और माँगता है। जिद-जबरदस्ती शिकवा-शिकायत, लड़-झगड़ और रूठ-मान करके भी ले लेता है उसे। एक उम्र और परिस्थिति आती है, जब इनसान दया और हमदर्दी चाहता है और माँगता है। जीवन की सबल और गर्वीली उठान में जिस करुणा-सहानुभूति में अपमान नज़र आता है, जीवन की बेबस ढलान में वही व्यक्ति की जरूरत है और जीवन का सतत स्थायी सत्य बन जाता है!''

□

# चक्रभोग

पापा की जेब में आज फिर एक पत्र है। आज फिर वह मुझे पढ़वाना भूल गए हैं। आज फिर मैंने पढ़ लिया है। पापा ऐसे पत्र पढ़वाना हमेशा भूल जाते हैं। पर मैं कभी भूल नहीं पाती। पापा के पास आए ऐसे पत्र—पुरुषों के साथ मैं कई वर्ष बिता चुकी हूँ। इन पत्रों में कोई अजनबी 'कानाबाती-कू' कहकर भाग जाता है। उसकी प्रतिध्वनि मेरे अंदर महीनों और वर्षों गूँजती रह जाती है। मैं सोचती रहती हूँ—शायद पापा शाम की चाय पीते हुए इस बारे में कुछ कहेंगे।

शायद रात खाने पर।

शायद सुबह दफ्तर जाने से पहले।

वे जब भी 'तुषि बेटी' को पुकारते हैं, हर बार मैं कुछ घबराई सी, कुछ व्यस्त सी कानों से उत्सुक और दृष्टि से अनभिज्ञ मुखमुद्रा लिये उनके सामने आ खड़ी होती हूँ। उन्हें कभी दूसरे दिन ऑफिस जल्दी जाने की सूचना देनी होती है। कभी पूछते हैं—'क्या आज का समाचार-पत्र नहीं आया?' कभी समाचार-पत्र की मनोरंजक खबर सुनाने लगते हैं। कभी मेरी पढ़ाई, फार्म भरने और परीक्षा की चिंता आरंभ कर देते हैं। कभी उन्हें उनका पेन नहीं मिल रहा होता। कभी···कभी···। उनकी बात सुनकर मैं शिकायत से कहती हूँ—'पापा, आपने इतने जोर की आवाज लगाई थी कि मैं घबरा ही गई थी।' और पापा की बात तथा प्रश्न को वहीं भूल या छोड़कर मैं धीरे-धीरे लौट आती हूँ।

हर बार लौटते हुए 'तुषि', 'तुषार' पर हावी हो जाती है, 'तुषि', 'तुषार' के लिए चिंतित हो जाती है, 'तुषि', 'तुषार' के लिए रुआँसी हो जाती है। पापा फिर पुकारते हैं—'तुषि, तूने सुना नहीं? मैंने क्या कहा था?'

मैं क्या सुनूँ पापा?

'तुषि बेटी' के अंदर छिपी 'तुषार' ज्यों-ज्यों बड़ी होती जाती है, त्यों-त्यों मुझे

पापा के साथ में बड़ी असहज सी अनुभूति मिलने लगी है। हर जगह पापा का साथ अब कुछ ज्यादा अच्छा और उल्लासमय नहीं लगता। एकदम बँधा-बँधा, दबा-घुटा बोझिल साथ। अनुशासनपूर्ण, सुसंस्कृत और सभ्य साथ। 'तुषार' को अपने को छोटा और अनजान सी 'तुषि' दिखाने का सयत्न प्रयत्न करना पड़ता है। फिर भी लगता है, मैं जैसे बिल्कुल पापा के कंधे तक पहुँच रही हूँ। बराबर पहुँचते-पहुँचते जैसे पापा छोटे रह गए हैं और मैं उनसे भी बड़ी होती जा रही हूँ। इस अनुभूति के साथ मैं अधिक चुप होती जाती हूँ। अधिक चुप रहकर मैं जैसे उन्हें अपने छोटे होने का और फिर न होने का आभास दिलाती रहती हूँ, जिससे पापा बहुत अधिक चिंतित न हो जाएँ। पर चिंता का टिड्डीदल न जाने कहाँ से आकर मेरे आकाश पर मँडराने लगता है। मेरे चारों ओर जैसे हरदम विद्रोह होता रहता है। आज मेरी तबीयत ठीक नहीं थी तो पापा डॉक्टर के पास ले गए। उसने मेरी उम्र पूछी तो पापा ने बीस बताई। वैसे मैं अब पच्चीस की हूँ। सोचकर मुझे पापा के सामने बड़ी शर्म आई।

पापा ने मन में क्या सोचा होगा मेरी उम्र घटाते हुए!

मेरी सभी सहेलियों का विवाह हो चुका है—सरला का, मीता का और नीता ने तो प्रेम-विवाह किया है। केवल एक राधा और मैं ही रह गए हैं। राधा जैसे मेरी शिकायत पेटिका है, जिसमें मैं हर बार अपनी शिकायत की चिट डाल देती हूँ। कभी उससे पापा की बातें होती थीं, अब पापा की शिकायतें होती हैं। शिकायत कर देने से ही जैसे मेरी आधी शिकायत दूर हो जाती है।

यह उम्र ऐसी होती है न, चाहे खाली बैठो या रसोई में काम करो या पढ़ो, मन न जाने क्या-क्या सोचता और कहाँ-कहाँ भटकता रहता है। मैं घर में सारा दिन अकेली होती हूँ न, किसी से बातें करने के बदले बातें सोचती रहती हूँ। सोचते-सोचते कहाँ-से-कहाँ पहुँच जाती हूँ। घर में अकेले रहने की बरसों से आदत है, फिर भी मन उखड़ जाता है, अपनी पुरानी पहचानी जगह से किसी नई जगह की खोज में। लगभग पंद्रह वर्षों से हम यहीं रह रहे हैं। कभी-कभी इच्छा होती है किसी दूसरी नई जगह जाने की, किसी दूसरे व्यक्ति से मिलने की, बोलने की। यहाँ आसपास कोई बंगाली परिवार नहीं है। जो एक परिवार है, उसमें भी एक नया विवाहित जोड़ा रहता है। पापा को यह पसंद नहीं कि मैं किसी शादीशुदा औरत से दोस्ती रखूँ। विवाहित लोगों से दोस्ती न रखने योग्य भला ऐसी क्या बात होती है? मैं यह प्रश्न राधा के सामने रखकर हँस पड़ी थी। अपनी हँसी मुझे ऐसी लगती है जैसे मैंने उसे राह चलते सड़क पर से उठाया हो और उसमें रेत-धूल तिनके चिपके हुए हों। मैं अनुभव करती हूँ कि मेरी बातें बहुत सीधी-सपाट हो गई हैं—इंद्रधनुषी कंगूरे झर गए हैं—कँटीले पौधे उग आए हैं।

अब जिस लड़के से पापा बात चला रहे हैं न, वह काफी स्मार्ट है, गोरा भी है मेरी

तरह। नौकरी भी अच्छी है। पर पता नहीं, पापा को क्यों पसंद नहीं? शायद वे लोग बहुत दहेज माँगते होंगे। हो सकता है। पापा लेन-देन के विरोधी हैं। फिर पापा के पास बहुत ज्यादा पैसे हैं भी तो नहीं। पर इससे पहले एक और जगह बात चली थी। वे ज्यादा कुछ नहीं माँगते थे। कहते थे, लड़की सुंदर होनी चाहिए। मुझे तो पसंद था, बस थोड़ा काला था। ज्यादातर आदमी तो काले ही होते हैं। पता नहीं, पापा क्यों रंग के पीछे पड़े हैं? पापा स्वयं भी तो काले हैं। मुझे तो लगता है जैसे पापा मुझे भेजना ही नहीं चाहते। पापा मुझे बहुत प्यार करते हैं न।

मैं चाहे कितनी ही छोटी और जवान दिखने का यत्न करूँ, फिर भी लगता है कि मैं हर रोज बूढ़ी हो रही हूँ। मेरे सिर में जगह-जगह सफेद बाल सुई की नोक की तरह खड़े होने लगे हैं। मैं जैसे ध्यान न देने योग्य वस्तु हो गई हूँ। कहीं कुछ भी ताजगी, नयापन, उत्साह मुझमें शेष नहीं रहा। कभी-कभी मुझे पापा पर बड़ा गुस्सा आता है। हमेशा मुझे छोटी सी गुड़िया ही समझते हैं! उफ! मैं और कितनी बड़ी हो जाऊँ? लगता है, पापा मेरी शादी कभी नहीं कर पाएँगे।

शायद आवश्यकता से अधिक सावधानी और चिंता के कारण ही पापा मुझे किसी दूसरे अनजान पुरुष को सौंपने का निर्णय और साहस नहीं कर पा रहे हैं। उन्हें ऐसा पुरुष कहाँ मिलेगा, जो बिल्कुल उन जैसा हो, जो उनकी तुषि बेटी का उनकी तरह इतना ध्यान रखे! पापा एक बार रिस्क क्यों नहीं ले लेते—अपने लिए नहीं, मेरे लिए। जीवन में कुछ फैसलों में रिस्क लेना ही पड़ता है न!

× × ×

मैं हँसती हूँ तो मुझे अपनी हँसी पर विश्वास नहीं होता। क्या सच ही मैं चली जाऊँगी? सच, मैं चली गई तो पापा का ध्यान कौन रखेगा? उनका मन कैसे लगेगा? आज पापा भी यही कह रहे थे। उनकी आँखें जैसे गीली हो आई थीं। उनकी ऐसी बातों से मुझे लगता है कि पापा ने कहीं बात पक्की कर दी है। पापा की ओर देखती हूँ तो सोचती हूँ, मैं न ही जाऊँ। उनकी तबीयत कुछ ठीक नहीं रहती। होटल आदि का खाना उन्हें पचता नहीं। फिर अपनी सोचती हूँ—मेरी साड़ियाँ कैसी होंगी? शादी किस तरह से होगी? सारी तैयारी कौन करेगा? मैंने तो आज तक कोई विवाह नहीं देखा। माँ होती तो···

पापा माँ को बहुत चाहते थे। दूसरे विवाह के लिए परिवार वालों की हर वक्त की जिद और विरोध से तंग आकर पापा धीरे-धीरे सबसे कटते चले गए, न किसी के यहाँ आना, न जाना। मैं इतनी बड़ी हो गई हूँ, मुझे रिश्ते-नातेदारों के बारे में कुछ भी विशेष नहीं पता।

आज शाम के समय पड़ोस में लाउडस्पीकर पूरे जोश में गाने गा-गाकर किसी के

विवाह की प्रसन्नता जता रहा था। मैंने पापा से कह दिया—'मुझे तो विवाह में ये फिल्मी गाने बिल्कुल पसंद नहीं। लगता है जैसे नगाड़ा बज रहा हो। हम बंगालियों में जो शहनाई बजती, वह कितनी सोबर और मैजस्टिक लगती है!'

'तुषि, तुम्हारे विवाह में शहनाई ही बजवाएँगे।' बात पूरी सुनने से पहले ही मैं रसोई की ओर मुड़ गई। पापा की मुसकराती आवाज रसोई के अंदर तक मेरा पीछा करती रही। अँगीठी का तपता गुलाबीपन जैसे उठकर मेरे मुख और कानों में समाकर बैठ गया। मैं किसी लकड़ी के टुकड़े से फर्श पर कितनी ही देर तक उल्टी-सीधी रेखाएँ खींचती बैठी रही। अँगीठी जैसे मेरी मनोदशा को देख-देखकर हँसती रही। मुझे ऐसे में राधा पर क्रोध आता है—मैं तो उसके यहाँ रोज जाती हूँ, पर वह कभी नहीं आती। कल से मैं भी उसके पास नहीं जाऊँगी।

बाजार से निकलते हुए पापा ने साड़ी के लिए पूछा था। 'मेरे पास बहुत साड़ियाँ रखी हैं, पापा! अब और क्या करनी हैं?' मैंने 'अब' को मन में छिपा लिया था। पर पापा जरूर समझ गए होंगे। आजकल मुझसे पापा के सामने खड़े होते नहीं बनता। मन होता है, कहीं छिप जाऊँ और पापा को ढूँढ़ने पर भी दिखाई न दूँ। लगता है, मन में एक साथ ढेरों बातें इकट्ठी हो गई हैं। रातभर कहती रहूँ तो भी शायद खत्म न होंगी। सुबह मैं पापा के लिए क्या-क्या बनाऊँ? पापा को कौन सी चीज सबसे अधिक पसंद है? रात के बारह बज गए हैं। अब मैं सोने जा रही हूँ। गुडनाइट पापा!

× × ×

छिपे-अधूरे शब्द बोलता समय फिर धीरे-धीरे थककर सो गया है। मैं चुपचाप पापा का मुख देखती रहती हूँ। 'अब' को मन में छिपाकर हर कुँआरा कपड़ा अंतिम समझकर ले लेती हूँ। पापा! मेरा 'अब' कब तक मन में ही छिपा रहेगा? पापा कहते है, यह-वह साड़ी मुझ पर बहुत खिलती है। पर मुझे तो लगता है जैसे मुझ पर कुछ भी नहीं खिलता। पहनते ही नया कपड़ा भी पुराना-पुराना लगने लगता है। शायद कपड़ा नहीं, मैं ही पुरानी हो गई हूँ।

इस समय बाहर राधा के लिए लाउडस्पीकर अपनी प्रसन्नता जता रहा है। सामने दिखाई देता वह एक घर भी आज मुझसे मीलों दूर चला गया है। वहाँ तक पहुँच पाने की हिम्मत मुझमें नहीं है आज। रोज जाती हूँ। आज नहीं गई तो राधा क्या सोचेगी? मेरा मन राधा के प्रति क्यों रूठ गया है? राधा ने भला मेरे प्रति क्या कसूर किया है? इस क्षण ऐसा क्यों लग रहा है जैसे राधा के साथ मेरी कभी कोई मित्रता थी ही नहीं? शायद यह ईर्ष्या का ही एक रूप है। पर यदि मेरा विवाह नहीं होता तो क्या सभी कुँआरे बैठे रहें?

× × ×

राधा चली गई है। उसकी विदा ने मुझे बहुत रुलाया है। मेरे आँसू मेरे वश में ही

नहीं रहे थे। मैं इसलिए नहीं रोई कि राधा—मेरी सखी जा रही है, इसलिए नहीं रोई कि राधा की विदा के साथ आज मेरी मित्रता और बातों का एकमात्र सूत्र भी टूट जाएगा, रोना इसलिए था कि मैं नहीं जा रही थी। क्या मैं भी कभी जाऊँगी? एक बेटी के लिए इतनी तैयारी, इतनी चिंता, इतना शोर, इतने आँसू। मेरे लिए तो जैसे सब सपना ही है।

पापा! तुम मेरे लिए चाहे जितना कुछ क्यों न करो, चाहे जितना मेरा ध्यान क्यों न रखो, पर मेरा एक काम नहीं किया तो मैं समझूँगी तुमने मेरे लिए कुछ नहीं किया। पापा, तुम भी मेरा विवाह करो न। ऐसे ही जैसे राधा का हुआ है।

माँ! तुम क्यों चली गई हो? तुम पापा से कहो न। तुम्हारी बात वे नहीं टालेंगे। तुम आज ही कह देना—याद से!

अब बाहर कहीं भी जाने को मेरा मन नहीं होता। बाहर समूह में मैं स्वाभाविक नहीं रह पाती। अपने साथ की अब तो कोई भी लड़की आसपास मुझे दिखाई नहीं देती—सभी उड़ गई हैं। लगता है आस-पड़ोस-जहान भर में केवल एक ही बड़ी-बूढ़ी-अस्वीकृत ठहरी लड़की बैठी रह गई है। और वह है—तुषार। लगता है जैसे सब मेरी लंबाई-चौड़ाई को घूर रहे हैं। हँसते-हँसते चुप हो जाती हूँ, बोलते-बोलते रुक जाती हूँ। लोग जैसे देख-देखकर तरस खाते हैं—'…कित्ती तो बड़ी हो गई है! सुंदर तो खासी है। फिर भी पता नहीं क्या बात है? अंदर की कौन जाने? बाप की एकोएक लड़की है, फिर भी…।'

पड़ोस की दोनों लड़कियों से भी बोलना मैंने कम कर दिया है। उन्हें जब देखो अपने भैया-भाभी की, अपनी शादी की बातें करती रहती हैं और मेरे पास बात करने को कोई बात ही नहीं होती। मुझे फिर पापा पर गुस्सा आता है, मुझे जेल में बंद कर डाल दिया है और खुद दफ्तर की ठंडी हवा खाते हैं। मुझे कहते हैं, अब तू एम.ए. की पढ़ाई शुरू कर दे और मोटी-मोटी किताबें लाकर सिर पर फेंक दी हैं। इतनी कठिन पुस्तकें क्या मुझसे अब पढ़ी जाएँगी? कितनी मुश्किल से तो बी.ए. पास किया था। पापा तो कुछ समझते ही नहीं। पढ़कर भी भला क्या होगा? पापा को पता नहीं क्या हो गया है? बिल्कुल बदल गए हैं। पापा अब तुषि बेटी को जरा भी नहीं चाहते। वह तो उसे भूलकर न जाने कहाँ अपने में डूबे रहते हैं। उन्हें अब पहले सी मेरी चिंता नहीं रही। सच, पापा कितने झूठे हैं! शहनाई बजवाने की बात कही थी और लाकर देते हैं पुस्तकें!

मेरा सारा दिन पापा की चिंता और कामों में ही बीत जाता है। कभी वे अपनी पसंद बता जाते हैं, कभी रसोई में बैठी मैं उनकी पसंद सोचती रहती हूँ। वे दुर्बल स्वास्थ्य के हैं, इसलिए खाने में इस बात का मुझे ध्यान रखना होता है। इसी तरह से इधर-उधर से मैं अपने जीवन की गति और प्रसन्नता बटोरती रहती हूँ और फिर भी अनुभव करती हूँ प्रसन्नता हाथ से गिर-गिर पड़ती है। पता नहीं प्रसन्नता के अर्थ

बदलते जा रहे हैं या बातों के! पता नहीं मैं बदल गई हूँ या पापा।

'तुषि! ग्यारह से ऊपर हो गए हैं। अपना ब्यूटी-कोर्स कर लो। नहीं तो तुम्हें बहुत देर हो जाएगी।' यह मेरे लिए पापा का चिरपरिचित मजाक है, जो मैं सुनकर मन-ही-मन कई बार हँसी हूँ—'पापा कभी-कभी कैसा मजाक करते हैं! सच, मैं चली गई तो पापा किससे ऐसी बातें करेंगे?' सोचकर किसी के मधुर एहसास को बिल्कुल अपने कंधे के निकट खड़ा अनुभव करते हुए, कोमलता से किसी दूधिया क्रीम में रुई भिगोकर, उसे गुनगुने पानी से धुले चेहरे पर गोलाई से फेरने लग जाती। आज पापा ने वही पुराना मजाक कर दिया है। मेरे उखड़े मन को बात न जाने कहाँ चुभ गई है। उस पुराने वाक्य ने आज साँप की तरह मुझे डँस लिया है। उसके जहर से स्नायुतंतु झनझना उठे हैं और सभी कुछ धुँधला हो गया है। शीशियों के कोमल ढक्कनों में जंग लग गई है और मैं एक पल में न जाने कितनी कुरूप हो गई हूँ। अपने चेहरे को धोते, अपने शरीर के आकार का ध्यान करते-रखते, अपनी उम्र को पकड़ते-खींचते मैं थक गई हूँ। मैं जैसे मनुष्यों में नहीं, किन्हीं प्रेतों के एहसास में जी रही हूँ। चुप-चुप रोते, चुप-चुप सोचते, चुप-चुप शिकायत करते मेरा सिर फट जाएगा। इच्छा होती है, जोर से चीख दूँ और पापा फिर दौड़कर आएँ और पूछें—'क्या हुआ तुषि? क्या हुआ है तुम्हें? तुम क्यों डर गई हो?' और मैं पापा की गोद में रोते हुए सबकुछ कह दूँ। माथे से उल्टे-सीधे विचार और आँसू जैसे कोई नींबू की तरह निचोड़-निचोड़कर निकाल रहा है। पापा अब मुझ पर ऐसे व्यंग्य करने लगे हैं! पापा ने मेरे सुख के लिए अपनी शादी नहीं की थी तो क्या अब मेरी शादी भी नहीं कर पाएँगे? अच्छा हो पापा अब भी अपना विवाह कर लें और मुझे मर जाने दें। मुझे उनकी दया नहीं चाहिए।

ओह! कभी यही पापा मेरे जीवन में प्रथम व्यक्ति थे—'तुषि। आज क्या पढ़ा···डाँट क्यों पड़ी···अब पढ़ो···अब खेलो···चलो पूजा करें···चलो रसोई में कुछ पकाएँ···बिना खाए कैसे काम चलेगा···अब सो जाओ···अब उठो···अब स्कूल जाने की तैयारी करो···फ्राक पर प्रेस नहीं है···अब सो जाओ···अब उठो···अब स्कूल जाने की तैयारी करो···फ्राक पर प्रेस नहीं है···लाओ एक मिनट में हुई जाती है···तुषि तेरे बाल तो खूब लंबे हो रहे हैं···उफ! फिर उलझा दिया···लाओ जल्दी से मैं चोटी कर दूँ। यह साड़ी अच्छी रहेगी···यह क्रीम···हिंदी फिल्म बोगस, नाट वर्थ सीइंग···तुम यह पिक्चर देखना···यहाँ जाना है···वहाँ नहीं···पोस्टकार्ड ठीक रहेगा, अंतर्देशीय का क्या होगा···' बचपन से मुझे बाड़ की तरह घेरकर खड़े यह मेरे प्रिय पापा हैं। मैं पूरी तरह पापा के जिम्मे थी। फिर ज्यों-ज्यों मैं बड़ी होती गई, पापा मेरे जिम्मे आते गए। मैं बड़ी होती गई और पापा छोटे। सारा घर मैंने पहचान और सँभाल लिया और पापा जैसे सबकुछ भूल गए। पापा को अब रसोई में आने की जरूरत नहीं पड़ती थी, बल्कि बूझना पड़ता था कि मैंने क्या बनाया है और

मानना पड़ता था कि सच ही उन्हें कुछ भी नहीं आता···कुछ भी नहीं···यह भी नहीं कि इस्त्री कैसे और कहाँ की जाए···कपड़े कौन से पहने जाएँ···।

वही पापा अब कितने दूसरे और पराए-शत्रु लगते हैं। पापा! तुम अब क्यों अच्छे नहीं लगते मुझे·—जरा-जरा भी अच्छे नहीं लगते। पड़ोस की उमी कहती है—वह संध्या को रोज अपने बाबूजी के लिए प्रार्थना करती है। पागल! पापा के लिए प्रार्थना क्यों? मन होता है, उनका एक भी काम न करूँ—पापा बीमार हो जाएँ—पापा दफ्तर भूखे चले जाएँ तो भी कोई-कोई हर्ज नहीं।

मैं क्यों यह पिक्चर देखूँ और वह नहीं और केवल पापा के साथ ही क्यों? क्यों इससे बोलूँ और उससे नहीं? यहाँ जाऊँ और वहाँ नहीं और केवल पापा के साथ ही क्यों? मैं केवल पोस्टकार्ड पर ही क्यों लिखूँ--अंतर्दशीय और लिफाफा मेरे लिए क्यों नहीं? हर कार्ड पर पता पापा ही क्यों लिखें? हर पत्र का उत्तर पापा के ऑफिस में पापा की मेज पर ही क्यों आए? घर में, मेरे नाम पर, मेरे लिए नितांत व्यक्तिगत क्यों कुछ नहीं? सबकुछ खुला और सार्वजनिक ही क्यों? तुषार का अपना निजी कुछ भी नहीं। हर जगह, हर समय पापा, पापा और पापा!

× × ×

आज एक लंबे अंतराल के बाद कुछ लिखने बैठी हूँ। पापा से नाराज मेरे ये दिन कुछ अजीब ढंग से बीते हैं। घर के पिछले दरवाजे से दिखता सूखा घास का मैदान और सूनी काली सड़क जैसे भूल ही गई हूँ। जीवन में पहली बार एक काम बिना पापा से पूछे होता जा रहा है।

बादामी लिफाफों में चीजें और उड़ती हुई धूल ही नहीं कुछ और भी है, जो मेरे साथ घर के अंदर तक आ जाता है। इन दिनों कुछ अजीब सा लगने लगा है—जैसे कि तुषार बाहर रह जाती है और तुषि घर लौट आती है। जो बाहर रह जाती है, वह खींचने पर भी अंदर नहीं आती। रस्सी तुड़ाए इधर-उधर चकित कुलाँचे भरती रहती है। इस अचीन्हे से नए लगाव का पूरा विश्लेषण मैं नहीं कर पाती। उसे धो भी नहीं पाती। उसकी मधुरता में विनीत कृतज्ञता से डूबने और फिर समझने का यत्न करने लगती हूँ तो दिनों का अकेलापन, खालीपन और लंबापन कट-कटकर झरने लगता है।

बहुत आहिस्ता से धीरे-धीरे अंतरतम को छूती-पूछती-टटोलती प्रश्नीय दृष्टि, परिचय देती मुसकान, ब्रह्म-मुहूर्त में निःशब्द खिलते फूल सी बातें, थोड़े-थोड़े निराकार-अनाम परिचय में बहुत कुछ पाने-जानने की अनुभूति और गहरी आश्वस्ति मुझे इन दिनों मिली है।

वह सौम्य संभ्रांत ऋषि सा है!

एक तुषि पापा की!

एक तुषार ऋषि की!

यह कैसा सुखद और मोहक विभाजन है!

शायद यही है वह पुरुष, जिसे पापा अब तक मेरे लिए ढूँढ़ रहे थे।

आज जीवन में पहली बार मैंने घर का बंद दरवाजा खोल दिया है—वह दरवाजा जो केवल पापा की आवाज पर केवल पापा के लिए खुलता था।

…जीवन में बंदी परिधि से एक सीधी रेखा आ मिली है और स्पर्शकोण बना दिया है…लंबे रिक्त 'डैश' को एक झटके से काटकर, उसने अपने हाथों से मुझ पर न जाने क्या लिख दिया है। सुरक्षा और सौंदर्य का जाल अदृश्य सूत्रों ने मेरे चारों ओर बुन दिया है। उसके हाथों में कौन सा रंग था, जिसने मेरे कपड़ों को ब्रादली चकत्तों रहित चमकीला और गाढ़ा कर दिया है? मधुरता में डूबी-खोई दरवाजे की ओट से अपने अतिथि के लौटते पार्श्व को देखती न जाने कब तक मैं खड़ी रही थी। फिर समयबोध से अपने काँपते पाँवों को पीछे धकेलकर, स्वप्न में चलती हुई रसोई में आ गई। रसोई की हर वस्तु अनजबी हो गई थी जैसे। लगता था, किसी पराए घर में आ पहुँची हूँ। समझ नहीं आ रहा था, कौन सी चीज कहाँ है और किसकी पसंद का आज भोजन बनाना है और उधर पापा के आने का समय हो रहा था।

भोजन-संबंधी पसंद की उलझन जब सुलझ गई है, स्पर्श की मूर्च्छा जब टूटी है, हृदय की पर्वतीय दौड़ जब थमी है तो आगे पापा आकर खड़े हो गए हैं। पापा को यह सब पता चले तो वह क्या कहेंगे? क्या सोचेंगे? अपनी शिशुवत् बेटी पर का उनका शिशु विश्वास कहाँ जाएगा? सोचते-सोचते, अपने पर पापा के विश्वास के सामने, पापा के दुर्बल स्वास्थ्य कें सामने एकाएक अपराधी होकर रो उठी हूँ।

मैं पापा से सबकुछ कह दूँगी, फिर पापा जैसा चाहेंगे।

× × ×

पापा से सबकुछ कहना कितना कठिन है! कभी पापा मूड में नहीं होते, कभी मैं! कभी कोई शब्द ही ठीक-ठीक नहीं मिलता। मैं पापा से यह सब नहीं कह सकती।

× × ×

पापा! देखा तुमने!

सुना तुमने, पापा!

आज ऋषि कहता है—'मैं विवश हूँ।' वह विवश क्यों है? क्या विवशता है उसके साथ? तिस पर भी वह कहता है—'तुम मेरे जीवन में एक मधुर झील के समान हो।'

क्या मैं झील हूँ? मैं तो तुषार हूँ। मैंने तो झील कभी देखी तक नहीं। झील कितना शीतल-मधुर-सुंदर शब्द है! पर कितना दूर! मेरी पकड़ में ही नहीं आता कहीं से। सुना

है मानसरोवर नाम की कोई झील है। वहाँ पता नहीं कौन से मोती पाए जाते हैं और जिन्हें हंस चुगते हैं। झील भी कुछ चुगना और पाना चाहती है, उसकी शीतलता की भी कोई व्यक्तिगत उष्ण प्यास है, इसे हंस नहीं समझना चाहता। वह अपने पंख भिगोने के लिए तैयार नहीं है। पंख भीगकर भारी हो जाएँगे और वह उन्मुक्त उड़ नहीं पाएगा। सब बौने हैं···सब···अपने विवाहित, बीमार, कमजोर और ऊबे-थके हुए अकेलेपन में सुंदर, अनछुए, अनाघ्रात कुँआरे जीवंत का साथ चाहने वाले···छोटे-छोटे सर्कसी बौनों की छोटी सी अपने में सिमटी-डूबी लंबाई, जो दूसरों तक नहीं पहुँचती, लेकिन जो मजाकिया अनजानेपन और अनभिज्ञता में व्यक्तिगत स्वार्थपूर्ण भिज्ञता की लंबाई रखते हैं···उन्हें भूख लगती है, कामना जगती है और उनके आसपास ठहरी झीलें केवल उनकी पूर्ति भर के लिए रह गई हैं। मेरा मन होता है, मैं झरना बन जाऊँ। मेरा मन होता है, मैं सारी बौनी और रेतीली दीवारें तोड़कर इतनी दूर चली जाऊँ कि किसी के हाथ ही न आ पाऊँ। मेरा मन होता है···ओह! मेरे मन को तो न जाने क्या-क्या होता है।

पापा! तुमने मेरा निपटारा समय पर क्यों नहीं कर दिया? क्यों मुझे मन के हाथों भटकने के लिए छोड़ दिया है?

पापा हाथ धोते हुए, चाय पीते हुए, खाना खाते हुए वात्सल्य भाव से बार-बार पूछते रहे—'क्या बात है तुषि? बड़ी नाराज दिखती हो आज! क्या रोई हो? सोचता हूँ, तुम्हें संगीत की पूरी शिक्षा के लिए एक वर्ष को शांतिनिकेतन भेज दूँ। तुम्हारी क्या राय है?'

राय? तुषार की इच्छा और राय क्या है? सच, क्या पापा को उसकी राय का नहीं पता? अपनी राय के लिए शब्द खोज रही हूँ। पर लगता है जैसे सबकुछ गड़बड़ हो गया है। सत्य की आयु बीत गई है, अब आयु का सत्य और राय पापा से साफ-साफ कौन कहे? कौन बताए उन्हें प्रवासी का दुःख और उसकी राय? क्यों मैं ज्यों-ज्यों बड़ी होती जा रही हूँ, पापा मुझसे दूर होते जा रहे हैं? मैं केवल गूँगे पृष्ठों में ही पापा से बात और बहस कर पाती हूँ, शब्द मेरे मुँह में नहीं आ पाते। मैं उनमें ध्वनि नहीं कर भर पाती। मृत शब्दों और बातों का मलवा मेरे अंदर इकट्ठा होता जा रहा है और मैं उसके नीचे दबती चली जा रही हूँ। अब सत्य और राय तो क्या, कोई बात और छोटा सा झगड़ा भी नहीं रहा, जिसे पापा से कर सकूँ। एकरस शांत भले जीवन को थोड़ा अशांत और अभला बना दूँ, पल भर के लिए उसे आदर्श से गिरा दूँ। लगता है, वर्ष और युग बीत गए हैं उनसे बोले। खाने की, कपड़ों की, सेहत की, कहीं जाने की बातें क्या बातें होती हैं? यह तो जानवरों की भाषा है। मैं मनुष्य की भाषा बोलना चाहती हूँ, पर इस प्रवास में जैसे कहीं कोई मेरी भाषा जानने वाला नहीं है। पापा, जिन्होंने बोलना सिखाया था, वही जैसे अब मेरी भाषा की समझ भूल गए हैं। सारे संवाद और रिश्ते जैसे चुपचाप

छीजते जा रहे हैं। ऐसे में वे मेरी राय पूछ रहे हैं! सच ही क्या उन्हें राय बताने की आवश्यकता है?

× × ×

शिशिर की गुनगुनी धूप बरामदे में फैली हुई थी। पापा खड़े-खड़े गीले बालों में कंघी फेर रहे थे। पानी की ठंडी बूँदें बार-बार पीछे आ पड़ती और मेरी पलकें अचकचाकर हिल जातीं। मैं कुरसी के नीचे पाँव अटकाए पापा की कमीज पर बटन टाँक रही थी। मैं शांत धुली बैठी थी। बटन के छेद और सुई की नोक के जोड़ के सिवा मेरे मन में स्पष्टत: कुछ भी नहीं था कि अचानक पापा की पदोन्नति पर उलाहना दे उठी—'पापा! आप अफसर होंगे तो अपने दफ्तर के लिए। मेरा तो एक काम तक आप नहीं कर पाए।'

जैसे कोई करंट बंद तारों से निकलकर पापा के पाँवों तले आ गई। वह एकदम बात की तल में पहुँचकर काँपती धीरता से बोले—'हाँ, सच कहती हो तुषि।' उनके हाथ ने कंघी करना छोड़कर कंघी को देखना शुरू कर दिया। मैंने अपनी भारी पलकें उठाकर कुछ और कठोर कहने के लिए चुनौती से पापा को देखा। और फिर देखा—बालों की तरह पापा और पापा की आँखें भी गीली हो गई हैं···चेहरा बुझा सा है···वह पहले से अधिक दुर्बल हो गए हैं···मैं अपने मन का बोझ स्पष्ट कहकर इन पर कैसे डालूँ···लगता है, उम्र के साथ-साथ पापा में भी सत्य सुनने की शक्ति नहीं रही है···।

अपनी राय वापस लेते हुए मैंने कहा—'क्या ठीक कहती हूँ, पापा?' एक पल रुककर बटन के नीचे से तागा तोड़ा और दूसरा बटन ढूँढ़ते हुए काँपती सतर्कता से बोली—'कितने दिन हो गए हैं! आप कह रहे थे, रवींद्र नाट्यशाला ले जाएँगे। कभी लेकर नहीं गए।'

'अरे हाँ, मैं तो भूल ही गया था, तुषि! आज तैयार रहना शाम को।' पापा स्नेह से मुसकराए और फिर सोचकर, तुषि बेटी की इच्छा पूरी करने के उत्साह और प्रसन्नता में कहने लगे—'तुषि। तुम्हारी माँ में एक बात बड़ी खराब थी कि वह अपने मन की बात कभी नहीं कहती थी, पर तुम सच-सच कह देती हो। मुझे इससे प्रसन्नता होती है। आज तैयार रहना···।'

क्या मेरा प्रवास कभी समाप्त नहीं होगा? मुझे अपना देश क्या कभी नहीं मिलेगा?

□

# आपकी मेहरबानी

ऐसे अवसरों पर बधाई घर पर ही पहुँचाई जाती है, पर वह स्वयं लेने आती है। लगभग हर वर्ष कुछ दिनों के लिए वह अलोप हो जाती है और अपने शरीर से काट-तराशकर एक नया प्राणी ले आती है। तिस पर भी उसमें न ब्रह्मा होने का गर्व होता है, न मातृत्व की पदोन्नति की आभापूर्ण प्रसन्नता। लगता है जैसे वह कामनारहित कर्म का साकार रूप हो।

उसे देखकर बहुत सी निष्ठुर बातें मन में कौंध जाती हैं। उसे देखकर एक औरत की याद हो आती है, जो कहती थी—'मेरी तो चिता भी बच्चे पैदा करेगी।' उसे देखकर हर वर्ष गुसलखाने में घोंसला बनाने वाली चिड़िया की याद आ जाती है, जो वर्ष के अधिकांश भाग में अपने घोंसले में एक-न-एक अंडा दुबकाए रखती है और घोंसला उखाड़ फेंकने की अनुमति नहीं देती। उसे देखकर सूअरबियान याद हो आता है। छिः-छिः! क्या किसी के प्रति इतना हृदयहीन होकर सोचना चाहिए? और यदि सोच भी लो तो क्या वह सब कह देना चाहिए?

सच पूछें तो, वस्तुतः मुझे ध्यान भी नहीं आता कि मैंने कभी उसके चेहरे को ध्यान से देखा है। उसकी आवाज ही अधिकतर मैंने नेपथ्य से सुनी है। सुप्रीत को उसके गंदे-संदे, ढीले-ढाले काम पर चिल्लाते और डाँटते सुना है और सुना है धीरे-धीरे लयविहीन ध्वनि में रेंगते उसके कुछ उत्तर।

उसे देखकर मुझे गुस्सा चाहे न आए, पर अच्छा नहीं लगता। शायद कुछ—शायद बहुत ज्यादा गुस्सा भी आता है। अजीब लिजलिजा ढीलापन और चिथड़ापन है उसमें। मटमैले-पीले-हठीले मुख के बीच उसके सफेद दाँत केवल बात करते समय दिखते हैं, वैसे कभी नहीं। बिना उत्तेजित हुए वह बड़ी-से-बड़ी खुशी या दुःख की बात सुन जाती है—कह जाती है। प्रतिदिन काम कर लेने के बाद कोई-न-कोई चीज—कपड़ा, साबुन, रोटी, चाय, चीनी आदि माँगती रहती है। डाँटो तो उसका उत्तर फिर वही चीज होती है।

लगता है, उसके स्वाभिमान के दाने को उसकी जरूरतों की भूख या भूख की जरूरतें पूरी तरह से निगल गई हैं। हर रोज थूथनी लटकाए, अपने पीछे पलटन लिये वह इधर-उधर सूँघती रहती है, बटोरती रहती है। मकान के ऊपरी हिस्से में रहती डेनिश वृद्ध महिला अपनी टूटी-फूटी हिंदी में कहती है—'इसकी आँखों से कैसा भूख टपटपाता रहता है। देखा नहीं जाता है। जैसे बाहर पड़ा सारा चीजूँ इसे मिल जाएँ। ये औरत क्या कभी हँसता नहीं?'

जीवन में सारे रिश्तों के होते हुए भी वह यतीम नजर आती है। कोई खाने-पीने की चीज उसकी बूढ़ी माँ को कभी दी जाए तो उसका बदरंग-फीका-भूखा चेहरा कहता है—ये सब तो मुझे मिलना चाहिए था। झट से अपना टूटा गिलास या फूटा प्याला या जंग खाया टीन का डिब्बा ढूँढ़कर ले आएगी और बीमार माँ के हिस्से की चाय उल्ट लेगी। उसके छोटे-छोटे चार-पाँच बच्चे गेट के पास घेरा डालकर बैठ जाएँगे। हर मुख एक-एक घूँट भरकर आगे बढ़ाता जाता है और घूरता जाता है—कहीं दूसरे ने बहुत बड़ा घूँट तो नहीं भर लिया? बचा-खुचा आखिरी अधूरा घूँट वह आप सटक लेगी या डिब्बे में नल से पानी भरकर पी लेगी।

न चाहने पर भी उसे देखकर मेरे मन के दया-माया के सारे भाव तिरोहित हो जाते हैं और चिढ़ भर जाती है। न चाहने पर भी मुझसे सदैव उसकी मौन उपेक्षा और अवहेलना हो जाती है। लगता है वह अपने लटकते लहजे में कुछ भी कहेगी तो मेरे सिर में दरारें पड़ जाएँगी। उसे देखते ही या दूर से आती उसकी आवाज को सुनते ही सवाल उबलने लगते हैं—वह हर वक्त माँगती क्यों है? वह इतने बच्चे क्यों पैदा करती है? चिथड़ों की तरह लटकता उसका मूर्खताभरा मातृत्व! जाहिल औरत!

वह आज इस समय भी अपनी तरफ से कोई बहादुरी कर के आई है और सीढ़ियों के पास दीवार से टिककर फोकी लौकी की तरह झुकी-झुकी सी खड़ी हो गई है। उसकी अंगुली पकड़े, कुछ पाने की आशा से लबालब भरी और कुछ सहमी हुई चार वर्ष की अपंग लड़की कभी अपनी माँ को देखती है और कभी मेरे त्यौरी चढ़े अस्वागतभाव को।

पुकारने पर सुप्रीत बाहर आई है और भरी-पूरी खनकती आवाज में कहा है—"पूनी, बधाई हो बेटे की।"

हूँ! क्या बधाई ऐसी खानापूरी जैसी चीज है, जो हर एक को बिना सोचे-समझे दे दी जाए? उसने ऐसा बधाई जैसा क्या काम किया है? समझदारी से बनाई गई देश के विकास की सारी योजनाओं को कितना नुकसान पहुँचा रही है यह एक नासमझ औरत। मुझे सुप्रीत पर खीझ हुई।

"आपकी मेरबानी सब!" पूनी कपड़े में लिपटे, आँखों में काजल भरे चूहे से

मांस पिंड के सिर पर बने बालों के कौए को सहलाते-सँवारते हुए बोली।

मुझे उसकी 'मेरबानी', चुप सहजता और निर्विकार स्थिति काँटे सी चुभ रही थी—"अरे! हमारी मेहरबानी नहीं, तुम्हारे घरवाले की मेहरबानी है। भला अपनी फैक्टरी कब बंद कर रही हो? कित्ते हो गए अब?"

सुप्रीत ने मुझे दृष्टि से डाँटा। मैंने उसके मातृत्व को नजर लगाने जैसी बात कही थी। आग में लाल मिर्चा डालकर, मुझे दो-चार कोसती गालियाँ देकर अपनी मातृत्व-योग्यता की नजर उतारने की जरूरत अब उसे पड़ेगी। रेत-मिट्टी ढोते खड़खड़िया ट्रकों के पीछे भी लिखा रहता हैं—'बुरी नजर वाले तेरा मुँह काला। तेरे गले में जूतों की माला। तू मेरा साला।' मैंने सोचा, वह फट पड़ेगी। एक की सौ सुनाएगी। पर वह बोली जैसे दाल-भाजी की बात कर रही हो—"दस तो पहले से हैं। ये ग्यारहवाँ है। छह लड़के (छह बैंगन), पाँच लड़की (पाँच तोरी), दो पैदा होते ही मर गए (झुलस गए) मैं तो कहूँ हूँ मेरा आपरेसन करवा दे, वोयी नयीं माने है।"

लो, उसने तो वही बात कह दी है, जिसे कहने की मैंने पूरे साहस और विद्वत्ता से तैयारी की थी। अब मेरे पास केवल कुछ रस्मी सवाल रह गए हैं, जो मुझे पूछने हैं कि संख्या के संखिया ने उसे परेशान क्यों नहीं किया अब तक? फरार कैसे है, वह अब तक?

"इतनी मँहगाई में इतने बच्चे कैसे पालोगी?"

"अब कौन समझाए जमादार को? वह कहता है—'बाप मैं हूँ। पालना मुझे है। तुझे क्यों फिकर होती है?' और देने को धेला नहीं देता। एक बार तो मैं तंग आ के सारे बच्चे गाँव में उसके पास छोड़ आई तो दूसरे ही दिन आके सारे वापस छोड़ गया—'ले सँभाल अपने कीडों-मकोड़ों को। कोई कहता है—ये दो। कोई कहता है—वो दो। मैं कोई अलादीन हूँ? पाजी। सूअर!' जब कभी सहर में आता है तो बच्चों से कहती हूँ—'बापू को घेर के बैठो। जो माँगना हो उससे माँगो।' तंग आके कभी तो अक्ल आएगी कि इत्ते बच्चों का क्या तू आचार डालेगा?"

मैंने पूनी का चेहरा देखा—पानी की तरह हर पल काँपता हुआ। मुझे लगा वह कमजोरी में गिर पड़ेगी, पर वह खड़ी रही। बैठ जाने के लिए सीढ़ियों की ओर उसने देखा तक नहीं और मैं सीढ़ियों को देखता रहा कि वह वहाँ बैठ जाए। उसके प्रति वर्षों पुरानी उपेक्षा को वापस लेने में मुझे संकोच हुआ। मैंने तो पूनी को ईंट-पत्थर की तरह नदी में फेंका हुआ था। पर मैं देख रहा था, वह किस तरह पानी के ऊपर उभर आई है।

"पूनी, अब तू पहले से बहुत कमजोर हो गई है। बैठ जा यहाँ। खड़ी-खड़ी थक जाएगी।" सुप्रीत ने कहा।

"आप कमजोरी की बात करती हैं। जे तो जब से पैदा हुआ है, खरच करवाए जा

रहा है। पहले तो इसे टट्टी लग गई। फिर इस नासमझ लड़की ने बुरकी भर के इसकी बाँह खींच दी तो नीचे गुब्बारे सी सूजन हो गई। किसी ने बताया नस पिरोनेवाला पास के गाँव में है। यहाँ से बस तो जावे है, पर आगे गाँव तक कित्ते मील गरमी में भूखों पैदल चलना पड़ा। रोज उड़द की दाल की पट्टी करती हूँ अब इसी का गम खाए जा रहा है।''

''चल बेटा है। बड़ा हो के तेरी सेवा करेगा।'' सुप्रीत सेवा का मेवा दिखाकर उसकी थकान, कमजोरी और खर्चे के दुःख को मिटा देना चाहती है।

''कुछ मत कहो बीबीजी। वो चरनू ही बड़ा हो के क्या दे रहा है? बात तक नहीं सुनता। बाप ने कुछ नहीं दिया तो बेटा क्या देगा? कल जे बड़ा होगा तो जे थोड़े ही कहेगा कि माँ दस दिन बाद से हो भूखी-प्यासी इसके मारे डोलती रही। इसका बाप तो कहता है—'जे भी चरनू जैसा ही निकलेगा। इसे मर जाने दे, पर मेरी बेटी को (जिसने बाँह खींची है) मत मार। बेटी के घर जाऊँगा तो इज्जत से बिठा के पानी तो पूछेगी।''

''अजब है तेरा घरवाला! उसे बच्चों का इतना चाव है कि तेरह तक भी जी नहीं भरा और ऊपर से कहता है—मर जाने दे।''

''अरे, उसे इनसे लगाव थोड़े है। चाहे मैं मरूँ या जे। कहता है—'जब तक बारह-चौदह बच्चे न हों, तब तक औरत को पता ही नहीं चलता कि ऊ माँ है। खाली-ठाली औरतों के दिमाग में कोई-न-कोई फितूर उठता रहता है। अपने भगवान् के दिए काम में लगी रहवें तो उनका मन भी लगा रहवे और बिगड़ें भी नहीं।' फिर ऊ गाँव में, मैं सहर में इस पेट की खातिर। जब सहर आवे तो टोह-टोह के देखे। इधर-उधर से पूछताछ करे है। पैसे न माँगूँ तो सक करे है। माँगू तो सक करे है। और देने को धेला नहीं देता। पिछली बेर मैं जिद्द पे आ गई तो उसने मेरी बाँह तोड़ दी—'कैसे नहीं तू मानेगी?' मैंने तो इस बार सिस्टर के हाथ-पाँव जाड़े—मैं लिखकर देने को तैयार थी—जो होवे मेरी जिम्मेवारी पर। पर ऊ नहीं माना। ऊ से मेरी जबरदस्ती न चल सके। जबरदस्त है। मैं तो कभी उसके आगे बोल न सकूँ। जिद न कर सकूँ। मेरी पाँचवीं लड़की हुई तो पूछा था—'तुम्हारी आमदन कित्ती है?' उत्तर मिला—'मैंने अपने माँ-बाप को नहीं हिसाब दिया तो तू कौन हो पूछनेवाली?' तब से मैंने कान उमेठे। कोई नहीं बताता तो क्यों पूछूँ? एक कंपनी के दफ्तर में जहाँ मैं दिन में दो घंटे काम करूँ हूँ, मेरी तनखा खुद आकर लेवे। मैं काम करूँ हूँ और मुझे पता नहीं कि मुझे कित्ते पैसे मिलते हैं। मैं रुपए की बाबत पूछूँ तो कहे—तू चुप रह! चाहे जित्ते मिलें। तेरे मतलब की बात नहीं। तू अपना काम कर।''

''कोई लत है उसे?''

''नहीं। फिजूलखर्ची की आदत है, बस।''

पूनी के बदले कभी-कभी उसका एक हाई स्कूल पास लड़का भी काम पर आ जाया करता था। सुप्रीत ने उसकी आगे की पढ़ाई और नौकरी की बात चला दी तो वह बड़ी चिंता से बात को आगे बढ़ाने लगी—''मैं चाहती थी लड़का नेबी (जल सेना) में चला जाए और कमाने लगे। उम्र तो उसकी ठीक है, पर वजन कम होता है।''

''खिलाओ-पिलाओ तो वजन बढ़ जाएगा।'' हमने उसे ठीक-ही-ठीक नुस्खा बताया।

''इत्ता खाने-पीने को लाएँ कहाँ से? मैं तो कहती हूँ उसे—अब मेरी भी तेरहीं कर दे।'' उसने पेट पर कोसता सा हाथ रखा।

हमारी ओर अब चुप्पी थी। शब्द केवल उसकी ओर से थे—''जो उसकी इच्छा हो करे। बहुत होगा, एक दिन मर-मरा जाऊँगी तो खुद ही सँभालेगा।'' अपने कटे-फटे शरीर को खारे समुद्र में छोड़कर वह निबेड़े के से भाव से किनारे की रेत पर बैठी उसे देखने लगी। और हम उसे।

सुप्रीत उठकर अंदर चली गई।

उसने अनुच्छेद बदला हमारी सुविधा के लिए—''कल से मैं काम पे आऊँगी।''

''ठीक है।''

माँ बेटी दोनों ने मिलकर चाय पी। कुछ खाने की चीज और दो रुपए बेटे की बधाई के लेकर, असीस देती हुई वह उठकर चली गई है, अपनी एक बाँह में रोता बच्चा और अंगुली से अपंग लड़की को पकड़े हुए।

□

# कब्रगाथा

एक प्रश्न के चार कोनों में चार प्राणी खड़े हैं और उससे अपनी-अपनी तरह से जूझ रहे हैं।

श्रवणकुमार के पिता कभी फौज में कर्नल थे। अवकाश-प्राप्ति के बाद उन्होंने किसी कंपनी में नौकरी शुरू कर दी है। अपने को सदैव घर से बाहर व्यस्त रखते हैं। सुबह नौ बजे तक अपने काम पर चले जाते हैं और रात घिरने से पहले लौटना नहीं चाहते, ताकि घर में छायी अमावस अधिक गहरी न लगे। आज भी वे किसी फ्रंट पर हैं, पर अंतर इतना ही भर है कि कभी वे योद्धा की तरह उसका सामना करते थे और आज उससे बचकर उसका सामना कर रहे हैं। वे रतिका के सामने पड़ना नहीं चाहते।

श्रवणकुमर बैंक के मैनेजर हैं। साढ़े नौ तक वह भी चले जाते हैं मूल और सूद के सरकारी धंधे में। पीछे इस मकान में रह जाती हैं दो औरतें। परंपरा ने पहली औरत को नाम दिया है—श्रवणकुमार की माँ और दूसरी औरत को पहचान दी है—श्रवणकुमार की पत्नी।

श्रवणकुमार की पहली पत्नी थी उनके बराबर के स्तर की—सुंदर, धनी-मानी घर की, डिग्री कॉलेज में व्याख्याता। पर बुरा हो इस दुनिया के सारे गोरखधंधों की जड़ शादी का जो कभी हव्वा को हौआ या फिर शिला बना देती है और कभी आदम को रातोरात कहीं बहुत छोटा और कातर सिद्ध कर देती है। वे उसके सामने सप्ताह भर बीत जाने पर भी एक छात्र की सी स्थिति से आगे नहीं बढ़ पाए। एक भयावह प्रश्न-चिह्न से घिरे उस विवाह की आँख खुलते ही मृत्यु हो गई थी। पत्नी वापसी खत की तरह आते ही लौट गई। अंततः मौन हस्ताक्षरी तलाक ने ही उस पाला मारे विवाह का शेष दाह संस्कार कर दिया था। पर फिर भी अपने प्रति एक भ्रम श्रवणकुमार के मन में कहीं बचा रह गया था!

इस बार जयमाला के लिए पत्नी को बहुत सोच-समझकर चुना गया है। जो

उनकी मानसिकता और सामर्थ्य की परिभाषा के अनुसार भली और घरेलू हो, जो घर की दीवारों में फिट हो सके, जिसे पालतू बनाया जा सके, जिसके पास न माँगों की सूची हो, न अहं का परमाणु हो, जो दूर-पास की रिश्तेदार हो और विवाह उस पर उपकार हो!

और उधर जब आशा के विपरीत रतिका की साधारण घरेलू स्थिति का रिश्ता इस घर की विशिष्टता के साथ तय हो गया था तो उसके मन के आँगन में कितनी ही सुनहरी-झिलमिलाती कामनाओं के फूल खिल उठे थे—कितने ही छेड़छाड़ भरे गीतों के स्वर दिन-रात गूँजते रहते। उसे एक वरदान सी सांत्वना मिली थी कि अंततः यह विवाह उसे अपने घर की उदासी और ठहराव से मुक्त कर देगा। वह उन्मुक्त जी सकेगी अब। पाई हुई सूचना के आधार पर उसे दुःख होने लगा था कि कैसे इस प्यारे से पुरुष को एक चरित्रहीन औरत ने तलाक की आग में झोंक डाला, केवल अपने किसी पूर्व प्रेमी से विवाह रचाने के लिए! वह अपने चरित्र को भली प्रकार से ताले में बंद कर साथ लाई थी, अपने प्रिय को असीम प्यार देने के प्रण के साथ, ताकि वह उस दुःख-अपमान को भूल जाए। किसी की प्रेमिका बनकर जीने का अपना सपना वह इसी रूप में सच करेगी।

× × ×

इस घर की चारों बेटियों की शादी हो चुकी है। इस शहर के आसपास ही रहती हैं। अकसर किसी-न-किसी का आना-जाना लगा ही रहता है अपने पति-बच्चों के साथ, आती-जाती, कोई-न-कोई छुट्टी बिताने, जिससे अच्छी-खासी रौनक जमा हो जाती है और ठहरा हुआ घर भागने-दौड़ने लगता है।

चारों बहनें, क्योंकि जुड़वाँ-जुड़वाँ हैं इसलिए दो-दो बहनों का आना सदैव संग-संग होता है। जन्म, शादी, गर्भपात और फिर बच्चे—हर मामले में उन्होंने एक-दूसरे के साथ जुड़वाँपन निभाया है। यह घर उनकी बचकानी यादों और बहनापे की मिलन-स्थली है। आगंतुक देवी-देवताओं के आतिथ्य की सारी पुण्यवाटिका रतिका के ही हिस्से में आती है। पर इस कर्तव्य-शृंखला में भी घर आए देवताओं से किसी सहज बातचीत और उनके सामने उठने-बैठने की बेअदबी पर बंदिश होती है। नख-शिख के चुंबक को आँचल से ढके, दृष्टि-नौका को पलकों के पाल में छिपाए, हर काम पूरी तटस्थता और निरपेक्ष अनुशासन में करना। होकर भी न होने की ईश्वरीय योग्यता सिद्ध करना!

श्रवणकुमार की बहनें अपने बच्चों को दूध पिलाते हुए कभी ताना और कभी छेड़छाड़ भरे स्वर में कहती हैं—"रतिका, बहुत आराम कर चुकी हो! बहुत ऐश हो चुकी! अब तो दो से तीन होने के बारे में कुछ करो!"

''मैं क्या कर सकती हूँ? अपने भैया से कहो न!''

उत्तर सुनकर और पारदर्शी चेहरा देखकर श्रवणकुमार की शक्ति स्वरूपा माँ रसोई के एकांत में शब्दों के कोड़ों से उसका कोर्टमार्शल करती हैं। वह सीखती रहती है अशांति में भी शांति से जीने के लिए हर बात का मौन उत्तर देना—हर स्थिति में अंतिम शब्द सामने वाले पक्ष को ही कहना है, यह याद रखना। अन्यथा मुख खोलने का अर्थ है कई दिनों के लिए महाभारत को न्यौता देना।

संबंधों के स्तर पर चाहे कुछ न बदले इनसान के हाथों, पर ऋतुओं का रंग तो अयत्न ही बदल जाता है। यह अच्छा ही है कि मौसम के पन्ने मनुष्य के हाथों से बाहर हैं। अँधेरे में मुख छिपाए आई सुबह से लेकर तीसरे पहर तक की बंदिनी दिनचर्या से थोड़ी छुट्टी पाकर, वह बुनाई के साथ बाहर बरामदे में जाड़ों की वापस लौटती कमजोर सी धूप के सुख में आकर बैठ जाती है, ऊन के गोले की तरह गुमसुम। पलकों को नीचे गिरे रहने की ऐसी आदत हो गई है कि उनकी बोझिलता दर्द से उठाए नहीं बनती।

श्रवणकुमार की दूरदर्शी माँ, अपने बेटे की हितचिंता में, कपूर में रखी मिर्च की तरह सुरक्षा से पीछे-पीछे चली आती हैं। उस कच्चे-कोरे से सिंदूरी घड़े को किसी काम-बेकाम की ठोकर से बचाए रखने के लिए घर-गृहस्थी की मान-मर्यादा को बनाए रखने के लिए शंकित सावधानी से टोकती हैं—''मत बैठा करो यहाँ! सामने के मैदान में लड़के खेलते रहते हैं!''

'वे तो लड़के हैं!' उसके अंदर एक उत्तर बुलबुले की तरह बेआवाज उभरता है। माँ जैसे उस मौन प्रतिक्रिया को सूँघ लेती हैं इसलिए अपनी बात को अधिक तर्कसंगत वजन देते हुए कहती हैं—''सड़क पर से लोगों का आना-जाना भी लगा रहता है! भले घर की बहू का यों बैठना···!''

एक गूँगा प्रश्न रुआँसे मुख में तिनके की तरह दबाए, अनाथ भाव से उठकर अंदर आ जाना और मन के तालाब में डूब जाना—'सड़क इस भले घर की घेरे बंदी और बरामदे से इतनी दूरी पर है कि कुरसी पर बैठने पर उसकी आँच-जाही दिखाई नहीं देती। वह आप बैठेंगी तो उनके महिमाशाली भलेपन पर आँच नहीं आती। हँसी-ठिठोली करती पड़ोसी बहू-बेटियाँ हम उम्र संबंधों की बासंती धूप में बैठती हैं तो उनके भी चंचल भलेपन को बरामदे की हवा नहीं सुखाती-चुराती। तब मेरे ही अभागे भलेपन में ऐसा क्या है, जो काफूर हो जाएगा?'

अपने प्रश्न का जो उत्तर उसके अंदर उभरता है, उसकी चिंदी-चिंदीकर वह भले घर के मुख पर फेंक देना चाहती है। चाहती तो वह बहुत कुछ है, पर वह कर इतना ही पाती है कि निढाल सी कंबल लपेटकर पड़ी रहती है कि तभी स्वार्थ की सलाखें उसके

कानों को बेधती हैं—"चलो उठो! अधिक सोने से अंग जुड़ जाते हैं! देह आलसी हो जाती है। भला रात किसलिए बनी है?"

रात की कालिमा उसके अंदर अट्टहास करने लगती है।

कभी मेज पर सजे फलों का सवाल उठ खड़ा होता है—"एक संतरा कम क्यों है? दुकानदार ने ही कम दिया था या तुमने…? इतना अधिक खाकर और हट्टी-कट्टी होकर तुझे भला क्या करना है?" माँ की चौकसी कोई-न-कोई नई करवट बदल लेती है।

प्रश्न सुनकर श्वास अवरुद्ध हो जाते हैं और एक निर्णय उनमें घुटने लगता है—'ऐसे नंगे सवालों-तानों का सामना करने से अच्छा है कि हर तरह की भूख को मार-दफना दिया जाए। पर आखिर मैं किस-किस इच्छा की हत्या करूँ? कभी कुछ मनचाहा खाने की इच्छा? पहनने की इच्छा? इन दीवारों से बाहर घूमने की इच्छा? अपने प्रिय के साथ सहज ढंग से जीने की इच्छा? मेरी हर कामना कितनी अपमानित और विकृत होकर जी रही है! अंदर-ही-अंदर कितना भटकाती है! कैसे लालसाएँ मन की खोह में चुपचाप सरसराती और सिर पटकती रहती हैं!' वह देखने लगती है अपनी तृषित कामनाओं का अभिसार और फिर सुनती है उनका अरण्य रोदन। उसके विचारों की शृंखला को माँ का आक्षेप तोड़ देता है—"कहीं तू हमारे घर की बुराई-चुगली तो नहीं करती रहती पास-पड़ोस में? आज चंदा फिर तुझे पूछ रही थी—'रतिका नहीं दिखाई दी कई दिनों से! ठीक तो है न? बीमार तो नहीं कहीं?' क्यों? क्या बीमारी है भला तुझे जो लोग राह चलते पूछने लगते हैं मुझसे?"

"मैं क्यों करूँगी चुगली या बुराई?"

"तो फिर पड़ोसिनें तेरा ही हालचाल क्यों पूछती रहती हैं मुझसे आते-जाते? और किसी का क्यों नहीं पूछतीं? तुझसे ही इन्हें इतनी हमदर्दी क्यों है?"

उत्तर देने के बदले वह मन के सागर में डूब जाती है—'कह दूँगी कि वे भी मेरा हालचाल न पूछा करें। इस इज्जतदार घर की विसंगत स्थितियों में संगत बातें हो कैसे सकती हैं? बंजर जमीन में झाड़-झंखाड़ ही तो उगेंगे और रेत में केवल रेत ही तो जन्म लेगी। एक बार जब कोई रेगिस्तान जन्म ले लेता है तो कैसे वह कण-कण बढ़ने-फैलने लगता है और अपने आसपास की धरती को भी रेत बनाने लगता है! न जाने इस मरु का अंत कहाँ है?'

पड़ोस में चंदा और मधु से रतिका का अच्छा परिचय है। कभी आमना-सामना हो जाने पर दो-चार बातें नन्ही गेंद की तरह उछलकर घर की दीवारों के आर-पार चली ही जाती हैं, माँ के न चाहने पर भी। उसके प्रति चंदा का स्नेही भाव कह देता है—"तुम्हें देखकर ऐसा लगता है जैसे कोई नया जनमा पक्षी हो, जिस पर अभी पूरे रोये न

आए हों—जिसने अभी उड़ना न सीखा हो!''

और फिर उसके अंतस के घुप अँधेरे में उतरने का यत्न करते हुए धीमे से पूछती है—''तुम क्यों इतनी पीली और बुझी सी दिखाई देती हो? तबीयत तो ठीक रहती है न?''

वह इन प्रश्न-द्वारों के आगे चुप्पी की चट्टान रख देती है—'मैं क्या बताऊँ कि मेरा अधूरापन क्या है? कि मेरा रोग क्या है? कि मुझे अपने आपसे ही वितृष्णा क्यों होती जा रही है?'

फिर एकाएक वह अनखा जाती है—''क्यों? मुझे क्या होना है? ठीक ही तो हूँ!''

चंदा विस्मित रह जाती है कि रतिका में यह कटुता क्यों? मेरे सीधे-सरल सवाल का ऐसा टेढ़ा उत्तर क्यों? क्यों कुछ लोगों को खिझाता है, उनसे उनका हालचाल पूछा जाना? तभी एक गहरी साँस लेकर रतिका अपने स्वभाव में लौटी और मनाते हुए विवश सी बोली—''चंदा, नाराज हो गई हो? बुरा लगा न मेरा ऐसा अटपटाना? क्या करूँ? कभी मन बस यों ही बेबस, पागल कटखन्ना सा। हो जाता है!''

इससे पहले कि वह कोई उत्तर दे, अपने बच्चे के रोने की आवाज सुनकर चंदा के कदम घर के अंदर की ओर दौड़ गए। रतिका शून्य में ताकती रह गई खड़ी उस अपने वीराने में—'कहीं कोई नहीं, जो इस तरह विकल होकर पुकारे कि वह उस पुकार पर सुध-बुध भूलकर बिछ-बिखर जाए!' तभी पीछे से मधु ने प्यार से उसे पुकारा—''कबूतरी, कैसी हो?''

यह संबोधन सुनते ही उसका अंतस हर बार अकालग्रस्त धरती की तरह दरक जाता है और चारों ओर धूल तथा धूप की तीखी अनुगूँज सुनाई देने लगती है—'मेरे सिर स्वाह! कबूतरी जैसी खुशनसीब होती है, मैं वैसी कहाँ हूँ? पीछे वाले मकान के छत की मुँडेर पर देखती हूँ दिनभर स्लेटी कबूतरों का जोड़ा चोंच भिड़ाते और एक-दूसरे की भाव-भरी परिक्रमा करते हुए। यह मेरा घर नहीं मेरी कब्र है, जिसमें मैं रोज दफन होती हूँ। जीवन की दुहागरात्रि ने मेरे स्वप्निल घर के सारे शीशे चकनाचूर कर डाले हैं। मेरा हर आज कल के हाथों गिरवी होता चला जा रहा है!' इससे पहले कि शब्द खारा जल बनकर बाहर झाँकें, उसने हँसी की फाँक उस दरार पर रखकर जताया—''मैं ठीक हूँ। तुम सुनाओ, कैसी हो?''

मधु अपने घर का गेट पार कर बरामदे में उसके पास आ गई प्रश्न का उत्तर देने को। इधर-उधर की बातों के बीच अपनी आदत के अनुसार वह अपने प्रति एकाएक गहरी चिंता से रतिका के कंधे पर अपना बाजू टेककर पूछ बैठी—''मेरा चेहरा कैसा लग रहा है आज?''

उसकी चिंता का उत्तर चिंता से देते हुए रतिका किसी वैद्य की सी गंभीरता से बोली—"लगता है, आज तुम सोई नहीं। आँखें थकी-बोझिल सी लग रही हैं। जैसे कोई नशा पिया हो! क्या तबीयत ठीक नहीं है?"

"वह नशा तो हम रोज ही पीते हैं!" वह एकाएक सकुचाई, गुलाबी मुसकान से बोली और सिर रतिका के कंधे पर धर दिया राग से। आशा के बिल्कुल विपरीत उत्तर पाकर रतिका चौंक उठी और तन उसके हाथों से छूटकर पारदर्शी शब्दों के पार बदहवास सा दौड़ता चला गया। मधु के चेहरे का गुलाबीपन उसके चेहरे पर आकर ललक से ठहर गया। उसका स्वप्न-पुरुष उसके निकट उसी वेग से आ खड़ा हुआ। उन कोमल पलों की रक्षा के लिए ही सूर्य ने अपनी जगह चंद्रमा को दे दी। तभी मधु को 'मधुर' बनाते हुए उसके पति ने पुकारा तो रतिका स्वप्निल गति से घर के अंदर लौट आई।

मधु के उन नवब्याहे शब्दों के ताप में विद्युत् का जो वेग था, उसने मधुशाला के बंद द्वार खोल दिए थे। मधुपात्र को हिलाकर उसके आच्छादन को एकाएक हटा दिया था और अंदर बंद माधवी फेनिल रूप में पूरी उठान के साथ बिखरने लगी थी। तभी रसोईघर ने उसे पुकारा तो वह बेमन से वहाँ चली आई।

आग पर रखा दूध अपने पात्र के होंठों को जैसे छू पाने के लिए ही सीमांत से नीचे गिरने की परवाह किए बिना उफन आया था और वह रसोई में गुमसुम खड़ी देख रही थी, उसकी उफान और बिखरना और सुन रही थी श्रवणकुमार की प्रिय माँ का चीखना-चिल्लाना कि दूध गिराकर क्यों अशुभ कर रही है?

ज्वालामुखी के अंदर लावा बहता-झनझनाता रहा। लपटें सूने हृदय पर सिर पटकती-बिलखती रहीं।

जब सारा घर अँधेरे में डूब गया तो वह धकियाई सी अपनी कब्र में आ गई। उसकी लोहित पिघलन को समेटकर किसी साँचे में ढालने वाला वहाँ कोई नहीं था। कब्र के स्वामी पर एक घृणित मृगतृषा दृष्टि डाली और तकिए पर कढ़े 'मधुर स्वप्न' के नीचे रखी गोलियों में बंद नींद की मूर्च्छा भरी यातना अपने होंठों से लगा ली। ज्वार को भाटे ने अंदर निगल लिया। जिंदगी एक बार फिर मरकर सो गई!

मुँह अँधेरे आँख खुली तो टूटते हुए देखा—तन का तर्पण करने की बेला है।

और फिर शुरू होता है पेट की भूख से जुड़ा और एक दिन। अखबार के शब्दों में खोए बैठे पुरुष को बिस्तर पर चाय देना। उस दिन पहने जानेवाले उसके कपड़ों की देखभाल करना। उसकी पसंद का नाश्ता-भोजन बनाना और उसे डिब्बे में बंद करना। फिर अपने को भी हिदायतों के तहखाने में बंद कर लेना और एक के बाद दूसरे काम की जंजीर से अपने तन-मन को बाँधते चले जाना। यदि सारा दिन कोल्हू नहीं चलेगा तो गृहस्वामिनी को संतोष, सुरक्षा और आश्वस्ति का तेल कैसे मिल सकेगा?

× × ×

बेटे के प्रति युगों पुरानी ममता मंगलवारी सत्संगी औरतों में बिना पैरों के झूठ में ढिंढोरे के पाँव बाँधते हुए सुनाकर कहती है—"आज रतिका को डॉक्टर के पास ले गई थी। उसने इसमें कुछ कमी बताई है। शायद ऑपरेशन करवाना पड़े! हाय! मेरा बेटा कैसा अभागा है! पहली औरत चरित्रहीन निकली और दूसरी बाँझ!" श्रोताओं की सहानुभूति से उसने अपने पल्लू की दोनों गाँठों को और बड़ा कर लिया और संतोष से सामाजिक प्रतिष्ठा का लबादा ओढ़े घर में प्रवेश किया।

रतिका को अपनी इस तथाकथित डॉक्टरी जाँच, कमी और ऑपरेशन की सूचना चंदा से मिलती है और वह सुनकर रुआँसी सी हँस देती है—"बहना! कमी औरत में ही होनी चाहिए—औरत में ही होनी शोभा देती है! घरों का कूड़ा घूरे पर ही जँचता है!"

चंदा सहानुभूति और जिज्ञासावश उससे इस संभावित ऑपरेशन के बारे में पूछती है और फिर तरह-तरह के सुझाव देती है कि कौन सी डॉक्टर अच्छी रहेगी—कि इसमें घबराने की कोई बात नहीं—कि मामूली सा ऑपरेशन होता है—कि मेरी भाभी ने भी करवाया था और अब दो बच्चों की माँ है—कि कई बार देर हो ही जाती है—कि तुम चिंता न करो!

उसने ध्यान-बेध्यान से सुनकर 'हाँ-हूँ' कर दी और फिर सोच के भँवर में डूबते-उतराते हुए मूर्च्छित से शब्द चंदा तक पहुँचने लगे—"चिंता कैसे न हो चंदा? वह तो होती ही है, न चाहने पर भी। धरती से फसल पाने के लिए उसे जोतना तो पड़ेगा। पर मेरी इस अभागी धरती को कुछ मिलने वाला नहीं। नारीत्व तथा मातृत्व की ऋतु यों ही लौट जाएगी खाली हाथ। विकास-सुख का कोई रूप मेरे हिस्से में नहीं आ सकता। मैं वर्णमाला का वह अक्षर हूँ, जिससे कोई शब्द नहीं बनता। वह झील हूँ, जिस पर सदा हिमखंड ठहरे रहते हैं—जिसमें कभी कोई कमल नहीं खिल सकता। मैं एक पत्नी नहीं, सामाजिक प्रतिष्ठा के शोकेस में रखा पत्नी का ढाँचा मात्र हूँ। मैं केवल तलाक के धब्बे को धोने का साधन हूँ। युगों बाद कभी किसी पल विवाहित जीवन का एक चिरप्रतीक्षित अर्थ मेरी ओर उत्साह से हाथ बढ़ाता है और फिर अगले ही पल हवा निकले गुब्बारे की तरह निस्पंद हो जाता है। आरोह से पहले ही अवरोह की हताश स्थिति से मुख छिपाने के लिए पुरुष का क्रूर कुंठा की अंधी खाई में जा गिरना। मेरा तन-मन इन घावों से छलनी हो चुका है। प्यास लगी—मिलकर पी लिया और भूल गए। पर न पी पाने की आकुलता एक पल को भी विस्मृत नहीं होती। कामलता के वन में दिन-रात भटकना और ख्वाब में भी छीछड़े देखना! मेरा यह जीवन मुँह बाए बस इसी सीढ़ी पर अटककर रह गया है—न नीचे उतर पाना, न आगे जा पाना। चारों ओर साँय-साँय करता अनंत

रेगिस्तान! न कोई भविष्य, न कोई वर्तमान!''

''यह सब तुम क्या कह रही हो, रतिका,''

''क्या मैंने कुछ कहा? कुछ तो नहीं! अंदर चलूँ। सत्संगियों के लौटने का समय होने को है। अंदर शायद फोन की घंटी बज रही है।''

शयनकक्ष की खिड़की आँधी के तीखे धक्के से एकाएक धड़ाम से खुल जाने और चंदा को अंदर का दलदली अँधेरा दिख जाने से घबराकर, वह दीवारों के अंदर लौट आई और तकिए के 'मधुर स्वप्न' पर बोझिल सोच रख दी।

'...एक रिश्ते की गाँठ में बाँधकर जब से मुझे यहाँ लाया गया है, बस एक 'शायद' मेरी धड़कनों में बंद है या मैं ही इस 'शायद' की चूहेदानी में कैद हूँ। प्राण फड़फड़ाते हैं, पर अपने में हवा समेटकर उसके बंद द्वार को धक्का नहीं दे पाते। दो टूक निर्णय ले सकने के लिए, छूट चुके माँ-बाप के पास उनकी याद के बहाने से बार-बार जाती हूँ और फिर चुपचाप विवाहशुदा आशीर्वाद लेकर श्रवणकुमार के पीछे-पीछे वापस लौट आती हूँ 'शायद' की रस्सी से बँधी हुई। श्रवणुमार की चौकसी दो दिन से अधिक मुझे वहाँ रुकने नहीं देती और न एक पल के लिए अकेला छोड़ती है। यदि वे नहीं सामने होते तो उनकी पुकार मेरा पीछा करती रहती है और माँ निहाल हो जाती है इस प्यार पर! शायद वहाँ परिस्थितियाँ कुछ ठीक हो जाएँ या शायद यहाँ कभी कुछ बदल जाए। पर माँ वहाँ खून की उल्टियाँ करती हुई अस्पताल जा पहुँची है और पिता दिल थामे बैठे रहते हैं। न यहाँ जी पाती हूँ, न वहाँ जा पाती हूँ अपने दुःख की गठरी उठाकर उनके दुःख पर उसे रखने के लिए। इस जाल से अब जीते जी निकल पाना संभव नहीं लगता। हर सुबह का एक अँधेरे से शुरू होना और हर रात का दूसरे अँधेरे में डूब जाना। हर रात एक कब्र और दिन उस पर फैली सीली मिट्टी की काली चादर। हर पल एकपखी जिंदगी की कुंठित तपिश। पल-पल सालता हताशा का पाला जीवन की हरियाली और फसल को मार देने वाला। अशांत तन-मन की भूकंप खाई दीवारों की कंपन को किसी शंकित सेंध से बचाने के लिए उसके चारों ओर काँच रोप देना। बहेलियों को चिड़ियों की नहीं, चिड़ियों के पंखों की चिंता ही अधिक सताती है। टूटे पंखों से तड़फड़ाती उड़ान। सुख का पता पूछकर बार-बार उस नेह की लेखिनी से—प्रार्थना की स्याही से—धैर्य और प्रतीक्षा के कागज पर खत लिखना और उसका निरुत्तर लौट आना! बार-बार, जीवन की अच्छाई, सुंदरता और विश्वासों पर से भरोसा टूट-टूट जाना। एक रागहीन दारुण यात्रा। कहीं कोई पथसाथी नहीं, कहीं कोई पथगीत नहीं। निस्पंद भाव से दंडित करती जड़ स्थितियों से घिरा निहत्था मन रह-रहकर प्रश्न उठाने के सिवा कुछ कर नहीं पाता। वे लोग कितने भाग्यशाली हैं, जिनके पास सहेज कर रखनेवाली यादों के खत आते हैं! मेरे हाथ आए हैं रद्‌दी कागज।'

माँ मंगलवारी महिला-सत्संग में गई हुई है।

तीसरी बार फोन की घंटी घड़घड़ाती हुई बज रही है।

अपनी धर्मपत्नी के अकेलेपन की भयावह चिंता बैंक में मैनेजर की कुरसी पर बैठे साहब को हो रही है। कभी वे कुछ पूछ लेते हैं, कभी मौन रह जाते हैं उसकी हाजिरी से आश्वस्त होकर।

× × ×

बूँदाबाँदी से जनमी मिट्टी की सोंधी सुगंध और तन में रह-रहकर जगती मोरपंखी हिलोर! फुहार का कोमल-शीतल स्पर्श तापित भावनाओं पर! प्रकृति में विकलता भरे मिलन की एक अभिलषणीय गतिशीलता! पत्तियों की मुरझाई और धूल-धूसरित हथेलियों पर गगनचुंबी बादलों का आतुर भाव से झर-झरकर उनकी उदासी और चिर-प्रतीक्षा को धोना—अपने अंतस की कोई मधु घुली कथा गुपचुप सुनाना! रतिका का उस कथा में रह-रहकर डूब-खो जाना! श्रवणकुमार की कठ-उपस्थिति से उदासीन हो अपने स्वप्न-पुरुष के साथ कहीं ओझल हो जाना!

वे दोनों पति-पत्नी, उनका प्यारा सा बच्चा और उनकी बातों की लय। ये दोनों पति-पत्नी, इनके सर्वव्यापक-सर्वत्रगामी माता-पिता और उनकी संवादहीनता। मित्र के पास कैमरा है, जो बादलों के छँट जाने पर आज की संग-साथ भरी यादों को कल के लिए सँजोना चाहता है।

मित्र ने पिकनिकी उत्साह में भरकर सबके मिले-जुले कई चित्र खींचे-खिंचवाए हैं। श्रवणकुमार के साथ रतिका का और फिर माता-पिता के चित्र। मित्र दंपती का अपने बच्चे के साथ। दोनों पत्नियों का संग-संग कैमरे के सामने खिलखिलाते हुए खड़ा होना और फिर दोनों पतियों का⋯।

घर लौटना हुआ और कमरे में बंद होकर एक ही जिरह बार-बार होने लगी—"तुमने क्यों खिंचवाई थी फोटो उसकी पत्नी के साथ? उस आदमी की नीयत तुम पर थी। तुम उसे क्यों देख रही थी बार-बार? क्यों हँस-हँसकर बातें कर रही थी उन लोगों के साथ? इसीलिए उसने तुम्हारी फोटो अपनी पत्नी के साथ खींच ली थी बहाने से!"

"पिकनिक में किसी के साथ जाएँगे तो देखना और बातें क्या नहीं होंगी? क्या हम वहाँ किसी का स्यापा करने गए थे? महीनों बाद घर से बाहर निकलना हुआ था। हँसकर बात न करती तो क्या अपने जीवन का बारहमासा रोना रोती उनके सामने? आपको तो खुश होना चाहिए था कि आपकी अपनी पत्नी खुशी का कितना अच्छा नाटक कर लेती है! दोस्त आपका है! पिकनिक का कार्यक्रम आप दोनों ने मिलकर बनाया था! कैमरा उसका था! फोटो वह खींच रहा था आप सबके सामने! तब उसमें मेरा क्या कसूर?"

''कसूर है तुम्हारा! मना क्यों नहीं किया? क्यों झटपट मान गई थी, अब पता नहीं तुम्हारी फोटो के साथ वह क्या करेगा? फोटो के रूप में तुम अब उसके पास, उसके घर में हो!''

''आखिर क्या करेगा वह कागज की फोटो के साथ? क्या···?''

''कुलटा!'' बिफरा हुआ तमाचा। बाल पंजे की हिंसक चपेट में। सिर पलंग की पाटी पर···।

उस दिन न जाने क्यों ऐसा हुआ था कि वह मार उसके तन को नहीं, मन और मान को चोट पहुँचा रही थी और अपने पुरुष का मनोविज्ञान एक सिरे से भूल गई थी। मार-काट को सदा की तरह उसकी हताशा और बेचारगी समझकर सहानुभूति से चुपचाप उसे सहने के बदले, घर-गृहस्थी की प्रयोगशाला की वह गिनीपिग उस दिन पहली बार अपने बचाव का उपाय तलाशने लगी थी। उस खोज में उसके सिले हुए मुख के टाँके अधिक खिंचाव और दबाव पड़ने से एकाएक उधड़ गए थे और कफन फट गया था। शब्द निर्वस्त्र होकर सामने आ खड़े हुए थे और उसे पुकार-ललकार कर बोले—''अरे तोहमती! नामर्द!'' शब्द चारों दिशाओं में चीख-चीखकर गूँजने लगे। ''तो तुम भी अपने को पति कहते-मानते हो? तुम्हें भी एहसास है पति होने का और पत्नी पर अपने कानूनी अधिकारों का? यों मारकर अपना तथाकथित पौरुष जताते हो? तुम से और आशा भी क्या की जा सकती है? काश! मैंने अपने माँ-बाप के सामने अपना मुख खोलने की हिम्मत जुटाई होती···उनकी आँखों में अटकी बेटी के विवाह की खुशी की नन्ही सी अंतिम किरण की परवाह न की होती और यों बिना आग की सती होने से इनकार कर दिया होता···!''

बालों पर की कठोर पकड़ तानों से छलनी होकर बीच में ही छूट चुकी थी, पर रतिका के शब्द उस पर अपनी जकड़ कसते जा रहे थे—''···आखिर तुम भी एक इनसान हो, यह न सोचा होता! तुम्हारे पास भी एक मन है, तुम्हें भी दूसरे लोगों की तरह दुःख-सुख व्याप्ता है, अकेलापन काटता है, यह भी न सोचा होता। तुम भी संबंधों की सहजता देना-लेना चाहते हो—स्वस्थ गृहस्थ जीवन के सपने देखते हो और उन्हें साकार करने के लिए विज्ञापनों और दवाओं के अंधे जंगल में दिन-रात भटकते रहते हो—शायद कभी दुःस्वप्न हमारा पीछा करना छोड़ दें, यह सोचने की जरूरत न समझी होती। यदि मैं अपने अंदर की औरत को न पा सकी तो अपने पुरुष को न पा सकने का दुःख तुम्हारा भी तो उतना ही घना है, यदि मैं एक अँधेरी सुरंग से गुजर रही हूँ तो तुम्हारी सुरंग भी तो उतनी ही अंधकारमय है—यह ताना-बाना भी बार-बार न बुना होता और अपने को उसमें उलझाकर दुर्बल न बनाया होता तो विवाहित जीवन की इस अविवाहित कब्रगाथा से मुक्त हो जाती। वह समर्थ औरत उठकर चली गई और यह

कब्र मेरे हिस्से में आ गई!''

सामने के सोफे पर बैठी थी पराजित खंडित मूर्ति औ र परदे के पीछे अपमानित कोख का साया डोल रहा था, अपने कानों को अंदर भेजकर--''यदि मुझ जैसी अभागियों के माँ-बाप बीमार और लाचार न होते तो तुम जैसों को कैसे मिलतीं बार-बार पत्नियाँ, इस खँडहरनुमा समाज में अपने मान और पौरुष की रक्षा के लिए? शायद गलत कहा। अपने माँ-बाप के बल पर, अपने बाहरी रंग-रूप और पद-पौरुष के बल पर चाहे तुम जितनी बार विवाह की नौटंकी रचाने और घर-गृहस्थी का ढकोसला खड़ा करने में सफल हो सकते हो। सभ्यता के दावेदार भले घर के मनुष्यों से भली तो पशुओं की पशुता है, जिनके माँ-बाप अपने धन और पद के बल पर बिचौलियों के रूप में अपने बेटे-बेटियों के लिए नर-मादा संबंध खरीदना-बेचना नहीं जानते। यदि तुम्हें पता थी अपनी सच्चाई तो तुमने दूसरा विवाह क्यों किया?''

प्रश्न एक फंदे की तरह श्रवणकुमार के गले में झूल रहा था। एक आत्मघाती काला साया उसके चेहरे पर पंख फड़फड़ा रहा था।

आहत पुरुष का अहं उस अँधेरे में उठकर घर से बाहर चला गया था। गई रात तक न जाने कहाँ-कहाँ भटकता रहा था।

कुशंकाओं की आँधी में डाँवाँडोल, गुर्राती-झपटती हिंसक ममता की काली-कसैली जीभ एक सहवासी गाली से दूसरी पर फिसलती-रपटती आसुरी विलाप कर रही थी—''···अरे! बेटा चाहे कैसा भी है, है तो वह बेटा और उस पर तुझ जैसी कितनी ही औरतें वारी-फेरी जा सकती हैं। मेरा बेटा तो दवाइयाँ खा-खाकर ठीक हो गया है, पर तेरी ही डायन-भूख···! तुझे कोई भला घर नहीं कोठा चाहिए···!''

उस रात संसार की असंख्य कब्रों में से जब एक कब्र चीखी तो भयभीत मनःस्थितियों ने इतनी तेजी से करवट ली कि रतिका की सारी माँगों में से एक को हल होना ही पड़ा और उस 'कुँआरी माँ' के द्वार पर एक के बाद दूसरी बधाई दस्तक देने लगी।

श्रवणकुमार की पत्नी पहले की ही तरह दिन-रात काम में जुटी रहती है।

श्रवणकुमार की माँ की दोनों आँखें अपने पोते के पालन-पोषण में दिन-रात लीन रहती हैं और तीसरी आँख रतिका पर टिकी रहती है।

श्रवणकुमार शाम को दफ्तर से लौटकर उस 'रोपित शिशु' को बच्चागाड़ी में लेकर बरामदे में घुमाते रहते हैं। पर जैसे ही पड़ोसी युवतियों की जिज्ञासु-प्रश्निल दृष्टि उन पर ताक-झाँक करती है या उनका सलाहकार पड़ोसी डॉक्टर विस्मित आँखों में कोई असफल अटकल लगाने का यत्न करता है तो उनके चेहरे का साँवला रंग अधिक गहरा हो उठता है और वे चुपचाप अंदर लौट आते हैं।

□

# उस फूल का नाम

थोड़ी देर पहले ही बारिश हो चुकी थी। बरामदे में खड़े-खड़े गेट की झिरियों से देखा—सामने की सड़क से मित्रा आ रही है।

"हैलोऽ! कैसी हो?" मैंने गेट के आर-पार से बेडमिंटन की चिड़िया की तरह उस ओर प्रश्न उछाला और अंदर आने का संकेत दिया।

"तुम सुनाओ न!" उसने पास आते-आते प्रश्न की चिड़िया ज्यों-की-त्यों मेरी ओर उछाल दी। बीच में गेट बेडमिंटन के जाल की तरह तना हुआ था। मैंने आगे बढ़कर गेट खोला और उसके जीवन में किसी गति-प्रगति की कामना करते हुए कहा—"कोई खुशखबरी सुनाओ न।"

"यहाँ तो पुराना ही सिलसिला जारी है। वही अकेलापन मुझ पर तारी है। दुःखखबरी में खुशखबरी की नहीं आती बारी है।"

"अरे ये कविता के मूड में लौट कर कहाँ से आ रही हो?"

"बस अकेले ही पिक्चर देखकर लौट रही हूँ, हमेशा की तरह।"

फिर वह उस कहानी की बात करने लगी, जो मैंने उसे पिछले दिनों पढ़ने को दी थी—"भई वह कहानी तो पक्की सत्यवादी हरिश्चंद्र लगती है! कहीं भी बनावट और कल्पना नहीं है! कहानीकार ने वह पात्र कहाँ से लिया होगा? एक-दो बातें तो मेरी भी आ गई हैं! मैं भी अपनी कहानी लिखूँ? पर किस में लिखूँ? न ठीक से हिंदी आती है, न अंग्रेजी! खिचड़ी भाषा में ही मैं अपनी जिंदगी की कच्ची खिचड़ी पका सकती हूँ। पर फिर सवाल यह उठता है कि उसमें लिखूँ क्या और छोड़ूँ क्या? शुरुआत कहाँ से करूँ और अंत कैसे करूँ? महसूस बहुत कुछ होता है—मन में ढेरों बातें, विचार, घटनाएँ उमड़ती-घुमड़ती रहती हैं, पर जैसे ही कुछ लिखने बैठती हूँ सबकुछ फुर्र से उड़ जाता है। एकदम खाली खोपड़ी। बोलने को मैं घंटों बतियाती रहूँगी, पर बैठकर सिलसिलेवार सलीके से सारी चीज को व्यवस्थित करने का धीरज और ढंग नहीं जुट पाता।"

''ऐसा करो कि पहले दिनचर्या लिखने की आदत डालो। जैसे कि कल संडे है।''

''अब उसकी भी क्या दिनचर्या होगी? हफ्ते भर कपड़े पहनना, बसों के पीछे भागना और फिर संडे को उन्हें धोना, सिर धोना, कौन क्या काम करेगा इसका लड़-झगड़ कर फैसला करना। फिर यह बहस करना कि आज दिन के भोजन में बनाएँ क्या? भरवाँ बैंगन या बैंगन का भरता—मैं सुझाव देती हूँ। 'नहीं नहीं! दीदी, तुम्हारा—टेस्ट कितना खराब है। इतनी सेवा बैंगन की करके क्या करना है? आखिर बैंगन रहेगा तो बेगुन ही। किचन में चिकन की इतनी सेवा करो तो कुछ लाभ भी हो।' दोनों छोटी बहनें फैसला देती हैं। अब बताओ, इन बातों में लिखने को क्या रखा है?''

''ये बातें भी जिंदगी का एक जरूरी हिस्सा तो हैं ही। इस तरह पहले बाहर की बातें, फिर अंदर की बातें। एक बार जब अपने विचारों-घटनाओं को शब्दों का पहरावा पहनाने का अभ्यास हो जाएगा तो फिर दर्जी की तरह उनके लिए नए-नए फैशन के कपड़े सिलने में माहिर हो जाओगी।''

मित्रा ने इस गंभीर लेखकीय बहस को हँसी में उड़ाते हुए कहा—''छोड़ो लिखने की बात को। कभी तुम्हीं कोशिश करके लिख देना।''

फिर उसने पूछा—''तुम्हें बहुत प्यार करते हैं न मम्मी-पापा?''

''कोई खास नहीं। बस जैसे सब को करते हैं। स्वास्थ्य ठीक रहे, चाल-चलन ठीक रहे, बस ऐसा ही है प्यार उनका।''

''प्यार हमेशा खास ही होता है। प्यार मिलना चाहिए, चाहे आम ही हो। मुझे माँ-बाप का प्यार नहीं मिला, यह कैसा दुर्भाग्य है मेरा!''

उसने चाय का घूँट भरते हुए कहा—''मैं जब तुम्हारे घर आती हूँ तो कितना कुछ खिलाती-पिलाती हो! जब तुम आती हो तो मैं पानी तक नहीं पूछती। यह मेरा आलस्य है, लापरवाही है, असभ्यता है, उत्साहनहीनता है, बुआ का दृश्य-अदृश्य अंकुश है या उस घर को अपना न मान पाने की भावना है?''

''इस जरा सी बात के बारे में इतना सब सोचने की जरूरत ही क्या है? और ये प्लेट तो तुमने छुई भी नहीं! जरा देखो तो कैसे बना है? आखिर वह कौन सी बात है, जो तुम्हें सबसे अधिक सालती और मथती है? कौन सा एहसास सबसे अधिक दुखी और उदास करता है?''

''आई फील लोनली ऐंड इनसेक्योर। अपने माँ-बाप होने से अकेलापन और असुरक्षा नहीं डरा पाते। कोई होता है, जो आपके साथ, आपके पीछे खड़ा रहता है। जीवन में एक उन्मुक्तता और निश्चिंतता रहती है। अपनी जिंदगी की जिम्मेदारी का बोझ अपने कंधों पर न ढोकर माँ-बाप की गोद में रखा रहता है और उस बोझ को भी दुलार मिलता है। क्या ठाठ हैं ऐसी जिंदगी के जिसमें हमारी चिंता कोई और करे

और फिर भी हमारा होना उसे खुशी दे! मैं चाहे यहाँ बुआ के पास वर्षों से रह रही हूँ, पर फिर भी संशय और प्रश्नों से मुक्त अपनापन महसूस नहीं होता। भविष्य की चिंता दिन-रात सताती है, क्या होगा? कैसे होगा? कुछ होगा भी या नहीं? क्या यों ही हमेशा चलता रहेगा या कभी कोई सुखद बदलाव आएगा? और उत्तर में मिलता है—तनाव-अनींदापन। बनावटी नींद, बनावटी जिंदगी, बनावटी भावनाएँ! चेहरे पर ठहरी हुई सोच की झाइयाँ और आँखों के चारों ओर चिंतित उदासी के भँवर। कमजोर और फिसफिसी सी हो गई हूँ। साड़ी में अब वृक्ष की छरहरी शाखा नहीं, मोटा तना लगती हूँ। एक कोमल उम्र पार हो चुकी है। बारीक सूत कातते-कातते एकाएक मोटा सूत आना शुरू हो गया है। बस एक हँसने की आदत है, जो मुझे जिंदा रखती है—मन को धोकर उजला कर देती है—हताशा की अँधेरी खाइयों से खींचकर बाहर निकाल लाती है।''

शो छूटे लगभग एक घंटा हो चुका था। लौटने में देर हो जाने के भय से वह एकाएक उठी और चल दी।

तभी अचानक वर्षा आ पहुँची, फिर और मित्रा का तत्काल जाना हो नहीं पाया। महासागर से लादकर लाए जलकण बरसाकर बदलियों ने अपना भार मानो हल्का कर लिया। दो नन्ही-नन्ही चिड़ियाँ सामने के जूही के वृक्ष की लंबी-लंबी पत्तियों के छाते तले दुबकी बैठी थीं। पता नहीं वे क्या सोच रही थीं और किस विषय पर बतिया रही थीं! उधर मित्रा का मन निरंतर बरस रहा था और उसमें बहते-बहते वह जीवन के उस छोर तक जा पहुँची थी, जो वर्षों पहले पीछे छूट चुका था, पर अब तक भी छूटा न था!

''...जन्म होते ही माँ की मृत्यु हो गई थी, पर उस रिश्ते की ललक भरी याद की मृत्यु अब तक नहीं हो पाई! कुछ रिश्ते मरकर भी सदा जीते रहते हैं और मन को खींचते-सींचते रहते हैं और कुछ रिश्ते जीते-जी मर जाते हैं। पिता का नए सिरे से जिंदगी शुरू करना। पिता की पत्नी मुझे उस विवाह में स्वीकारने को तैयार नहीं थी। पिता मुझे नानी को दे आए। पाँच साल तक नानी ने माँ बनकर पाला। नानी की उम्र पूरी हो गई तो मेरी जिम्मेदारी मामा-मामी के हिस्से आ गई। वे अपने साथ इलाहाबाद ले गए। मामा की इच्छा थी जल्दी ही मेरा विवाह कर देने की। यहाँ बुआ को जब पता चला तो उन्होंने जल्दी विवाह का विरोध किया और मेरे छठी तक पहुँचते-पहुँचते अपने यहाँ दिल्ली मँगवा लिया। इस पर फूफा का विरोध और मेरे होने को लेकर घर में हर वक्त लड़ाई-झगड़ा। 'मुओं की निशानी का ठेका क्या हमने ले रखा है? माँ मर गई और बाप ने हाथ झाड़ लिये!' फूफा का बार-बार चीखना। अपना घर, अपने माँ-बाप न होने पर इनसान रिश्तेदारों के लिए ऐसा बोझ बन जाता है, जिसे न फेंक

सकते हैं और न रखना चाहते हैं।''

''क्या आर्थिक परेशानी कारण था इसका?''

''फूफा किसी विदेशी कंपनी के एजेंट हैं। माल की बिक्री में सहायक। घर बैठे लगभग तीन हजार कमा लेते हैं। गाँव में फसल कटने पर जाते हैं। फसल का एक तिहाई हिस्सा लेते हैं। हर फसल पर बीस हजार के करीब मिल जाता है। अपना दो मंजिला मकान और उससे आता किराया। दो बेटियाँ। मेरा आना जैसे तीसरी लड़की के विवाह का बोझ उन पर आ जाना था। फूफा नहीं चाहते थे मेरा अपने यहाँ होना। हर समय के कलह-क्लेश को शांत करने के लिए बुआ ने मुझे पब्लिक स्कूल के होस्टल में डाल दिया। बचपन से ही मेरे अंदर यह विचार पनपने लगा था कि मुझे बहुत पढ़ना है—कुछ बनना है। मन लगाकर पढ़े बिना मेरी जिंदगी का कुछ नहीं बनेगा''। कहीं कोई जमीन नहीं मिलेगी पैर टिकाने को। किताब से अलग हो गए पन्ने की तरह हवा की गति के अधीन यों ही इधर-उधर भटकती रहूँगी। कभी किसी बच्चे के माँ-बाप न मरें! उनके मरने का अर्थ है बचपन का मर जाना-बच्चे के अपने घर का मर जाना—जीवन की जड़ों का सूख जाना—स्वाभाविक रंगों का उजड़ जाना—एक ऐसी नीरस किताब बन जाना, जिसे उत्सुकता और रुचि से कोई पढ़ना नहीं चाहता और उठाकर कभी यहाँ, कभी वहाँ फेंक दिया जाता है। दो साल होस्टल में गुजरे। अच्छा लगा वहाँ। होस्टल में व्यस्त कार्यक्रम और हमउम्र साथियों के कारण यह पता तक नहीं चलता था कि वक्त कैसे गुजरता है। किशोरावस्था की वह चिंतारहित उन्मुक्तता और पढ़ाई की लगन में और किसी दूसरी बात का होश ही न रहा। नौंवी तक पहुँचते ही फूफा ने मेरे होस्टल में रहने के खर्च का विरोध करना शुरू कर दिया और एक बार फिर मेरे होने को लेकर घर में लड़ाई-झगड़ा होने लगा। फिर से मुझे मामा-मामी के पास इलाहाबाद भेज दिया गया। वहीं मैंने हाईस्कूल की परीक्षा पास की।''इधर बुआ का वहमीपन एकाएक बढ़ने लगा। हर पल उन्हें सफाई की सनक और चारों ओर मैल-गंदगी का संदेह बना रहता। दिन में कई बार सिर धोना, नहाना, कपड़े धोना, घर धोना! दिन का अधिकांश वक्त उनका गुसलखाने में पानी और साबुन के बीच गुजरने लगा। चारों ओर धोबीघाट का गीलापन छाया-बिखरा रहता। तारों पर, घर के आगे और पीछे हर समय गीले-चुहचुहाते कपड़े टँगे पड़े रहते। बुआ के सिर पर गुच्छा बने बालों से रिसता पानी। घर में इधर-उधर बिखरा पड़ा सामान-ही-सामान। जैसे कि अभी ही उस घर में आए हों रहने को या अभी ही उखड़कर जा रहे हैं, कहीं और रहने को। ऐसे उखड़े-बिखरे असामान्य हालात और भय-तनाव के मनहूस वातावरण में फूफा ने मुझे इलाहाबाद से वापस बुलवा लिया यह कहकर कि और कुछ नहीं तो मित्रा घर का काम-काज और दोनों छोटी लड़कियों की देखभाल

ही कर लेगी! कभी लड़की का अर्थ होता है विवाह और उसके विवाह का अर्थ होता है लाखों स्वाहा और कभी लड़की का अर्थ होता है घरेलू जिम्मेवारियों का निबाह! मुझे ऐसा धक्का लगा इस आवागमन से कि मैं अपने आप में अब तक लौट नहीं पाई। मुझे लगा, मेरे जीवन में मेरा नहीं, दूसरों की अपनी जरूरत और गैर-जरूरत का ही महत्त्व है। जब जो चाहेगा, मुझे कहीं से उठाकर कहीं फेंक देगा! बस उस बार वहाँ से यहाँ आते ही मेरा ध्यान भंग हो गया, मेरी एकाग्रता टूट-बिखर गई, जीवन में आगे बढ़ने की मेरी इच्छा रेत हो गई। पहला साल जैसे चुप बेहोशी में बीता। जीवन का अर्थ केवल सोचते रहना था दिन-रात। घर की जिम्मेवारी पूरी करते हुए स्टेनो-टाइपिंग सीखना, प्राइवेट रूप से बी.ए. की पढ़ाई करना और फिर किसी कंपनी में नौकरी की शुरुआत करना। जब सोच की चुप्पी टूटी तो रोना थमे ही न। पिता साल-दो साल में एकाध बार आते हैं। आँखें उन्हें देखती हैं, हाथ नमस्ते में जुड़ जाते हैं, मन उन्हें पहचानने से इनकार कर देता है!''

वर्षा थम गई तो सोचा उसे घर तक छोड़ आऊँ। सामने से एक व्यक्ति सिगरेट के कश पर कश लिये चला जा रहा था। मित्रा उस दृश्य को देखकर हँसी—''फिल्मों में परेशान हीरो को सिगरेट पीते देखकर कभी-कभी मेरा मन करता है कि कश लेकर देखूँ। अपने अंदर उमड़ते-घुमड़ते रहते धुएँ को सिगरेट के धुँए में मिलाकर एक अदा से हवा में उड़ा दूँ। पर पक्का पता नहीं, सिगरेट सच ही दुःख भुलाता है या नहीं। कोई पीने वाला ठीक-ठीक बताए तो कोई फैसला हो। नींद आती नहीं। भूख लगती नहीं। इन गरमियों में दिन में कभी नहीं खाया। आसपास कोई ऐसी हमउम्र मित्र नहीं, जिससे खुलकर बात कर सकूँ, जिसके साथ कभी कहीं घूमने जा सकूँ। थोड़ा-थोड़ा बहुत सी परिचित हैं, पर पूरी कोई नहीं। पड़ोसी औरतों से जब कभी बात करो तो वे सदियों पुरानी हमदर्दी दिखाने लगती हैं—'हम तो प्रार्थना करते हैं कि तुम्हें खूब अच्छा पति मिले!' बस घूम-फिरकर यही एक बासी बात! मुझे उनकी ऐसी घिसी-पिटी बातें अच्छी नहीं लगती।...इधर मेरी याददाश्त कमजोर हो गई है। ध्यान एकाग्र नहीं कर पाती। ऑफिस में छोटी-छोटी गलतियाँ हो जाती हैं। जैसे Experiment को Experiement लिख देना। बॉस ने मेरा टाइप किया लेटर पड़ा और फालतू 'इ' निकाल दी। बॉस ने पूछा—'इस मीटिंग में कितने बजे जाना है?' मैं कहती हूँ—'दस बजे।' उसने कार्ड देखा और बोला—'नो मिस मित्रा। फ्राम! इलेवन टु टू पी.एम.।' यह कितने शर्म की बात है मेरे लिए! मुझे पता ही नहीं चलता कि बॉस क्या डिक्टेट करा रहा है। बिना सोचे लिखती या टाइप करती चली जाती हूँ। सब काम जैसे यांत्रिक गति से अपने आप हो रहे हों। पता है कि स्पैलिंग गलत है, पर फिर भी समझ नहीं आता कि कहाँ क्या गलती है। बॉस, गलती निकाल देता है। वह कहता कुछ नहीं,

पर नोट तो करता रहता है न। काम तो गधे भी कर लेते हैं, पर यही छोटी-छोटी बातें काउंट करती हैं और मैं इन्हीं छोटी-छोटी बातों में हर रोज मात खा रही हूँ।''

''यों मात खाना तो ठीक नहीं! अपने को किसी ऐसे काम में व्यस्त रखने की कोशिश करो, जिसमें तुम्हारी गहरी रुचि हो, जिसमें डूबकर तुम शेष सबकुछ थोड़ी देर के लिए भूल जाओ। इधर कुछ पढ़ा तुमने?''

''किसी भी काम में मन नहीं लगता। कुछ भी इच्छा नहीं होती करने की। पढ़ना क्या है? एक लाइन पढ़ते-पढ़ते सोचने बैठ जाती हूँ। पर कुछ बातों में बड़ा ध्यान लगता है। कल अखबार में विनीरिअल डिजीज के बारे में आया तो सारा पढ़ गई। इसी तरह वर्किंग गर्ल्स के बारे में, होस्टल गर्ल्स के बारे में, अनमैरिड गर्ल्स के बारे में कहीं लिखा-छपा हो तो बड़े मन से पढ़ूँगी। वैसे अखबार में इतनी अच्छी-अच्छी रचनाएँ और संसार की बड़ी-बड़ी खबरें होती हैं, पर किसी को पढ़ने में मन नहीं लगता। शब्द आँखों के नीचे से सरकते चले जाएँगे और कहीं कुछ और सोचती चली जाऊँगी। पता ही नहीं चलेगा कि क्या पढ़ रही हूँ। मेरा ध्यान बिखरा रहता है, बिलकुल मेरी जिंदगी की तरह। मैं अपने जीवन की महत्त्वपूर्ण उम्र को, महत्त्वपूर्ण समय को जबकि इनसान अपने वर्तमान और भविष्य को रचता-सँवारता है, यों ही नष्ट कर रही हूँ। मुझे यह पता चलता रहता है, पर मैं कुछ कर नहीं पाती—अपने में कुछ सुधार नहीं ला पाती। भविष्य की चिंता में वर्तमान हर पल सुलगता-मिटता रहता है। अंधकार में डूबे हुए अपने भविष्य की चिंता को भूलने के लिए—उससे उत्पन्न तनाव को भूलने के लिए—अपने अकेलेपन को भूलने के लिए अकेले ही पिक्चर देखने चली जाती हूँ। सबकी अपनी-अपनी दुनिया और दायरा है इसलिए मेरी नीरस दुनिया में कोई शामिल नहीं होना चाहता। लंच ब्रेक में अकेले ही पास के रेस्टोरेंट में चली जाती हूँ। मुझे देखकर मेरी सहकर्मी चौंकती हैं—'अरे मिस मित्रा! अकेले ही?' वे रोज देखती हैं और रोज चौंकती हैं। किसी पुरुष के अकेलेपन से कोई नहीं चौंकता, पर औरत का अकेलापन एक स्थायी प्रश्न बन जाता है। अकेली लड़की हो या अकेली मैना—दोनों ही दुःख-दया का प्रतीक बन जाती हैं। ऑफिस की लड़कियाँ भी कुछ देर बैठकर उठ जाती हैं। कहती हैं—''मित्रा, तुम बहुत बोर हो! हर बात में बार-बार 'आश्चर्य है! वेरी गुड! नैचुरली?' शब्दों को दोहराती रहती हो। इन शब्दों के अलावा क्या तुम्हें कोई बात नहीं आती? मैं सच ही बोर हूँ! मुझे उनकी बातें—लिपिस्टिक और साड़ी की बातें—अच्छी नहीं लगतीं और उन्हें मेरी!''

× × ×

मित्रा अब मेरे यहाँ कभी नहीं आती! मित्रा अब यहाँ नहीं रहती! जब-जब मैं इस सड़क पर से गुजरती हूँ और यह मोड़ आता है तो मुझे वह घर दिखाई दे जाता

है, जहाँ कभी मित्रा रहा करती थी और याद आ जाती है वह चीज जो उसे सबसे अधिक पसंद थी—जो उसके बदरंग जीवन में रंग भरती थी, मुरझाए चेहरे को एक ताजगी देती थी, मन को खिलने की खुशी और आश्वासन देती थी। उसे पाने के लिए उसने कभी 'फूल तोड़ना मना है' के लिखित-अलिखित आदेश पर ध्यान नहीं दिया था—ध्यान देकर अपनी पसंद पर कभी बोझ नहीं डाला था। बस वह इतना सोचती और हाथ आगे बढ़ा देती—'कम-से-कम मुझे एक फूल-एक खुशी पाने का अधिकार तो है ही! मैं ईश्वर नहीं, पर ईश्वर की संतान तो हूँ ही, सो फूलों पर थोड़ा सा हक मेरा भी तो बनता ही है! ईश्वर के लिए फूल तोड़ना मना नहीं होता तो फिर मेरे लिए मनाही क्यों हो?'

जो उसका नाम नहीं जानते थे, फूल उन्हें उसका नाम बता देते—'फूलों वाली वह लड़की!' मित्रा ने कब से बालों में फूल टाँकना आरंभ किया है—वह चोटी से चलकर कब जूड़े तक जा पहुँचा है, यह उसे याद नहीं आता। फूल टाँके बिना उसकी हँसी और सज्जा अधूरी है, यही याद रहता है। जो फूल मित्रा सालों-सालों से लगाती आ रही है, वह रातोरात बुआ की आँखों में एकाएक काँटे की तरह चुभने-खटकने लगा है। बुआ पहली बार टोकती हैं—"कुँआरी लड़कियाँ, भली लड़कियाँ हमारे यहाँ फूल नहीं लगाती!"

"बुआ, ये तो मैं वर्षों से लगा रही हूँ! फिर अब ये भले-बुरे की बात क्यों?"

"पहले तू लड़की थी—अब जवान हो गई है! ऑफिस जाने लगी है!"

"ये दोनों बातें भी तो वर्षों पुरानी हैं!"

बुआ का सारा ध्यान मित्रा के फूल में आकर अटक गया है। बुआ मित्रा के प्रति एक संरक्षिका का दायित्व पूरी ईमानदारी और चौकसी से निभाना चाहती हैं और फूल उसमें रुकावट डाल रहा है। बेमाँ-बाप की लड़की कहीं राह से कुराह न हो जाए। जैसे कि माँ-बाप वाली लड़कियाँ राह से कुराह न होती हों।

"फूल को फूल लगाने की क्या जरूरत है भला?" बुआ चिंता से अगला तर्क देती हैं।

"मैं तो काँटा हूँ-फूल नहीं!" मित्रा लापरवाही से हँस देती है।

बुआ के मुख से अड़ोसन-पड़ोसन के सामने फूल झरने लगते हैं—"मित्रा जैसी भली-सँभली लड़की आज के जमाने में मिलनी कठिन है। कितना तो काम करती है घर का! दफ्तर जानेवाली आजकल की लड़कियाँ घर का काम करना बिल्कुल पसंद नहीं करतीं।" बुआ मित्रा के लिए पड़ोसियों का प्रमाण-पत्र चाहती हैं, मन की पूरी तसल्ली के लिए।

मित्रा के मन ने रसोई से उत्तर दिया—'अरे तो मैं कौन सा खुशी से करती हूँ इतना

सब काम? किए बिना गुजारा नहीं, सो करती हूँ। माँ होती तो मैं भी उसके सामने नखरे और लापरवाही करती। ऑफिस से लौटकर थकी सी पलंग हो जाती। माँ हाथ में गरम चाय का प्याला थमा देती—सिर पर हाथ फेरती। कभी डाँटती तो मैं भी रूठ जाती और मनाने की फिक्र माँ को ही करनी पड़ती। अब तो न रूठना, न मनाना। उस रिश्ते का स्वाद कैसा होता है, यह मैं माँ बनकर जानना-चखना चाहती हूँ!''

बुआ अगली बात और भी खुश होकर बोलीं—''फैशन तो उसे छू तक नहीं गया है। न लिपिस्टिक, न बिंदी! बस एक सीधी-सरल सी सूती साड़ी लपेटकर चल देती है ऑफिस!''

पड़ोसन उस रंग में भंग डालते हुए बोली—''पर ये तेरी दुलारी मित्रा दफ्तर में शकुंतला बनकर क्यों जाती है? सजने के और भी ढंग हैं जमाने की चलन के अनुसार। दफ्तर और फूल का तो कोई जोड़-मेल दिखाई नहीं देता! हर चीज का एक वक्त और जगह होती है। अब कोई लड़की चलता-फिरता बाग-बगीचा बनकर चल पड़ेगी तो जो नहीं भी देखना चाहेगा, उसकी भी आँख उस ओर उठ जाएगी!''

बुआ ने वाक्य को बीच में ही काट दिया—''आखिर कहना क्या चाहती है तू?''

''कुछ नहीं! कुछ नहीं! मुझे क्या कहना है?'' पड़ोसन चीखता सा स्वर सुनकर भयभीत उठ खड़ी हुई। पर बुआ की शंका को उसके उत्तर ने पुख़्ता कर दिया और भय तथा पराजय के अंधे कुएँ में धकेल दिया। कुछ पल चुप रहने के बाद मानो किसी लंबी बीमारी से उठते हुए अपने आपसे बोलीं—''मैं तो बहुतेरा मना करती हूँ, पर मानती ही नहीं! मेरी अपनी बेटी होती तो मानती न! अब भला वह क्यों मानेगी?''

जैसे कि अपनी बेटियाँ बहुत आज्ञाकारी होती हों!

सवालों और फूलों के काँटे दिन-रात चुभते रहे। शब्दों के पत्थर बुआ के सिर से आ-आकर टकराते रहे। बुआ का चेहरा दो ही दिनों में काँटे की तरह नुकीला और पत्थर की तरह कठोर बन गया। घर के फूलों ने उस दिन से हँसना छोड़ दिया। वे कूड़ेदान में या गेट के बाहर नुचे-खुचे रूप में रोते हुए मिलते। मित्रा उन्हें देखती और उसके आँसू फूलों के आँसुओं से जा मिलते—'ओ बुआ! तुम्हें हो क्या गया है? फूलों से इतना डर? तुमने इन्हें जान से मार डाला? मेरे कारण इतनी क्रूरता और ऐसा कठोर अन्याय इनकी कोमला के प्रति?'

और मित्र बीमार पड़ गई!

× × ×

हाल ही में जापान की व्यावसायिक यात्रा से लौटे उच्चाधिकारी के हृदय में अपनी कंपनी की उन्नति के लिए कई आदर्श विचार कार्यान्विति के लिए हलचल मचाते रहते हैं। इस यात्रा ने उन्हें बताया है कि आदर्श मानव ही संपूर्ण गुणवत्ता वाले

संस्थान, समाज और देश को जन्म देता है। और वे एक आदर्श मानव, एक आदर्श प्रशासक बनना चाहते हैं। अपने सहकर्मियों को उनके जन्मदिन पर शुभकामनाएँ देना, उनकी कार्मिक सफलताओं पर उन्हें पुरस्कृत करना—वक्त जरूरत पर सलाह देना, उनके व्यक्तिगत दुःख-कष्ट में हार्दिक सहानुभूति प्रदर्शित करना आदि उनकी कार्यशैली का वैसा ही सहज हिस्सा बन गया है जैसा मित्रा द्वारा जूड़े में फूल टाँकना।

लगभग आठ दिन तक मित्रा ऑफिस न जा पाई। किसी-न-किसी के हाथ उसकी बीमारी की अर्जियाँ पहुँचती रहीं। उसके वह आदर्शप्रिय उच्चाधिकारी महोदय एक दिन ऑफिस बंद होने के बाद संध्या को अपनी स्टेनो-टाइपिस्ट मित्र का हालचाल पूछने आ पहुँचे। हाथों में एक फूलों का गुलदस्ता लिये हुए और उस पर लिखी हुई शुभकामनाएँ—'गैट् वैल् सून्।'

इतने दिनों बाद अपने सामने फूलों को हँसता देखकर मित्रा का चेहरा फूल सा खिल उठा—"थैंक्स सर।"

"जहाँ ढेरों काम पड़ा हो करने को, वहाँ किसी एक को इतनी देर तक आराम करने का अधिकार नहीं है। दूसरे को भी तो आराम करने का अवसर मिलना चाहिए न!" सुनकर मित्रा हँस दी और वे भी हँस दिए। न बुआ ने उन्हें बैठने को कहा, न मित्रा की कुछ कहने की हिम्मत हुई। वे जल्दी-जल्दी आए और खड़े-खड़े चले गए।

मित्रा उन फूलों पर रह-रहकर हाथ फेर देती और कभी आँखों से लगा देती तो टप-टप दो आँसू चू पड़ते।

अगले दिन जन्मदिन का बधाई कार्ड आ पहुँचा। वह एक बार फिर हँस दी और रो दी। बॉस के चेहरे में उसे माँ का चेहरा झिलमिलाता नजर आया तो हँसी खिलखिलाहट में बदल गई—"बुआ, अब मैं ठीक हूँ। कल ऑफिस जाऊँगी!" उसने बीमारी की चादर परे फेंकते हुए कहा।

बुआ ने सुना और दो दिन से शंकित डोलता मन चौंक उठा—'फूलों का गुलदस्ता! गैट् वैल्… ! अब जन्मदिन पर बधाई कार्ड। वह दफ्तर है या घर? वह बॉस है या इसके जूड़े का फूल?'

एक प्रेम-कहानी के लिए भला और क्या चाहिए? ऐसा भी नहीं कि बुआ ने कभी फिल्में देखी न हों, जिनमें प्रेम की खेती के लिए सही मौसम तथा बीज संबंधी सारी जानकारी दे दी जाती है। प्रेम और फूलों का रिश्ता भला कौन नहीं जानता? बॉस और उसकी स्टेनो टाइपिस्ट के रिश्ते की कहानियों को भी कौन नहीं जानता? सच तो यह है कि फिल्मों के कारण अब हर रिश्ता एक खुली किताब बन गया है। हर रिश्ते का दो और दो चार वाला सरलीकरण हो गया है। कब-कहाँ-क्यों और क्या होगा—सभी जान चुके हैं तो बुआ क्यों न जाने?

बुआ ने न कुछ पूछा, न कुछ कहा। जैसे कि ऐसा तो होना ही था फूलों वाली लड़की के साथ! सिर पर माँ-बाप का अंकुश न होगा तो लड़की कहीं-न-कहीं गिरेगी ही! जैसे कि जिनके माँ-बाप होते हैं, वे गिरती न हों! माचिस लकड़ी से मिलेगी तो उसे जलाएगी ही! भले ही माचिस वर्षा से भीगी हुई हो और लकड़ी सीली हो। पर कभी-न-कभी धूप निकलती ही है और गीलापन सूखता ही है। और चाहे जो भी हो या न हो, पर यह नहीं हो सकता कि जिस बात का बुआ को शक हो गया हो, वह सच न हो। यदि बुआ कहती है कि घर मैला हो गया है—ट्रंक और आलमारियों में पड़े हुए उसके सारे कपड़े मैले हो गए हैं, उसके बाल मिट्टी से लथपथा गए हैं तो धुलाई ही अंतिम सत्य है। उसके सत्य के बीच किसी का कोई दूसरा सत्य दखल नहीं दे सकता।

उस दिन की अधरात को बुआ चौंककर उठ बैठीं और एकाएक जोर-जोर से रोने लगीं। उनकी आवाज कोलतार के कड़वे घने धुएँ की तरह दम घोटने वाली थी। क्या बुआ ने कोई भयानक सपना देखा है? क्या बुआ को आज रोने का दौरा पड़ गया है? फूफा बार-बार पूछते हैं और बुआ सिसक-सिसक कर सुनाती हैं—''सपने में मित्रा की माँ मुझे कह रही थी—'तेरी इस फूलवती के लच्छन मुझे ठीक नहीं लगते! ये फूल लगाकर दफ्तर क्यों जाती है? तू इसे मना क्यों नहीं करती? इसका बॉस फूलों का पेड़ लेकर इसके लिए क्यों आया था? तूने पढ़ा क्या? क्या लिखा था उस पर? गैट् वैल मून्। भला उसे क्या मतलब है मित्रा के जल्दी ठीक होने या न होने से? उसने 'मून्' क्यों लिखा है? उस मुए ने इसे 'चाँद' क्यों कहा है? उसने इसके जन्मदिन पर बधाई कार्ड क्यों भिजवाया है? लगता है किसी गलत चक्कर में पड़ गई है मेरी मित्रा। मेरी बेटी का भला-बुरा अब तेरे हाथ में ही है।' पर मैंने मित्रा की माँ को समझा दिया है कि तू चिंता मत कर। मैं सब ठीक कर दूँगी।''

''अरे तेरा होना ही काफी नहीं था, जो मित्रा की माँ भी तेरे वहम के गोरखधंधे में शामिल हो गई है! पर ये 'गैट् वैल् मून्' का क्या चक्कर है? उसमें तो 'सून्' लिखा था न। एक साधारण सा औपचारिक कथन।'' फूफा ने पूछा।

''नहीं। सून् नहीं मून् ही लिखा था।''

''अच्छा चल, सो जा। तेरे अपने मन का ही खलल है ये सपना। मित्रा की माँ को पच्चीस साल तक गुमशुदा रहने के बाद आज ही आना था क्या? उसे और कोई काम नहीं तुम्हारे बेकार मन में आने के सिवा?''

''तुमने मेरे मन को बीमार कहा?''

''मैंने बेकार मन कहा था!''

''नहीं! तुमने बीमार मन कहा था!''

''अरी भली औरत! आज ये क्या उलटबाँस हो गया है तुम्हें? कुछ को कुछ पढ़ने-सुनने लगी हो! चलो, सो जाओ शांत मन से!''

''तुमने अशांत मन कहा?''

''हे प्रभु! हमारी रक्षा करो! ये क्या हो रहा है अब इस घर में? अब ये उल्टी गंगा बहाना बंद करो!''

''अब ये जो मित्रा राह से कुराह हो गई है तो हमारी बेटियों का क्या होगा? उन पर भी इसका बुरा साया पड़ेगा!'' बुआ ने भूकंप की बोझिल चट्टान के नीचे दबे-कराहते स्वर में कहा।

फूफा ने शांत भाव से बुआ की बात पर भीगा कंबल डालकर शक की आग बुझाने की कोशिश करते हुए कहा—''अरी भलीमानुस! फूल तो वह वर्षों से लगाती आ रही है। समझ में नहीं आता कि इसमें अब नई बात क्या हो गई है? लड़की ही तो फूल लगाएगी, कोई लड़का तो लगाएगा नहीं। या हम-तुम जैसे बूढ़े लगाएँगे? एक झूठे से सपने के वहम में आकर जो इतना ही एक फूल से डरती हो तो मित्रा को घर में बिठा दो या चुपचाप शादी कर दो और निश्ंचित सो रहो। इसके बाप ने पाँच हजार रुपए तो दे ही रखे हैं इसके विवाह के लिए!''

सुनते ही बुआ के खुले-रूखे बाल फुफकारते हुए चीखे—''हूँ। दे दो! कर दो! अब तो बहुत बड़ा दिल हो गया है तुम्हारा! क्या पाँच हजार में शादी होती है लड़की की? अपनी सारी जमापूँजी इसकी शादी में लगा देंगे तब जाकर डोली उठेगी! तब क्या अपनी दोनों बेटियों की शादी किसी राजा के गड़े खजाने से होगी?''

''जब देखो तब नीमराग ही गाने लगती हो! अरे कभी खांडव राग भी गा दिया करो! बहुत हुआ! अब सो जाओ।'' सारे मामले को तरह देते हुए फूफा गुसलखाने की ओर मुड़ गए और मित्रा दरवाजे की ओट से निकलकर चुपचाप अपनी चारपाई पर सिल हो गई। उसे लगा चारों ओर खड़ा अँधेरा उसे धीरे-धीरे निगल रहा है और एक दिन वह बुआ की जगह ले लेगी!

बुआ के सिर पर जो वहम और सनक सवार हो जाए तो उसे फिर रोकने-समझाने या विरोधने की सामर्थ्य किस में है भला? और जो दीवार बनेगा उसे तो फिर दिन-रात लड़ाई-झगड़ा, रोना-धोना तथा भूख-हड़ताल सहनी होगी। बुआ के सामने खड़े होकर सबका जीना दुश्वार करने के बदले अच्छा यही है कि तूफान को रास्ता दे दो, ताकि बहुत कुछ खड़ा-पड़ा नष्ट होने से बच जाए। यदि सुबह उठते ही फूफा को ये आदेश हुआ है कि मित्रा के लिए आज की गाड़ी से इलाहाबाद जाने का टिकट ले आओ तो लाना ही पड़ेगा—मित्रा को अपना बोरिया-बिस्तरा समेटकर विदा होना ही पड़ेगा—बात चाहे कितनी ही अतर्कसंगत और अपमानजनक क्यों न हो। तार को

भी मामा-मामी तक यह सूचना उसी दिन पहुँचानी पड़ेगी—"मित्रा आज आ रही है। वहाँ किसी अच्छी सी सरकारी नौकरी का प्रबंध करें। बाद में यहाँ ट्रांसफर करवा लेंगे।"

यह सारी उतावली-बदहवासी मामा-मामी को अच्छी नहीं लगती, समझ में भी नहीं आती। पहुँचते ही वे बार-बार खोदने लगते हैं—"...कारण क्या है? नौकरी तो थी ही! सरकारी नौकरी की भी साथ-साथ कोशिश की जा सकती थी। रातोरात ऐसी उठा-पटक की कौन सी मुसीबत आन पड़ी है? क्या किया है तुमने?" बुआ के शक की बात यदि वह कह दे तो क्या मामा-मामी को अच्छा लगेगा? क्या वे उस पर विश्वास करेंगे? मित्रा के मुँह पर ताले और आँखों में ठहरी हुई कुहरीली रात!

दो दिन गुजरते-न-गुजरते दूसरी तार आ पहुँची—"तुम्हारे जाते ही बुआ बहुत बीमार हो गई हैं और दिन-रात तुम्हें पुकारती रहती हैं। तार मिलते ही लौट आओ।"

दिल्ली से दौलताबाद—दौलताबाद से दिल्ली! न हँसी आती, न रोना आता इस सारे नाटक पर। यह अनुभूति तक स्पष्ट न हो पाती कि वह दिल्ली है या इलाहाबाद! कभी उसे लगता जैसे वह मर गई है और अपना दाह संस्कार करके लौटी है।

× × ×

लगभग पंद्रह दिनों के बाद वह काम पर जाने के लिए तैयार हुई है। बुआ एक बार फिर अच्छी तरह से टोह-टाहकर पूरी तसल्ली कर लेना चाहती हैं—"मित्रा, तेरी नौकरी में क्या फूल लगाना जरूरी है?"

"नहीं तो बुआ! वह तो यों ही अपने मन की खुशी के लिए लगाती थी। अपने ढंग से खुश होने का अधिकार आखिर सबको है। जैसे चाय के बिना आपसे नहीं रहा जाता, वैसे ही फूल के बिना मुझसे नहीं जीया जाता! पर अब आप फूलों की चिंता न करें।"

"तू खुश रह, यह मैं भी चाहती हूँ, पर खुशी के और भी ढंग हैं। बस, तू फूल-ऊल मत लगाया कर। मुझे ये सब चोचले अच्छे नहीं लगते। तेरे सिर पर तेरे माँ-बाप नहीं हैं तो इसका अर्थ यह नहीं कि तू जो चाहे करे और हमारे घर की बदनामी हो। मेरी बेटियों के विवाह में अड़चन आए!"

"बुआ, आप फूल को किसी पुरुष या चाल-चलन के साथ क्यों जोड़ती हैं?"

"मैं ज्यादा सवाल-जवाब नहीं सुनना चाहती। फूल तुझे नहीं लगाना है तो बस नहीं लगाना है। और हाँ, अपने बॉस से हेल-मेल बढ़ाने की जरूरत नहीं। उसे हमारे घर आने की भी जरूरत नहीं। नहीं तो तेरा नौकरी करना नहीं हो पाएगा। तेरे फूफा से कह दिया है कि कहीं और कोशिश करें।"

× × ×

मित्रा में खास बात तो उसका फूल ही था। फूलों वाली लड़की के फूल पर ही आकर दृष्टियाँ टिक जाती थीं। इसलिए बिन फूलों वाली मित्रा उस दिन एक प्रश्न बन गई। फूल देखते रहनेवालों को फूल की अनुपस्थिति अखरी। जैसे कि चेहरे पर रंग-रोगन लगाते रहनेवालों से उसके न होने पर पूछ बैठना कि ये बासी-बेरौनक चौखटा क्यों? हे रंगमुखी। क्या बीमार हो?

बॉस ने डिक्टेशन देते हुए पूछ लिया—"मित्रा मिस, सब ठीक तो है न?"

"जी हाँ।"

"ये क्या हुआ कि एक हाथ से इस्तीफा देना और दूसरे से ले लेना?"

"एकाएक ही इलाहाबाद चले जाना अनिवार्य हो गया था और फिर एकाएक ही जाना टल गया!"

"तुम्हारे फूल को क्या हुआ है? घर में सब ठीक तो है न?"

"घर में आजकल फूल नहीं खिलते!"

"तो यहाँ के लॉन में तो खिलते ही हैं।"

"जी।"

"मुझे यह अच्छा नहीं लगता कि मेरे चारों ओर कोई इतना मुरझाया हुआ नजर आए। फूल लगाने वालों को देखकर मुझे उनकी जिंदादिली का, प्रकृति से उनके जुड़े होने का एहसास होता है। इस एहसास को बनाए रखो!"

"जी।"

"देखो आज माँगेराम ने इस गुलदस्ते के फूल नहीं बदले। कहता है कि उसे फूलों से एलर्जी है। काँटों से किसी को एलर्जी क्यों नहीं होती, फूलों से ही क्यों होती है?

ऑफिस से बाहर आते हुए लगा, कोई है जो फूलों को समझता है। पतझड़ हुए पौधे में एक नन्ही सी कोंपल खिल उठी।

× × ×

रेस्टोरेंट में एक मेज के पास अकेली बैठी हुई मित्रा दिन के भोजन के नाम पर कुछ ले लेने के बारे में सोच रही है। भूपत किसी शीतल पेय की तलाश में उधर ही आ निकला है हमेशा की तरह। मित्रा को देखते ही हमेशा की तरह वह एक गजल का टुकड़ा गुनगुनाने लगा—

"तूने ये फूल जो जुल्फों में सजा रखा है,
इक दीया है जो अँधेरों में जला रखा है।"

वह मित्रा के दाएँ-बाएँ देखता है, पर कुछ दिखता नहीं! घूमकर पीछे से चक्कर लगा आता है और चौंकता है—'अरे! मित्रा आज पंद्रह दिनों बाद आई है और फूल

भी नहीं लगाया हुआ! आखिर क्यों? यह सोग मनाने जैसी स्थिति क्यों कर? खैरियत तो है न? घर में सब जिंदा तो हैं न? मुझे अवश्य ही अफसोस प्रकट करने के लिए जाना चाहिए।'

दूसरे ही पल वह मित्रा के सामने बैठा कह रहा था—''मुझे बहुत अफसोस है!''

''क्यों? किस बात का अफसोस?''

''क्या अफसोस का कोई कारण नहीं है?''

''नहीं।''

''यह तो बहुत अच्छी बात है। तो फिर आप इतने दिन आई क्यों नहीं और आज आपने फूल क्यों नहीं लगाया हुआ?''

''इससे आपको क्या फर्क पड़ता है?''

''इससे फूलों को फर्क पड़ता है—फूलों की गजल को फर्क पड़ता है। फूल लगाया कीजिए। फूल खिलता है आप पर।''

''आपकी ये बातें सुनकर मुझे एक मुहावरा याद आ रहा है!''

''कौन सा?''

''मान न मान मैं तेरा मेहमान!''

''फूल लगाने वाले इतने कँटीले होते हैं, मैंने कभी सोचा भी न था!

फूलों पर फूले न सामने वाले इतने जहरीले होते हैं, मैंने कभी सोचा ही न था!''

''अभी भी सोच लें! देर नहीं हुई है!''

''अब तो देर हो गई है! अब क्या सोचना?''

''मतलब?''

''मतलब कि लंचब्रेक खत्म हो गई है!'' और वह जैसे एकाएक आया था, एकदम से उठकर चल दिया सोचते हुए—'कुछ लोग अभागे होते हैं, कुछ सभागे होते हैं। कुछ बोर होते हैं और कुछ खुशीचोर होते हैं!'

और वह उसका जाना देखती रही। भूपत, जिसकी ऊपरी जेब में रूमाल या पैन के बदले खिले गुलाब की अधूरी सी पंखुड़ियाँ किसी झालर की तरह झाँकती रहती हैं! जैसे कि जेब न हुआ फूलदान हुआ! यह फूलदानी-गुलदानी दृश्य देखकर मित्र को हँसी आ जाती है—'लो अपने जैसा कोई सनकी फूलों को प्यार करनेवाला! एक अजब कविभाव है इस इनसान में। इसे देखते ही मेरे मन की दशा बदल सी जाती है! पर नहीं! मुझे किसी से प्रेम नहीं करना। मुझे तो केवल विवाह करना है!' वह अपने आपको फैसला सुनाकर उठ खड़ी हुई।

× × ×

''मैं पिछले कुछ दिनों से देख रही हूँ कि आप जान-बूझकर मुझे बदनाम करना

चाहते हैं—मेरे लिए नई परेशानी पैदा करना चाहते हैं। रेस्टोरेंट में कितने टेबल खाली पड़े हैं! फिर भी आपका इसी मेज के पास आकर बैठना मुझे बिल्कुल पसंद नहीं! मेरे टाइपराइटर के पास आपका फूल रख जाना भी मुझे कतई पसंद नहीं!"

"कृपया जरा धीरे बोलिए! किसी ने सुन लिया तो मेरी बदनामी हो जाएगी कि मैं लड़कियों का पीछा करता हूँ। इससे मेरी प्रमोशन और तबादले की संभावनाओं पर बुरा असर पड़ेगा। आप तो जानती ही हैं अपने आदर्शवादी बॉस को। क्या फूलों वाली लड़की को मैं चाह सकता हूँ?"

"मुझे इस तरह का मजाक बिल्कुल पसंद नहीं!"

"मैं मजाक नहीं कर रहा! जो कुछ कह रहा हूँ—पूरी गंभीरता से कह रहा हूँ!"

"मैं प्यार नहीं कर सकती! मुझे तो शादी करनी है। इसलिए मैं प्यार नहीं कर सकती—इधर-उधर यों ही ऐश के लिए घूमने-फिरने के लिए! प्यार तो ब्लाइंड कर सकते हैं। मैं हर काम करने से पहले बहुत सोचती हूँ। फिकल् माइंड है मेरा। हर पल भविष्य की चिंता मुझे सताती है। मुझे धनी-मानी, उछलता-कूदता हुआ लड़का नहीं चाहिए। वह चाहिए, जिसमें गंभीरता हो, जो मुझे समझे। ऐसा नहीं जो किसी लड़की को देखकर कोई गजल गुनगुनाना शुरू कर दे और उसे फूल देने की कोशिश करे।"

भूपत ठहाका लगाकर हँस पड़ा—"आप ठीक कहती हैं। मुझे भी यह सब अच्छा नहीं लगता। बस आपका फूल लगाना अच्छा लगता है इसीलिए यह सब हो गया। फिर किसी रिश्ते को बनाने-पाने के लिए कोई-न-कोई राह तो तलाशनी ही पड़ती है न! और ऐसे में सबसे आसान है फूलों वाला रास्ता! मुझे भी प्रेमिका नहीं पत्नी चाहिए, जिसे मेरी परवा हो! पर एक सच मैं आपको आज और अभी ही कह देना चाहता हूँ। उसके बाद ही आप कोई फैसला करें!"

"कौन सा सच?"

"ज्यातिषी मुझे मांगलिक कहते हैं। इसीलिए कोई मुझे लड़की देना नहीं चाहता। ज्योतिषी भय दिखाते हैं कि लड़की के लिए यह विवाह अशुभ होगा!"

"यह तो बहुत अच्छी बात है! मैं तो सच ही जीना नहीं मरना चाहती हूँ। मांगलिक यानी मंगलजनक-मंगलसूचक। मेरे अमंगल जीवन को ऐसा ही मांगलिक पुरुष चाहिए! तुम्हारे साथ एक सहज जीवन जीते हुए मरना इस असहज बीमार मरण से तो अच्छा ही होगा! फिर जो पति-पत्नी मांगलिक नहीं होते, क्या उनकी मृत्यु नहीं होती? उनके जीवन में कभी कोई हादसा नहीं होता?"

"तो मैं मान लूँ कि आज तुमने मेरी भावनाओं के फूलों को स्वीकार कर लिया है?"

"मेरी बुआ को पसंद नहीं मेरा फूल लगाना या फूलों को स्वीकार करना!"

"तुम्हें तो पसंद है न? बस इतना ही काफी होना चाहिए। अपनी पसंद का कुछ-न-कुछ करते रहना चाहिए, जीवन को यही पसंद है। तुम तो फूलों से प्यार करती हो और क्या यह भी नहीं जानती कि फूल खिलने से कभी नहीं डरते। वे काँटों में, पत्थरों में, रेगिस्तानों में भी एक बार खिल लेते हैं मुरझा जाने से पहले। तुम पुष्प बनो, भयभीत पुष्प नहीं। फूलों का डर से कोई रिश्ता नहीं होता!"

× × ×

बुआ को सामने पाकर मित्रा उनसे कहना चाहती है—'बुआ, अब तुम्हें सच ही अधिकार है मित्रा पर संदेह करने और डाँटने-डपटने का! देखो तो एक फूल मेरे पर्स में छुपा बैठा कैसे हँस रहा है!'

पर बुआ को बिना फूलों वाली इस आज्ञाकारी मित्रा से कोई शिकायत नहीं हो पाती।

अब सवाल यह है कि विवाह की बात शुरू कौन करे? कैसे करे?

यदि मित्रा शुरू करती है या भूपत तो बुआ उस पर थू-थू करेगी कि आखिर फूल लगाने वाली लड़की ने नौकरी के दौरान यह सब किया—अपने सहकर्मी के साथ प्रेम का चक्कर चलाया, उनके परिवार की इज्जत पर बट्टा लगाया, उनकी लड़कियों को गलत रास्ता दिखाया, उनके घर को हमेशा के लिए मैला कर दिया, उनके उपकार का कैसा बदला चुकाया!

वह बुआ के मन को ऐसी कोई ठेस नहीं पहुँचाना चाहती, उनके अशांत वहमी मन में अपनी तरफ से कोई नई उथल-पुथल नहीं मचाना चाहती।

फिर ऐसी कौन सी तरकीब है, जिससे मित्रा का काम भी बन जाए और बुआ का मन भी रह जाए?

हाँ, एक राह सुझाई देती है! मुख्य सड़क से सीधे न जाकर, पास की गली से निकलकर बुआ तक पहुँचा जा सकता है और फूलों सी उस खुशी को पाया जा सकता है!

मित्रा ने चिट्ठी लिखी है, जो दिल्ली से चलकर इलाहाबाद जा पहुँची है। मामा के पत्र के माध्यम से रिश्ता चलकर बुआ तक आ पहुँचा है, जो यह दरशाता है कि उन्होंने मित्रा के लिए रिश्ता ढूँढ़ा है—लड़का दिल्ली का ही रहनेवाला है। वे झटपट शादी चाहते हैं। कोई माँग नहीं है उनकी, भले लोग हैं।

भले लोग सबको अच्छे लगते हैं इसलिए बुआ भी पढ़-सुनकर खुश होती हैं। फूफा भी प्रसन्न हैं। शुभ दिन देखकर, पत्र में दिए गए पते के आधार पर लड़के वालों के घर जा पहुँचती हैं बुआ और अपने ज्योतिषी से जन्मकुंडली मिलान तक बात पहुँचती हैं। बुआ का ज्योतिषी लड़के की कुंडली के आधार पर ग्रहों का रहस्योद्घाटन करता है—"लड़का मांगलिक है! लड़की के लिए शुभ नहीं है!"

बुआ दो टूक फैसला सुना देती हैं—"मैं यह पाप नहीं करूँगी! यह शादी नहीं होगी।"

अब क्या हो? अब क्या हो सकता है? बुआ की 'नहीं होगी' को 'होगी' में भला कौन बदल सकता है? जो 'पाप' बुआ नहीं कर सकतीं, क्या वह 'पाप' मामा-मामी कर सकते हैं?

मित्रा छुट्टी लेकर मामा-मामी के पास इलाहाबाद आ पहुँची है। उसके चेहरे पर आँसुओं से लिखी एक इबारत है। मामा वे आँसू नहीं देख-सह पाते। वे मानते भी नहीं वह सब जो बुआ मानती हैं। वे इसे 'पाप' नहीं 'वहम' कहते हैं। उन्होंने मित्रा के सिर पर हाथ फेरते हुए कहा—"मैं तुम्हारी शादी करूँगा!" और सहयोग के लिए मामी की ओर देखा। एक तार दिल्ली आ पहुँची है। भूपत और उसके माता-पिता को उन्होंने इलाहाबाद बुलवाया है। सारी स्थिति उनके सामने रख दी है। वे सहमत हैं तो फिर देर किस बात की? दूल्हे और दुल्हन का नया जोड़ा आ पहुँचा है। पंडित महोदय आ पहुँचे हैं। पाँच व्यक्तियों की बारात आ पहुँची है। जिंदगी रिश्तों के नए रंग और फूलों की मालाएँ, जय की मालाएँ लेकर आ पहुँची है!

बुआ को दो छायाचित्र भेज दिए गए हैं। एक में दूल्हा-दुल्हन साथ-साथ खड़े हैं। दूसरे में भूपत मित्रा की माँग में सिंदूर भर रहा है!

चित्र देखकर फूफा और दोनों बहनें खूब खुश होती हैं। बुआ भी खुश होना चाहती हैं, पर हो नहीं पातीं। सोते-सोते जागकर रोने लग जाती हैं—"हाय मित्रा! ये तूने क्या किया? क्या तू हम से इतनी तंग आ गई थी कि अपना भला-बुरा न सोचा? हाय मित्रा के मामा! ये पाप तूने क्यों किया? मित्रा बेटी के अनिष्ट के प्रति तेरे मन में कोई डर-शंका न आई? कैसे निष्ठुर हो रे तुम!"

चित्रों के पीछे-पीछे मित्रा भी आ पहुँची है, पर अकेली ही! बुआ के मन का क्या भरोसा? पहले वह उन्हें मना-समझा तो ले! अपने दूल्हे के लिए उनके मन में थोड़ी सी जगह तो बना ले!

बुआ मित्रा को छाती से लगाकर जोर-जोर रोए जा रही हैं। पता नहीं फिर कभी वह मित्रा को जीवित रूप में देख पाएँगी या नहीं? "हाय मित्रा! तूने मांगलिक लड़के से विवाह के लिए हाँ क्यों की? हम तेरे लिए कोई अच्छा लड़का ढूँढ़ते, जिसके साथ तू सुखी रहती। हाय! तेरी माँ को हम क्या मुँह दिखाएँगे और क्या जवाब देंगे?"

मित्रा समझती है—"बुआ, कोई-न-कोई खतरा तो हर जगह है। मेरे सुख की ही चिंता है न, तो मैं बहुत सुखी हूँ! एक कवि जैसा दिल है उसके पास। जिंदगी को समझता है वह और मुझे भी। शांत और ठहरा हुआ स्वभाव है उसका। मुझे यही कुछ तो चाहिए था!"

बुआ आँसू पोंछ लेती हैं और दूसरी चिंता में फँस जाती हैं—"तुम्हें नौकरी नहीं छोड़नी चाहिए थी। ऐसी पक्की नौकरी और इतनी अच्छी कंपनी में नौकरी किसे मिलती है? महीने में दो हजार का नुकसान है तुम्हें! बाद में तनख्वाह और बढ़ जाती। उसकी ट्रांसफर कलकत्ता हो गई है तो तुम यहीं रह लेती!"

"बुआ, तुम लाभ क्यों नहीं देखतीं? केवल पैसा देखती हो? तुम मेरी खुशी क्यों नहीं देखतीं? तुम्हारी मित्रा को एक सच्चा मित्र मिला है। माता-पिता भी मिले हैं। बस, तुम आशीर्वाद दो तो सबकुछ ठीक ही होगा। चाहूँगी तो नौकरी वहाँ भी मिल जाएगी। हाँ, अब तो मेरे फूल लगाने से तुम नाराज नहीं होओगी न?"

बुआ के चेहरे को किसी-न-किसी गिनती में फँसी रेखाएँ और रूखे बाल स्नेहसिक्त होकर मुसकराने लगते हैं और पति को आदेश देते हैं—"तुम जाकर मित्रा के दूल्हे और उसके माता-पिता को लिवा लाओ। शादी के बाद लड़की का यों मायके अकेले आना शुभ नहीं होता!"

× × ×

यों एक कहानी पूरी हो गई। मित्रा की खुशी सबकी खुशी बन गई। जब भी कहीं आते-जाते उस सड़क से निकलना होता, मित्रा की याद आ जाती। जीवन की उलझनों और भाग-दौड़ में लगभग 18 वर्ष कब गुजर गए, पता ही न चला। कोल्हू के बैल जैसी दिनचर्या ने न दिनों का पता दिया, न सालों का। बुआ के घर जाने का विचार या उत्साह मन में कभी न जगा। जैसे कि मित्रा के बिना उस घर का कोई अर्थ न हो! कोई सूत्र न हो। वहाँ जाने की कभी कोई जरूरत भी महसूस न हुई। जैसे कि तीन घंटे की फिल्म के नीचे किसी ने इति लिख दिया हो। फिल्म समाप्त हो जाने के बाद ढूँढ़ने से भी वे पात्र कहाँ मिलते हैं और भला ढूँढ़ता भी कौन है? नई फिल्म ही देखी जाती है।

फिर एकाएक न जाने क्या हुआ कि मन असंख्य प्रश्नों से घिर गया—अब मित्रा कहाँ है? कैसी है? क्या करती है? अब क्या सोचती है? उसका वह कविभाव कैसा है? उसके सपने आगे बढ़े या नहीं? कविभाव कहीं अकविभाव तो नहीं बन गया? किससे पूछूँ? कहाँ ढूँढ़ूँ मित्रा को? क्या बुआ अब भी इसी मकान में रहती हैं? क्या वह मुझे पहचान लेंगी? क्या मेरा वहाँ जाकर मित्रा के बारे में इतने वर्षों बाद सवाल-जवाब करना उचित है?

मित्रा की याद ने जिस आवेग के साथ घेरा, उसके सामने कोई आशंका और दुविधा टिक न पाई और एक शाम काम से लौटते हुए गेट को पार कर घर के मुख्य प्रवेश द्वार के सामने जा खड़ी हुई। दरवाजा खुला हुआ था इसलिए कुछ आगे बढ़कर अंदर झाँक लिया। देखा, दाईं ओर के कमरे में फूफा मेज के आगे बैठे कुछ लिख रहे हैं और कपड़े उठा-रख रही हैं।

''नमस्कार!''

''नमस्ते-नमस्ते!'' बुआ ने मुसकराकर उत्साहित किया। मेरी दुविधा और संकोच तिरोहित हुए। फूफा गंभीर और तटस्थ चेहरा बनाए देखते रहे।

''मैं मित्रा की दोस्त हूँ।'' मैंने बुआ को बताया।

''हाँ-हाँ! मैं पहचान गई हूँ। तुम कभी-कभी यहाँ आया करती थीं।''

''आजकल मित्रा कहाँ है और कैसी है?''

''ठीक है! पिछले महीने ही उसके पति का तबादला दिल्ली हो गया है। सिर्फ एक लड़की ही है।'' बुआ ने बुझे भाव से कहा।

''क्या आप मुझे उसका पता और फोन नंबर देंगे?'' उत्तर में फूफा ने एक पुरजा मुझे पकड़ा दिया।

और मैं कई दिन तक सोचती रही, क्या उसके दिल्ली आने और याद के दस्तक देने में कोई तार्किक संबंध है?

× × ×

''हैलोऽ! क्या मित्रा बोल रही है?''

''नहीं! मैं उनकी बिटिया बोल रही हूँ! आप राधा आंटी बोल रही हैं?।''

''नहीं! मैं धारा बोल रही हूँ।''

तभी फोन का चोगा मित्रा ने ले लिया—''हैलोऽ! कौन?''

''तुम मित्रा बोल रही हो न! मैं धारा, बसंत बिहार से बोल रही हूँ। क्या पहचाना नहीं?''

''मुझे कुछ याद नहीं आ रहा!''

''तुम्हारे घर के सामने वाली सड़क के पार 'जी' ब्लॉक था। तुम्हारा-मेरा कभी-कभी आना-जाना होता था। तुम्हारी आवाज मैं पहचान गई हूँ। बिल्कुल वैसी ही दूधिया आवाज।''

''कुछ और बताओ! याद नहीं आ रहा!''

''मुझे कहानियाँ पढ़ने का शौक था। जब भी मैं कोई अच्छी कहानी पड़ती तो तुम्हें भी पढ़वाती थी और फिर उस पर चर्चा किया करते थे।''

''हाँ-हाँ! तुम्हारा अकेला कमरा था। उसमें टाइपराइटर था।''

''हाँ-हाँ! कैसी हो?''

''मैं बहुत खुश हूँ। खूब सैर की है! सारा हिंदुस्तान घूमा! जगह-जगह ट्रांसफर होती रही!''

''सुनकर बहुत अच्छा लग रहा है। सदा खुश रहो! तुम्हारी बुआ से बात हुई तो बड़े निराश स्वर में बोलीं कि सिर्फ एक लड़की ही है! क्यों जल्दी ब्रेक लगा दी?''

''बस ऐसे ही! कुछ लोग एक से ही खुश हो जाते हैं, उसी से पूरी खुशी पा लेते हैं!''

''क्या उम्र होगी?''

''इसी साल हाई स्कूल की परीक्षा दी है।''

''तुमसे मिलकर बहुत सी बातें करने की इच्छा होती है।''

''पर अब तो मैं बहुत कम बातें करती हूँ।'' मुसकान में लिपटा एक वाक्य।

उसके लहजे से लगा जैसे वह अतीत को याद नहीं करना चाहती और वर्तमान के मोती को अपने अंतस की सीप में सँजो-छिपाकर रखना चाहती है!

□

# विस्थापित सदी

आजकल मौसम वसंत या वर्षा का नहीं, शादियों का है। शादियों के रंग-बिरंगे निमंत्रण पत्र और शगुन के लिफाफों की बहार चारों ओर छाई हुई है। पर गुरजीत की शादी नहीं हो पा रही है।

कभी यार-दोस्तों की बारात में शामिल होना और भाँगड़े द्वारा अपनी खुशी व्यक्त करना। कभी रिश्तेदारी में आनेवाली बारातों की अगवानी करना और रिश्ते के आधार पर मिलनी करते हुए किसी के गले में हार डालना और किसी से डलवाना, पर अपनी जयमाला का अवसर उसे नहीं मिल पा रहा।

घर के सामने वाला पार्क एक दिन को भी खाली नजर नहीं आता। एक शामियाना उतरता है और दूसरा तनकर खड़ा हो जाता है। कभी किसी दिन ऐसे भी शुभ मुहूर्तों की टकराहट होती है कि एक ही शामियाने में लगातार तीन-तीन शादियाँ हो रही हैं। ऐसे शामियाना-शादीयाना माहौल में गुरजीत के सिर पर शादी की धुन सवार हो गई है। चट मँगनी और पट ब्याह वाला उतावलापन हावी है उस पर। बस आज और अभी ही शादी हो जानी चाहिए, ऐसा बौराया हुआ है वह! अखबार में विज्ञापन छपकर आ गया है। लड़की वालों के फोन और पत्र भी आने लगे हैं, पर शादी नहीं हो पा रही, क्योंकि शादी के लिए एक अदद लड़की की आवश्यकता है और लड़की के माँ-बाप की सहमति की भी।

गुरजीत सुंदर है, स्वस्थ है, मेडिकल रिप्रेजेंटेटिव है, अच्छा वेतन है, ऊपर से हर रोज का यात्रा-भत्ता हो जाता है। कंपनी अच्छी है। आगे प्रोन्नति के अवसर भी हैं, पर फिर भी शादी नहीं हो पा रही। किसी लड़की के माँ-बाप को अपनी बेटी के हाथ पीले करने की जल्दी नहीं मच रही। लोग कभी-कभी अपनी बेटी को कुएँ तक में धकेल देते हैं, पर इस बहती गंगा में हाथ धोने मैं शशोपंज में पड़ गए हैं।

गुरजीत जब किसी घरेलू महफिल में सिर हिला-हिलाकर मंद-मंद मुसकराते हुए

मोहम्मद रफी की आवाज में गाता है तो, वह दुनिया का कैसा मस्तमौला इनसान है, पर उसे दु:ख है कि उसकी शादी नहीं हो पा रही।

माँ भली और भोली है। पिता राजपत्रित अधिकारी हैं। अपना मकान है और गुरजीत उस सबका अकेला वारिस है, पर फिर भी तो शादी नहीं हो पा रही।

हाथ में ब्रीफकेस और उसमें दवाओं के सैंपल लेकर शहर-शहर जाना। डॉक्टरों से मिलना। कैमिस्टों के यहाँ हाजिरी देना। नई आई दवाओं के महत्त्व की सूचना देना, सप्लाई के ऑर्डर लेना और फिर चंडीगढ़ लौट आना। डॉक्टर और कैमिस्ट उससे प्रभावित हो जाते हैं, पर लड़की वाले उससे प्रभावित नहीं हो पा रहे। अब तक आपके दिल में "क्यों? भला क्यों?" अवश्य अंकुरित हो चुका होगा, पर इस पेचदार प्रश्न का उत्तर पाने के लिए आपको पानीपत जाना पड़ेगा। वह पानीपत का मैदान नहीं, जहाँ बाबर इब्राहिम लोदी में, अकबर और हेमू में, अहमदशाह अब्दाली और सदाशिवराज भाऊ के बीच युद्ध हुआ था और हर बार दूसरे पक्ष को पराजय का मुख देखना पड़ा था। जाना पड़ेगा पानीपत शहर और पूछना पड़ेगा कि अमुक कैमिस्ट की दुकान कहाँ पर है। यदि समय चौरासी के आसपास का है और आपके चेहरे पर सिख होने की मुहर लगी हुई है तो इस पूछने का मतलब यह है कि आप शहर में नए हैं और आपके इरादे नेक नहीं हो सकते। यदि इधर-उधर कोई अदले-बदले की वारदात हो चुकी है, तो आपका वही हाल होगा, जो भागते भूत की लंगोटी का होता है। यानी कि धोबीपाट। गुरजीत ने जिन-जिन से रास्ता पूछा, उनके कान खड़े हो गए और वे असूचित भाव से उसके पीछे हो लिये। जैसे ही गुरजीत ने दुकान में कदम रखा कि बाहर भयावह शोर मच गया— "एक आतंकवादी आया है···उसके हाथ में ब्रीफकेस है···उसमें बम है···वह चुपचाप रखने के लिए आया था···पर पकड़ लिया गया है···उसके पास ए.के.47 राइफल भी है···।' ···दुकानदार घबरा गया। गुरजीत भी घबरा गया और बाहर खड़े लोग तो घबराए हुए थे ही इसलिए उन्होंने झट से आतंकवादी की गरदन दबोच ली।

पल भर में यह दहशत और विजय भरी सूचना सारे बाजार में शार्ट-सर्किट की आग की तरह फैल गई थी। दुकानों के शटर चीखते हुए नीचे आ गिरे। हर व्यक्ति उसी ओर आँधी की तरह दौड़ रहा था और आग को भड़काने में पूरी तरह ईमानदारी से सहयोग दे रहा था। उत्तेजित भीड़ की तूफानी लहरों ने गुरजीत को कई बार ऊपर उठाकर नीचे धड़ाम किया, ताकि सभी उस आतंकवादी की शक्ल-सूरत देखकर अपनी प्यासी उत्सुकता को पानी पिला सकें। भीड़ की भेड़चाल जीभ से हथियार का काम ले रही थी और तरह-तरह के फतवे जारी कर रही थी—"बम वाले उस हत्याकांड में इसका भी हाथ था और अब यह मेडिकल रिप्रजेंटेटिव के बहाने यहाँ कोई कांड करने आया है। इससे पहले कि यह तुम्हें मारे, मार डालो इस···साले को! पकड़ लो इसके

हाथ। कहीं ये साइनाइड का कैप्सूल खाकर खेल खत्म न कर दे। अरे यह वही आतंकवादी है, जिसके सिर पर दो लाख का इनाम है···।'' गुरजीत सिंह की सफाई की हर कोशिश झूठ थी और सत्य केवल भीड़-मन के पास था।

एक से दो बने पड़ोसी राज्यों के झगड़े और उनकी राजनीतिक पार्टियों की अगली-पिछली सारी रस्साकशी का भी निमित्त और नियामक बना दिया गया।

''अच्छा! तो ये पंजाब के लिए राजधानी चंडीगढ़ लेने आया है, हम से?''

''अरे ये हमें कदुखेड़ा का गलियारा और आबोहर-फाजिलका भी तो नहीं देना चाहता।''

''और सतलुज का पानी भी तो नहीं देना चाहता, ताकि हमारे खेत सूख जाएँ।''

''इस···की ये मजाल!''

''अरे! इसे वो चाहिए, वो!''

''अरे कौन सा वो।''

''अरे वही वो···।''

''तो दे दो न इसे वो।''

''लो भाई लो वो! भीड़ की एक भेड़ ने अपना खुर उसके जबड़े पर दे मारा औ।र सारी भेंड़ें हिड़हिड़ायी।''

किसी ने कहा—''अरे इसकी पगड़ी उतारकर देखो कहीं उसमें कुछ छिपाकर न रखा हो।'' पगड़ी एक हाथ से, दूसरे हाथ में होती हुई सिर पर लौट आई थी, पर यह वह पगड़ी नहीं थी, जो उसने सुबह सँवारकर बाँधी थी। बचपन से ही माँ ने उसे समझाया था कि किसी को जूड़े-पगड़ी को हाथ नहीं लगाने देना है, पर आज वह अपनी इज्जत की रक्षा के लिए विरोध या हाथापाई की स्थिति में नहीं, बरदाश्त की लाचारी में फँसा हुआ था। अंदर खौलती तूफानी लहरें अपने आपसे टकरा कर छटपटाती हुई वापस लौट जातीं।

अब तक पुलिस भी आ गई थी और उसे हथकड़ी पहनाकर थाने ले गई। भीड़ पीछे-पीछे धूल उड़ाती हुई, फब्तियाँ कसती हुई। हाथ में डंडा थामे थानेदार का सवाल गरजा—''ओए आतंकवादी! यहाँ आने का मक्सद क्या है तेरा? तेरे किस बाप ने तुझे यहाँ भेजा है? इस ब्रीफकेस में क्या रखा है? खोल इसे।''

अपने आने का रोजी-रोटी से जुड़ा उद्देश्य बताकर ज्यों ही वह झुका, त्यों ही भीड़ सुरक्षित दूरी पर दौड़ गई। गुरजीत ने ब्रीफकेस खोला, दवाओं के सैंपल और उनसे जुड़े कागज-पत्तर निकालकर दिखाए। भीड़ चौकसी से चिल्लाई—''क्या पता हमारे लिए दवा के बदले कैप्सूलों में जहर हो। क्या पता शीशियों में मिनी बम हों।''

भीड़ की दहशत गुरजीत के अंदर समाती जा रही थी—'पता नहीं आज मैं घर

लौटकर जा पाऊँगा या नहीं? पता नहीं थाने में बंदकर कितना मारेंगे कुछ उगलवाने के लिए? कल अखबार में खबर छपेगी—एक आतंकवादी पुलिस भिड़ंत में मारा गया…।'

तभी उसने सुना—"ओए, डाल दे इसको लॉकअप में। बाकी रात को देखेंगे।"

उसे लगा, जिंदगी के दरवाजे सचमुच बंद हो रहे हैं। चेहरे के घावों पर बहते हुए आँसुओं के साथ हाथ जोड़कर उसने बार-बार कहा—"थानेदार साबजी! एक बार आप कंपनी के बॉस को फोन करके पूछ लें। फिर आपकी जो इच्छा हो करें।…!"

"ओए, मार एक फोन इसके बाप को। देखें क्या कहता है…! लोग न जाने कहाँ से आतंकवादी के बदले एक चूजा पकड़कर ले आए हैं!"

कंपनी के ऑफिस में फोन किया गया और पूरी तरह से तसल्ली हो जाने पर, घर का अता-पता नोटकर तथा फोटो खींचकर उसे छोड़ दिया गया। पर जिसे छोड़ा गया था, वह पहले वाला गुरजीत नहीं था, जो धर्म को लेकर भेदभाव वाली बातें करना ओछापन समझता था। उसे लगा, धर्म ऐसा क्षेत्र है, जिसमें अब हमारे सोचने से कुछ नहीं होगा। होगा वह जो नेता सोचता है और भांड़ कहती है।

पगड़ी बगल में दबाए, जो हाल-बेहाल दहकते दिल से वापस लौट रहा था, बार-बार पीछे देख रहा था, चंड़ीगढ़ वाली बस ढूँढ़ने की उतावली कर रहा था, वह एक ही सोच बार-बार सोच रहा था—'इन सारे हादसे का कारण मेरा यह बाहरी नक्शा ही है, जो आजकल लोगों के दिलों में संदेह का सायरन बजा देता है…।' उसकी यह सवालिया सोच और भय उसे अजनबी दिशा की ओर धकेल रहे थे। चंडीगढ़ के बस अड्डे पर उतरकर उसने बाजार की ओर रुख किया। सैलून की दुकान ढूँढ़ने में उसे दो-तीन चक्कर लगाने पड़े, ठिठकना पड़ा और अपने को बटोरना पड़ा। अपने नए ग्राहक की बात सुनकर नाई की अभ्यस्त कैंची भी डाँवाँडोल हो गई—"क्यों यह जुल्म करते हो? क्यों मुझे पाप में ढकेलते हो? घर जाओ। जो कुछ हुआ उसे भूल जाओ।"

सिर पर बँधे जूड़े और दाढ़ी को उसने नाई की कैंची के हवाले कर दिया और पगड़ी को लपेटकर ब्रीफकेस में बंद कर दिया। अब उसने आईना देखा तो चेहरे ने कहा—'अब तुम्हें कोई आतंकवादी नहीं कहेगा। कुछ रुपए खर्च करके तुमने कितनी आसानी से उस भयानक ठप्पे को मिटा दिया है। अब तुम्हें कोई खतरा नहीं, देश के किसी भी कोने में चले जाओ। पहले तुम लाखों की भीड़ में एक ही नजर में अलग से पहचाने जाते थे, अब तुम्हें पहचानने के लिए कम-से-कम दो नजरों की जरूरत पड़ेगी।'

उसने अपने व्यक्तित्व को किसी राजनीतिक पार्टी की तरह दो फाड़ कर दिया था। पगड़ी वाला सिर पंजाब के लिए और जुल्फों वाला सिर हरियाणा के लिए। दाढ़ी की केवल जड़ें रहने दीं—परिस्थितिवश कोई मुसीबत आन पड़ने पर सामने वालों को दोनों तरह से भरमाया जा सके—"अरे मैं तो तुम्हारा ही धर्म भाई हूँ। मुझे क्यों मारते हो?"

एक दिन बैंक जाना हुआ। काउंटर पर बैठी युवती ने कहा—"यदि आप बुरा न मानें तो एक बात पूछूँ?"

"पूछिए जी।"

"क्या आप भेष बदलते रहते हैं?"

"हाँ जी। मैं टू इन वन हूँ। जब जैसी जरूरत पड़े, वह बटन दबा देता हूँ।"

हादसे वाले उस दिन पिता सबकुछ देख-सुनकर इस तरह बोले थे जैसे किसी अँधेरी गुफा से आवाज आ रही हो—"ठीक है। जैसी लड़के की इच्छा और जिसमें उसे सुरक्षा मिलती हो या महसूस होती हो। इसका काम-धंधा ही ऐसा है, जिसमें बार-बार अजनबी शहरों में आना-जाना पड़ता है। इस बार तो सवाल-जवाब में ही बचकर लौट आया है। यदि कभी ऐसा न हो पाया तो? भीड़ ने पुलिस के आने का इंतजार न कर, सारा फैसला खुद ही कर लिया होता तो? आज का वक्त केश और पगड़ी पर भारी है। कौन से हमारे दो-चार बेटे हैं कि एक को राजनीति की गर्दिश से जनमी किसी अंधी-बहरी भीड़ के हवाले कर दें? यदि टाडा के तहत ही गिरफ्तार कर लेते तो हम उनका क्या बिगाड़ लेते? कहाँ से सफाई-सबूत लाते और कौन हमारी सुनता आज के माहौल में जहाँ हम सब शक के घेरे में कैद हैं?"

पर माँ ने कठोर प्रश्न किया था—"लोग तो अपने धर्म के लिए अपनी जान तक दे देते हैं और तुमने जान के लिए धर्म दे दिया?"

"धर्म देना क्या इतना आसान है? क्या कोई जन्म से मिले संस्कार और घुटी को बदल या भूल सकता है? मैंने धर्म नहीं दिया, धर्म की बाहरी पहचान दे दी है। मैं किसी अजनबी शहर में, किसी पागल भीड़ से घिर कर कुत्ते की मौत नहीं मरना चाहता। गई जान लौटाई नहीं जा सकती, पर गए केश तो कभी भी बढ़ाए जा सकते हैं। यह अपने घर की खेती है।"

गुरजीत के तर्क से माँ के आँसू बह आए थे—"हाय गुरजीत! रोज ही तो तुम अरदास सुनते हो, '...अनेका कष्ट सहारे पर धरम न हारिया।' और फिर भी ऐसी बातें करते हो? तुमने अपनी रहत गँवा दी? तुमने अपने धर्म की वीरता भरी विरासत और परंपरा पर थूका है। तुमने केशों की ऐसी बेअदबी कैसे की? किस नाई के कूड़े में फेंक आए हो अपना सोंहड़ जुड़ा, जिसे मैंने तुम्हारे जन्म से सँवारा था और गुरु की हुजूरी में जिस पर पगड़ी सजाई थी? जाओ, लेकर आओ।"

"लेकर आने से क्या होगा? क्या वापस जुड़ जाएगा?"

फिर माँ ने धर्म के स्तर से हटकर भावना के स्तर पर सुनाया भी था और समझाया भी था—"अब तुम मेरे बेटे नहीं हो। मैं तुम्हारे इस कायर रूप को अपना बेटा नहीं मान सकती। तुम देखने में मुझे अब बिल्कुल अच्छे नहीं लगते।"

''देखते-देखते आदत हो जाएगी तो अच्छा लगने लगूँगा।''

''तुम्हारी लंबाई भी कम हो गई है। तुम्हारी वह फोटो मेरे बेटे की है, जो हमारे सोने के कमरे में लगी हुई है। तुम्हारे इस चेहरे पर एक सहज खूबसूरती की जगह दुर्घटना चिपकी हुई दिखाई दे रही है। हाय! इस भौंकती हुई खूँखार राजनीति ने हमें कहीं का न छोड़ा। जो तुम थे, वह तुमने डरकर छोड़ दिया है और जो तुम दिखाई दे रहे हो, वह भी डर के कारण। क्या अब सारी जिंदगी तुम्हारा डर ही जीएगा, तुम नहीं जीयोगे? हाय! कोई मेरा प्यारा बेटा मुझे वापस दे दे!''

माँ की आँखों में से आँसू झर रहे थे, पर गुरजीत की चुप्पी फिर भी नहीं टूटी थी और फैसला नहीं बदला था। उसे लगा, वह तो जिंदगी और मौत की लड़ाई लड़कर लौटा है और माँ को उसके जूड़े-पगड़ी की पड़ी है। माँ स्थिति की गंभीरता को नहीं समझती और धर्म से जुड़ी कच्ची भावनाओं में बहती जा रही है। डैडी बाहर काम पर जाते हैं इसलिए वे मेरी परेशानी को समझते हैं। घर में बैठी माँ को कुछ नहीं पता।

''मम्मी! अब आप बोलती ही जाएँगी या चुप भी होंगी? आप तो मेरे पीछे ही पड़ गई हैं। यदि ब्लडप्रेशर हाई हो गया तो फिर डॉक्टर को बुलाना पड़ेगा।'' और माँ रूठेभाव से अबोली हो गई थी।

अब उगले दिन के कार्यक्रम के साथ गुरजीत को यह भी सोचना पड़ता कि वहाँ पगड़ी-दाढ़ी की जरूरत है या नहीं। जब कभी नाना-नानी के यहाँ दिल्ली जाना पड़ता कंपनी के काम से तो सिख का भेष बनाए रखता। वहाँ जाने से पहले ही दाढ़ी बढ़ानी शुरू कर देता। दिनभर सिर पर पगड़ी और रात को सोते समय दस्तार लपेटे रहता। दस्तार के अंदर का सारा हाल समझते हुए मामा मंद-मंद मुसकराते रहते और नाना कुछ न समझते हुए टोकते रहते—'क्या बात है? रात में तो सिर को जरा ठंडी हवा लगने दो। आजकल तो कुछ ज्यादा ही सिखी का खयाल कर रहे हो! पहले यों ही नंगे सिर घूमते रहते थे।'

वह सबकुछ सुनकर अनसुना बना सोया पड़ा रह गया था। नाना सुबह तीन बजे गुरुद्वारे जाने के लिए उठे तो देखा कि सामने वाले पलंग पर बेखबर सोए गुरजीत की दस्तार नीचे फर्श पर पड़ी हुई है और कटे हुए बाल इधर-उधर लटक रहे हैं। उस शांत वातावरण में उनकी अशांत आवाज कलप रही थी···

···''हाय! लुटे-भटे गए! ऐ की कीता? किधर गया सोंहड़ा जूड़ा ते सुच्चे केश···?''

रह-रहकर ऐसे भावात्मक ज्वार उठते और फिर भाटे में बदल जाते। वक्त के गुजरने के साथ सारे सवालों-तर्कों ने हारकर हर ओर से मुख सिल लिया था। बात एक तरह से हठी होकर खत्म हो गई थी कि ठीक है, जो तुम्हारी इच्छा है, करो। किसी की सुननी ही नहीं तो कोई कब तक भौंकता रहे?

पर आज उठ खड़ा हुआ है शादी का सवाल। जहाँ कहीं भी रिश्ते की बात चलती है, एक ही उत्तर आता है—"लड़का हमें पसंद है, पर हमें सिख मुंडा चाहिए। विज्ञापन में तो आपने सिख लड़के की बात कही थी, पर इसने तो केश कटवाए हुए हैं। सिर पर जूड़ा नहीं, पगड़ी नहीं, मुँह पर पूरी दाढ़ी नहीं! यह कैसा सिख है? आपने तो अच्छा मजाक किया है। आपको क्लीन शेव सिख लिखना चाहिए था।"

हमदर्दी की आशा में हर बार दुःख और मासूमियत से सफाई दी जाती है कि पगड़ी और केश कहाँ गए और क्यों गए?

और सामने से दो टूक उत्तर आता है—"जान पर संकट की उस घड़ी में गए तो गए। जान बचाने के लिए बहुतों के चले गए थे, पर अब तक लौटे क्यों नहीं?"

डैडी और मम्मी उलाहना देते चेहरे से गुरजीत की ओर देखते और गुरजीत को विवाह की रौनक भरी खुशी का ऐसा बेरौनकी रुख लेना ऐसा लगता जैसे अपने घर की छत पर निश्चिंत बैठे हुए को अचानक किसी अपरिचित ने धक्का दे दिया हो।

हर आगंतुक रिश्ता "ना" कहकर चलता बनता। एक दिन उसी विज्ञापन के उत्तर में एक लड़की की माँ का फोन आया। उसने पास के गुरुद्वारे में अनौपचारिक ढंग से लड़की-लड़के को देख-दिखा देने की बात कही। गुरजीत का गिरा हुआ हौंसला धूल झाड़कर उठ खड़ा हुआ। अब तक तो माताओं-पिताओं से सामना हुआ था, पर इस बार लड़की का दीदार होना था इसलिए मामले में रौनक आती नजर आई और सामने वाले पार्क में शामियाना तनता नजर आया।

लड़की का दुपट्टे से सिर ढका आधे चाँद सा मुसकराता मुखड़ा और रंग-रूप ने गुरजीत का मन मोह लिया था और जल्दी से "हाँ" कह देना चाहता था। क्योंकि वह गुरुद्वारा था इसलिए गुरजीत के सिर पर पगड़ी भी थी, पर माँ की नजरें उसकी घास की तरह तराशी हुई दाढ़ी में से तिनका ढूँढ़ने लगी। लड़की से बात करने का मौका ही न मिला और लड़की की माँ ने झटपट फैसला सुना दिया—"लड़के ने तो केश कटाए हुए हैं। हमें तो गुरसिख मुंडा चाहिए।" केश कहाँ शहीद हो गए हैं, लड़की की माँ ने इस बात में कोई रुचि नहीं ली और लड़की को लेकर गुरुद्वारे के अंदर जा बैठी।

वे हकबकाए से देखते रह गए। मम्मी-डैडी ने खरी-खोटी सुनाते हुए कहा—"तुम जानो और तुम्हारा विवाह जाने। हमारा तो अच्छा-खासा अपमान करवा रहे हो तुम। हम इस सारे तमाशे से बाज आए। शादी के समय लड़के के माँ-बाप के भाव बढ़ते हैं और यहाँ हम लड़की वालों के पीछे बेगैरतों की तरह भाग रहे हैं और सफाइयाँ दे रहे हैं तुम्हारी बुजदिली और दब्बूपन की।"

एक बार फिर बैरंग लौट आने पर राकेश ने हताश गुरजीत को आसान सी राह सुझाते हुए सलाह दी—"जूड़ा पगड़ी रख लो, लड़कीवालों की लाइन लग जाएगी। एक

बार फिर सोच लो। वह लड़की जो तुम्हें पसंद आ गई है, उसकी माँ की एक ही शर्त है कि··।''

गुरजीत तैश में आ गया—''उस दकियानूसी औरत को अपनी लड़की की शादी मुझसे करनी है या मेरे जूड़े-पगड़ी से?''

सवाल दो दिन तक उनके बीच निरंतर टँगा रहा था।

फिर एक उपाय सूझा—''राकेश यार, चलो उस लड़की के घर चलते हैं। लड़की को किसी तरह पटाने की कोशिश करते हैं। यदि लड़की मान गई तो शायद माँ भी मान जाए। आज ऐतवार है। लड़की को घर पर ही होना चाहिए।''

लड़की तो घर पर ही होगी, पर लड़की की माँ भी तो घर पर होगी।''

''वह देख लेंगे।''

वे सुनहरी कल्पना के पंखों पर सवार होकर लड़की से सवाल-जवाब का रस लेते हुए उसके घर जा पहुँचे। दरवाजा लड़की की माँ ने खोला तो उन्हें जमीन पर पटककर कल्पना भाग खड़ी हुई। लड़के को अपने द्वार पर आया देखकर लड़की की माँ ने ठंडेपन से कहा—बेटा, मैंने तो अपना फैसला गुरु की हज़ूरी गें ही सुना दिया था। फिर अब इस आने-जाने का मतलब?

''आपको सिख लड़के से शादी करनी है न अपनी लड़की की? तो सिख तो मैं हूँ ही। केश-दाढ़ी नहीं हुए तो क्या हुआ? उससे क्या फर्क पड़ता है।''

''क्या फर्क पड़ता है? यह विचार तुम्हारे हो सकते हैं, मेरे नहीं। जीवन में सबकुछ कपड़े की तरह नहीं होता कि जब मन हुआ तो पहन लिया और जब मन हुआ तो उतारकर कील पर टाँग दिया या देकर स्टील के बरतन खरीद लिये। यदि तुम सिख हो, अपने को सिख कहते-मानते हो तो फिर सिख दिखने में तुम्हें किस बात का डर है? किस से डर है?''

''आप क्यों भावुक हो रही हैं मेरे इस रूप के प्रति?''

''यदि तुम अपनी जान की सुरक्षा के प्रति इतने भावुक हो सकते हो तो मुझे भी हक है कि अपने विश्वास और मान्यताओं के प्रति भावुक होऊँ। इस संसार में ऐसा कौन है, जो नहीं पिट रहा? कहीं अंदरूनी वार हो रहा है, कहीं बाहरी वार हो रहा है। कहीं राजतंत्र पिट रहा है। कहीं फौजी तानशाहों के हाथों प्रजातंत्र पिट रहा है। कहीं बड़े मठाधीशों की गुटबाजी में फँसकर व्यक्ति पिट रहा है। कहीं देशी पिट रहा है, कहीं विदेशी पिट रहा है। कहीं काला पिट रहा है, कहीं गोरा पिट रहा है। कहीं शिया पिट रहा है, कहीं सुन्नी पिट रहा है। कहीं दलित पिट रहा है, कहीं सवर्ण पिट रहा है। क्या डर इस समस्या का कोई समाधान हो सकता है? तुम अपने गले में कब तक एक गुजरे हुए अभागे कल का मनहूस पत्थर लटकाए रहोगे, तुम कब तक इसी चक्कर में पड़े

रहोगे कि कब-कहाँ कैसा दिखना है, क्या तुम हमेशा अपनी ही सुरक्षा के बारे में सोचते रहोगे? किसी दूसरे की सुरक्षा के बारे में कभी कुछ नहीं सोचोगे? एक-दूसरे के प्रति डर और उसके नीचे छिपे घृणा और अविश्वास-वैर के बीज को सदा-सदा के लिए जीवित रखना क्या ठीक है? यह छोटे-छोटे विषबीज ही समय पाकर विषवृक्ष बनते हैं और भावी पीढ़ियों को खाने के लिए विष फल देते हैं। राकेश बेटा, तुम क्या सोचते हो इस बारे में? तुम्हारा तो यह जिगरी दोस्त है।''

''मेरा वह दोस्त तो अभी पानीपत से लौटा ही नहीं! मैं रोज उसका रास्ता देखता हूँ और इस अजनबी से पूछता हूँ उसका अता-पता और जिसके बारे में लोग अकसर पूछ बेठते हैं, 'व्हेर इज दैट हैंडसम सिख?'''

''इसका मतलब यह है कि में अकेली नहीं हूँ। आपसी डर और अविश्वास की इस लड़ाई में राकेश बेटा मेरे साथ है।''

फिर माँ ने गुरजीत को अपना परिचय दिया—''बेटा, मेरी लड़की जो तुम्हें पसंद आ गई है, एक दंगाई भीड़ द्वारा विधवा हुई उसकी यह माँ आज दहेज के रूप में तुम्हें कुछ भी देने में असमर्थ है, पर किसी लाचारी से ऊपर उठकर तुम से यह कह सकने की हिम्मत रखती है कि मैं ऐसा दामाद नहीं चाहती, जो बहुरुपिया हो और जिंदगी में कभी एक और कभी दूसरी तरह की बहुसंख्यक भीड़ की ओट में छिपने या सुरक्षा ढूँढ़ने की कोशिश करे और इस तरह की संख्या से पैदा होने वाली दादागीरी और तंगदिली के संखिए को फैलाने में सहयोग दे। स्वार्थी लोगों ने धर्म को मुखौटा बना लिया है। जब कोई आदमी दूसरा विवाह करना चाहता है तो कागजों पर मुसलमान बन जाता है। कुछ लोग धन और सुविधाओं के लोभ में आकर तथाकथित दानी धर्म की ओर दौड़ पड़ते हैं। आक्रमणकारी शासक अपने लिए सुरक्षित प्रजा का निर्माण करने के लिए लोगों को तलवार के बल पर अपने धर्म में खींच लाते हैं। कई बार नेता धर्म के सहारे कुरसी की राजनीति करने की कोशिश करते हैं। इस तरह लोग पहले धर्म को अंधे की लाठी बनाते हैं और जब वह लाठी सहारा बनने के बदले अंधी होकर सिर पर आ पड़ती है तो बिलबिलाते हैं। मेरे बेटे, क्या तुम मुझ जैसी एक विधवा औरत से भी कमजोर हो, जो पहले एक अफसर की पत्नी थी और अब उसी दफ्तर में क्लर्क है, पर फिर भी वह घर आई सौगात को अपनी शर्तों के आधार पर ठुकराने की हिम्मत रखती है, क्योंकि जीवन में किसी भी तरह की बनावट नहीं सहजता ही सर्वोपरि है, उसी में सुख, शांति और शक्ति है। मैं चाहती हूँ तुम सहज जीवन जीओ, अपने को सारी जिंदगी के लिए एक हादसे का बंधक और अजायबघर मत बनाओ। मेरा दामाद लाखों की भीड़ में अकेला नजर आए और फिर भी आपसी इनसानी विश्वास और भाईचारे के सुनहरे रंग पर कभी कोई आँच न आए।''

''मेरे जैसे हजारों लोग है। सन् चौरासी ने असंख्य घरों में ऐसी पौध को जन्म

दिया है। आप उनके बारे में क्या कर लेंगी? एक मेरे वापस लौट आने से क्या होगा?''

''हाँ! तुम ठीक कहते हो। हजारों लाखों नहीं, ऐसे करोड़ों लोग हैं। यह सदी सारे संसार में विस्थापित है। कुछ लोगों को साम्राज्यवादी ताकतों और युद्धों ने निर्वासित कर दिया है। लोग भाग-भागकर पड़ोसी देशों में सिर छिपाए बैठे हैं और इस तरह से अपने वतन और समाज से दूर हो गए हैं। दूसरी तरह के लोग सांप्रदायिक दुश्चक्र और आतंकवाद के कारण अपने ही देश में अपने घर-घाट और हवा-पानी से निर्वासित हो गए हैं। अनगिनत लोग बड़े-बड़े बाँधों और औद्योगिक विकास के नाम पर विस्थापित हो गए हैं। असंख्य लोगों को डॉलरों ने निर्वासित कर दिया है। हर तरह की बढ़ती भूख और बेकारी के दबाव में हमारे मूल्य भी अपनी जड़ों से विस्थापित होते जा रहे हैं और गाँव शहरों की ओर पलायन कर रहे हैं। अपनी अस्मिता और पहचान खोने के कगार पर बैठे विस्थापितों की इस विश्वव्यापी भीड़ की एक भी गिनती कम करने में मेरा हठ यदि सफल हो जाता है तो मैं समझूँगी, मेरा जीवन सार्थक हो गया।''

उस सन्नाटे में सामने रखा ग्लोब निरंतर घूम रहा था।

''माँ ने रसोई की दिशा में आवाज दी—''बेटी, कब से मेहमान आए बैठे हैं और अभी तक पानी का एक गिलास तक नहीं!''

दरवाजे की ओट में खड़ी मनप्रीत ने उसी पल प्रवेश किया और ठंडी मिठास से भरे गिलासों की ट्रे अतिथियों के सामने की। गंभीर वातावरण एकदम से कोमल हो आया।

दोनों दोस्त सबकुछ भूलकर लड़की से कोई बात करने का सूत्र तलाशने लगे। एक सवाल किसी तरह से गुरजीत को सूझा, ''आपने किस कॉलेज से बी.ए. किया है?''

''एम.एस. कॉलेज से।''

''ऐसा लगता है, आपको मैंने देखा है कहीं।''

''यदि आप उस कॉलेज के चक्कर लगाने वालों में से हैं, तो जरूर देखा होगा।''

एक ठहाके से बातों के नए रंग बिखरते चले गए। दोनों दोस्त मनप्रीत के वापस लौटने के सारे रास्ते बंद करने में जी जान से जुट गए। अब माँ के मुसकराने की बारी थी।

□

# मैं आ रहा हूँ

इससे पहले कि मनोविश्लेषक रामन अपनी प्रश्नशाला शुरू करते, चंद्रेश ने अपना शंकित प्रश्न उनके सामने रख दिया—डॉक्टर! क्या मैं अब सुंदर नहीं दिखाई देती?

डॉ. रामन ने एक पल को अपने सामने बैठे सिंदूरी सौंदर्य को देखा, उसकी चुनौती को अनुभव और फिर अपने शब्दों को तौला—किसी सौंदर्य को पहली बार देखना और उसे देखते रहने में अंतर आ ही जाता है। यही स्वाभाविक है। ताजमहल को जब हम अपना पड़ोसी बना लेते हैं तो उसके संसार का एक आश्चर्य होने में भी शंका होने लगती है। जब कोई ऋतु आती है तो अपने लौटने का सिलसिला भी साथ लिये आती है।

पर चंद्रेश लौटने और खोने की दार्शनिकता नहीं, पाने का ठोस समाधान चाहती थी—आप मन के डॉक्टर हैं! आप जरूर मेरे आहत मन को कोई ऐसी राह बता सकते हैं, जिससे मैं उस व्यक्ति के मन की थाह पा सकूँ। उसका मन जो अब तक मेरा था—मुझसे दूर होता जा रहा है—मेरी एकमात्र खुशी मुझसे दूर होती जा रही है। मैं क्या करूँ? क्या न करूँ? ऐसा क्यों हो रहा है? सबकुछ पहले सा कैसे लौट सकता है? उसका पहले जैसा प्यार और ध्यान मुझे फिर कैसे मिल सकता है? इसी चिंता में मुझे नींद नहीं आती। हर वक्त माथा दुःखता है।

रामन—घड़ी की सुइयों को आप मनचाहे ढंग से आगे-पीछे कर सकती हैं, पर भावनाओं की सुई को पीछे नहीं मोड़ सकतीं। यह सब तो अब इसी तरह चलेगा, इसी तरह आप आहत होती रहेंगी, जब तक कि आप इस संबंध से अपने को मुक्त नहीं कर लेतीं—एक झटके से तोड़ नहीं देतीं।

चंद्रेश—यह आप क्या कह रहे हैं? यह मुझसे क्या चाह रहे हैं? मैं यह सब सुनने के लिए तो आपके पास नहीं आई! मैं यह नहीं कर सकती!

रामन—मैं आप पर अपना कोई निर्णय नहीं थोप रहा, मैं आपसे कुछ चाह नहीं रहा, कह जरूर रहा हूँ, कह भी नहीं रहा, केवल परिस्थितियाँ और उनके सारे पहलू

स्पष्ट करने की कोशिश शुरू कर रहा हूँ। फैसला तो आपके अहं को, आपके मन को ही करना है।

चंद्रेश आश्वस्त हुई। कोई नापसंद निर्णय थोपे जाने के दबाव से मुक्त होकर वह बोली—डॉक्टर। मैं अपने जीवन का हिस्सा बन चुके इस संबंध को तोड़ना नहीं, पहले सा पाना चाहती हूँ। मैं आपके पास इसलिए आई हूँ, ताकि यह जान सकूँ कि प्यार वाला वह रिश्ता फिर कैसे लौट सकता है? मैं पहले की तरह खुश रह सकूँ। मेरा सौंदर्य उपेक्षित, पराजित और छलित अनुभव न करे। मैं तनाव, उदासी और दुविधा में न फँसी रहूँ, हर समय। मैं उसकी राह में पड़ी हुई मुफ्त में मिल जानेवाली चीज न महसूस करूँ। उसके मन में मेरे प्रति कामना, सराहना और चाहना सदा बनी रहे—वह मुझे हमेशा पाना चाहे और प्यार करता रहना चाहे! हमारे प्रेम का दीया हमेशा जलता रहे! मेरे जीवन में उसके प्यार के अतिरिक्त और कुछ भी तो नहीं, जो मुझे जीने का एहसास दे सके, कोई खुशी दे सके। और कोई भी नहीं जिसके साथ मैं अपने को बाँट सकूँ! किसी जंगल जैसा भयानक अकेलापन मुझे घेरने लगा है। कहीं ऐसा तो नहीं कि उसके जीवन में कोई तीसरी औरत आ गई हो?

रामन—तीसरी कैसे? उसके जीवन में आपका कौन सा स्थान है? पहला? दूसरा?

चंद्रेश—वह शादीशुदा है।

रामन—कितने सालों से है यह संबंध?

चंद्रेश—लगभग दस साल।

रामन—उसकी शादी को कितने वर्ष हुए हैं?

चंद्रेश—आठ साल।

रामन—क्या आपके पति को इस संबंध का पता है?

चंद्रेश—नहीं। वह व्यक्ति और मेरे पति बचपन के दोस्त हैं। परस्पर बहुत विश्वास और अंडरस्टैंडिंग है उनमें।

रामन—उस व्यक्ति में ऐसी क्या बात है, जो आपके पति में नहीं है? इस संबंध का कारण और आधार क्या है?

चंद्रेश—मेरे पति जब मुझे देखने आए तो मुझे बड़ी हैरानी हुई, बड़ा क्रोध आया कि यह पुरुष किस अधिकार से मुझे देखने आया है? मुझे पसंद-नापसंद करने आया है। उसको मुझे पसंद करने का अधिकार नहीं है—मुझे उसे नापसंद करने का पूरा अधिकार है! उसका आना मुझे अपमानजनक लगा।

रामन—क्योंकर?

चंद्रेश—बदसूरत! बिल्कुल भी पसंद नहीं आया था मुझे। पर फिर भी मैंने हाँ कर दी।

रामन—ऐसा क्यों किया आपने?

चंद्रेश—मेरे माँ-बाप न मुझे कैद करके रखते, न मुक्ति के लिए मैं तड़पती। हम छोटे शहर में रहनेवाले थे, जहाँ लोग दूसरे की हाँडी में क्या पक रहा है, उसे नाक से देखने की कोशिश करते हैं। मुझे देखने आनेवाला पुरुष महानगर का रहनेवाला था। मेरी दृष्टि में यही उसकी योग्यता थी। मैंने सोचा, वहाँ मुझे जीने की आजादी मिलेगी। इसलिए मैंने हाँ कह दी। मैं उस घुटन से निकलकर बाहर की दुनिया में आना चाहती थी, घूमना-फिरना चाहती थी। उस पल मेरी रुचि होने वाले बदसूरत पति में नहीं थी, विवाह में नहीं थी, विवाह से मिलने वाले छुटकारे में थी। बीस वर्षों के बाद पहली बार जेल का बंद द्वार मुझे खुलता नजर आ रहा था और मैं उस सुअवसर को चूकना नहीं चाहती थी। अब तक लोगों ने हमारी आर्थिक क्लर्की को देखा था और यह पहला धनी-मानी पुरुष था, जो केवल मुझे देख और चाह रहा था। उसे वह चीज मिल रही थी, जो उसके पास नहीं थी।

रामन—अभी आपने पति को बदसूरत कहा है। यदि वह सुंदर होते तब क्या यह संबंध न होता?

चंद्रेश—यह तर्क न होता तो मैं कोई दूसरा तर्क ढूँढ़ लेती!

रामन—क्यों?

चंद्रेश—मुझे वैचारिक क्रूरता वाले अपने माँ-बाप से बदला लेना था, जिन्होंने मुझे आम लड़कियों की तरह जीने नहीं दिया। मुझे अपने घर के पिंजरे में किसी पशु-पक्षी की तरह बंद करके रखा और आँखों-कानों से हर पल मेरी पहरेदारी की। हर कदम पर मेरे साथ किसी अपराधी जैसी सख्ती बरती और मनाही की लौह दीवारें खड़ी की। मेरा कोई भाई-बहन भी नहीं था, जिसके साथ मैं अपने को बाँट पाती। मेरा सबकुछ, मेरी हर भावना मुझ में कैद थी। स्कूल के बाद मुझे कॉलेज नहीं जाने दिया और घर पर रहकर ही बी.ए. तक पढ़ाई की। कभी सिनेमा नहीं जाने दिया। कभी सहेलियों के घर नहीं जाने दिया। कभी ढंग और पसंद के कपड़े नहीं पहनने दिए, बाल नहीं बनाने दिए। जीते जी मुझे कफ़न से ढककर रखा। वे मेरी सुंदरता से हमेशा डरे-सहमे रहते और मेरी सुरक्षा के ढंग-कुढंग सोचते रहते। उन्हें हमेशा लगता है कि भगवान् की भूल या शाप से ऐसी भयानक सुंदरता उनके भाग में आ गई है और यदि वे उसे सहेज नहीं पाए तो उनकी इज्जत-आबरू नीलाम हो जाएगी। बचकानी उम्र में भी यदि किसी की आँखें हैरानी से मेरी ओर देखने लगतीं तो मेरी माँ की आँखें पहले देखने वाले की ओर और फिर मेरी ओर कैंची की तरह आर-पार हो जातीं। उसकी गालियाँ और ताने हमेशा मुझे धकियाते रहते—'अरी करमजली! यहाँ दरवाजे के पास खड़ी क्या कर रही है? जा अंदर मर। तेरा बाप आता ही होगा। जा रसोई में काम-काज करती नजर आ। नहीं तो

उसका खून खौलने लगेगा तुझे इधर-उधर डोलता देखकर।' उम्र को समझ आने पर तब मेरा मन चाहता कि मैं सच ही इस सुंदरता के अपराध से एक और अपराध करूँ—माँ-बाप के भय को सच्चा साबित करूँ—अपने सौंदर्य के सामर्थ्य को एक बार जाँच कर देखूँ, किसी के साथ दूर भाग जाऊँ, कोई मेरी सुंदरता पर प्रशंसा की वर्षा करे, उसे पाप या शाप नहीं एक वरदान के रूप में देखे और वर्षों की बेकद्री और दुतकार को धो डाले। और तब ये मेरे जालिम, दकियानूसी और सड़ियल माँ-बाप सचमुच में अपनी बदनसीबी को कोसते रहें और बदनामी को रोते रहें सारी जिंदगी!

रामन—उस व्यक्ति में क्या खास बात है?

चंद्रेश—मेरा विवाह एक कुरूप के साथ हो रहा था, पर विवाह के हर संस्कार में मेरी दृष्टि उस कुरूप के इर्द-गिर्द खड़े मुसकराते-छेड़छाड़ करते उस सुरूप में उलझ जाती। वह जब-जब घर आता तो मैं भूल जाती कि मेरा किसी से विवाह हुआ है कि मैं किसी की पत्नी हूँ। मुझे लगता, मेरा विवाह तो इस पुरुष के साथ होना चाहिए था! माँ-बाप द्वारा मुझ पर उठते-बैठते लादा गया सच्चरित्रता का लदाव एक झटके से नीचे गिर पड़ता और मैं उस पर पैर रखकर उस व्यक्ति के सामने आ खड़ी होती। उन दो भयानक जेलरों की उस कैद में रहते हुए केवल एक छोटा सा ट्रांजिस्टर ही वह द्वार था, जिसकी राह से बाहर की दुनिया मेरे अंदर आकर दस्तक देने लगती। उसके गाने जो मैं सुना करती बेआवाज चोरी-चोरी, अब जैसे उस व्यक्ति के आने से साकार हो जाते। उन गानों में जिस प्रेमी पुरुष की कल्पना होती थी, उस व्यक्ति को देखकर उस कल्पना में रंग भर जाते। उन भावनाओं को जैसे एक आधार मिल गया था। जब दोनों मित्र कुँआरे थे तो शाम अकसर साथ ही गुजारते थे। कई बार नौकर को छुट्टी दे देते और मिलकर रसोई में मनपसंद प्रयोग करते और खाते-पीते। कहीं उनका दोस्त बुरा न मान जाए—शाम को अकेला अनुभव न करे इसलिए शादी के बाद भी अकसर उसे न्योता दे देते। उसके मनबहलाव और भावनाओं का बहुत ध्यान रखते। जब-जब वह आता तो पति हम दोनों को बातें करता छोड़, खुद चाय के काम में लग जाते। उसकी पसंद की कोई चीज बनाने-तलने लगते। उस व्यक्ति को और मुझे संगीत का बहुत शौक है। वह मेरे लिए उपहार के रूप में गीतों-गजलों के कैसेट लेकर आता। पति के सामने ही उन्हें लगाकर सुनाता। उन गीतों-गजलों में मुझे अपना और उसका मन बोलता सुनाई देता। फिर पता ही नहीं चला कि कब हम दोनों उन्हें साथ-साथ गुनगुनाने लगे थे—और वही होता जा रहा था, जो अब तक मैंने चाहा था। और मैं भूल जाती कि रसोई में चाय बनाता या अपनी पाक-कला के जौहर दिखाने वाला पुरुष मेरा पति है—अपने कपड़े खुद धोने, प्रेस करने और उन्हें आलमारी में सलीके से रखनेवाला पुरुष मेरा पति है—मेरे मना करने पर भी मेरे काम कर देनेवाला और मेरी सुंदरता को काँच के कीमती

सामान की तरह 'हैंडल विद कैयर' की मन:स्थिति में जीने वाला—'तुम्हारे हाथ खराब हो जाएँगे! बहुत गरमी है! तुम्हें परेशानी होगी!'—मेरा पति है! उसका यह घरेलू औरत वाला रूप देखकर मेरे मन में कोमल प्रेमिल गीतों से निर्मित पुरुष की प्रतिमा चूर-चूर हो जाती।

एक पल के लिए शब्द थम गए। फिर गुजरे वर्षों का जोड़-घटाव करते हुए वह बोली—पिछले दस वर्षों से पारिवारिक मित्रता की आड़ में हमारा प्रेम फलता-फूलता रहा है। मैंने गलत कहा। न फूल आए। न फल आए! हाँ, निर्बाध जीता रहा है। उस व्यक्ति ने मुझे जीवन की दोनों बदसूरतियों से मुक्ति दिलाई है। इस प्रेम संबंध ने मुझे मनचाही खुशी दी है और दोनों तरह की कैद से छुटकारा दिलाया है। संसार की विशालता का एहसास दिया है। प्रकृति कितनी सुंदर हो सकती है और इनसान को कितनी विस्मित प्रसन्नता दे सकती है—इसका सबूत दिया है। कोई पुरुष तन और मन से कितना सुंदर हो सकता है—उसके शब्द कितने मोहक हो सकते हैं, यह मैंने उसके साथ जी कर ही जाना है। पति की अनुपस्थिति में वह घर आता। अपने किसी टूर के बहाने या मेरे मायके जाने के बहाने किसी-न-किसी हिल स्टेशन पर ले जाता, जब भी मिलने आता कोई-न-कोई उपहार लेकर आता।

रामन—अभी आपने घर में नौकर होने की बात कही थी। उसकी उपस्थिति में उस व्यक्ति का आना?

चंद्रेश—पति हमेशा चाहते थे कि घर में नौकर होना चाहिए, ताकि मुझे काम न करना पड़े। पर मैंने ही यह कह-कहकर नौकर हटा दिया कि मुझे घर में अकेले डर लगता है। कोई माई ठीक रहेगी। धो-माँज कर चली जाएगी। मैंने अपने जीवन का ढंग ऐसा बनाया, जिसमें हमें एक-दूसरे के साथ जीने की पूरी सुविधा और अवकाश हो। जब वह फोन पर कहता—'मैं आ रहा हूँ।' तो ये शब्द मेरा सपना थे—मेरी खुशी थे। मैं ये शब्द सुनने के लिए हर पल प्रतीक्षा करती रहती थी। उसके ये शब्द मुझे प्यार और अपने सौंदर्य की साकार इबारत लगते थे। जैसे कोई झरना चट्टानें पार कर, तूफानी वेग से मुझसे मिलने आ रहा हो! मोहमंत्र में जकड़ लेने वाले इस वाक्य का अर्थ होता—आज हम किसी होटल में खाना खाने जा रहे हैं, आसपास बहती झील के किनारे घूमने चल रहे हैं, कोई फिल्म देखने चल रहे हैं। हम अपने-अपने रास्ते से तयशुदा मिलन-बिंदु पर पहुँच जाते। फिर उसके 'मैं आ रहा हूँ' का अर्थ होता—हम घर पर ही मिलेंगे। मैं उसकी पसंद का भोजन बनाती, उसकी पसंद से तैयार होती। अपनी और उसकी पसंद के गीत-गजलों की धुन वातावरण में गूँजती रहती और हम मिलकर घंटों खोए रहते। उस सब में शरीर भी आता था, पर अब केवल शरीर आता है! पहले वह भावना का पुल बनाकर मुझ तक पहुँचता था, अब समय और पैसा देनी की बचत करता है। मैं

पूछती हूँ—'आज यह साड़ी कैसी लग रही है? कल शॉपिंग करने गए तो वे नीले रंग वाली साड़ी के लिए कह रहे थे, पर मुझे तुम्हारा ही यह रंग पसंद आया!' उसने जैसे सुना ही नहीं। वह झटपट घड़ी देखने लगा—'आज जल्दी जाना है।'

'क्यों?'

'कुछ लोग शाम को खाने पर आनेवाले हैं।'

'तो फिर क्या जरूरत थी आज आने की?'

'जरूरत थी न।' अब वह हमेशा आने-जाने की जल्दी में रहता है। वह इसी चतुराई और योजनाबद्ध तरीके से मेरे शरीर के आसपास कोई-न-कोई जल्दी जाने का कामकाजी बहाना खड़ा कर देता है। अब उसके चले जाने के बाद मेरे पास ऐसा कुछ भी नहीं होता, एक शब्द तक नहीं होता, जो मुझे खुशी दे सके। अब वह मुझे जस्ट फॉर ग्रांटेड ले रहा है। बंदी अतीत से मुक्ति वाली खुशी इस संबंध में से गायब होती जा रही है और पहले जैसी कैद वाली घुटन बढ़ती जा रही है। न कहीं कभी घुमाने ले जाना, न कभी कोई उपहार देना। बस फोन कर देगा—'मैं आ रहा हूँ।' अब उसका यह वाक्य मुझे जलाता रहता है। अब इस वाक्य में उसके अधिकार भाव की और अपने अपमान की गंध आती है! अब वही प्यार भरा वाक्य जैसे चीख-चीखकर कहता रहता है—मैं अब उसके लिए केवल एक शरीर हूँ, जिसे जीने की उसे आदत हो गई है। अब वह मुझसे नहीं केवल अपनी आदत से मिलने आता है। अब मैं उसके लिए एक थाली बन गई हूँ, जिसमें वह मनपसंद खाना खाता है और फिर परे सरका कर चला जाता है।

रामन—इस रिश्ते की उम्र अब खत्म हो चुकी है। इस तरह के संबंधों का अंततः यही हश्र होता है। मन की निकटता से चलकर शरीर की निकटता और उसके बाद दूरियाँ, क्योंकि शरीर के बाद पाने को फिर रह क्या जाता है ऐसे रिश्तों में? बीच में जो शुरुआती भावपूर्ण औपचारिकताएँ होती हैं, उन्हें भी व्यक्ति धीरे-धीरे भूलने लगता है—भूलने में ही उसे सुविधा होती है। छोटी-छोटी उत्साह भरी भेटों के पुल के टूटते ही संबंध अपनी रोचकता और विश्वास गँवा बैठते हैं। वैसे स्थायित्व और एकरूपता तो किसी भी रिश्ते में नहीं होती। हर रिश्ते का रंग-रूप और भाव बदलता रहता है। पहले बच्चा माँ के पल्लू से बँधा रहता है। फिर उसके लिए माँ से अधिक फुटबॉल और दोस्त महत्त्वपूर्ण हो जाते हैं। यदि ऐसा न हो तो बच्चे का विकास ही न हो पाए। जब हमारे चारों ओर सबकुछ बदल रहा है तो प्रेमी-प्रेमिका का रिश्ता भी क्यों नहीं बदलेगा? यह तो एक सहज प्रक्रिया है। इसके लिए आपको पहले से तैयार रहना चाहिए। पति-पत्नी के रिश्ते में भी हनीमून वाली स्थिति—मनःस्थिति हमेशा नहीं बनी रहती। दो व्यक्ति अलग-अलग वातावरण और व्यक्तित्व के मिलते हैं। दोनों की चाय का रंग-स्वाद अलग-अलग होता है। पर जब पति-पत्नी के रूप में मिले हैं तो अब दो तरह की चाय

नहीं बनेगी। धीरे-धीरे पति के पसंद की चाय पीते-पीते पत्नी भूल ही जाती है कि कभी वह किसी दूसरी तरह की चाय भी पीती थी। फिर एक दिन ऐसा आता है कि साथ-साथ शाम की चाय पीते-पीते किसी एक शाम को पति उसमें शामिल नहीं होता—नहीं हो पाता किसी भी कारण से। तब उसमें हाय-तोबा न करना ही ठीक है। अकेले ही चाय पी लो। पति या प्रेमी के साथ जीते हुए, उसकी पसंद को जीते हुए औरत को अपने जीवन के क्षितिज का भी विस्तार करते रहना चाहिए। रोजमर्रा की घरेलू जिंदगी के अतिरिक्त भी कोई रुचि बनाए रखनी चाहिए, जो आपसी संबंधों में परिवर्तन या दरार आने की स्थिति में धक्का लगने या आहत होने से बचाए। तनावग्रस्त होकर रोने, शिकवे और शंका पालने या मानसिक संतुलन खोने के बदले उन दूसरे रचनात्मक कामों में व्यस्त हो जाएँ। समझदारी और खुशी से जीने का यह एक बहुत सरल ढंग है कि व्यक्ति खुशी के नए रास्ते तलाश ले—दुखदाई हदों का ही कैदी न बना रहे। किसी भी व्यक्ति या रिश्ते को अपने जीवन का अंतिम पड़ाव या सीमा न मान ले, जिसके परे कुछ भी होना शेष न हो। निष्ठा जरूर चाहिए, पर सहज जीवन की कीमत पर नहीं। आपके अहं को ठेस लगती है उस व्यक्ति के बदले हुए व्यवहार के कारण, पर क्या कभी आपके मन में नैतिकता-अनैतिकता का भी विचार आता है इस रिश्ते को लेकर?

चंद्रेश—क्या आप यह सोच रहे हैं कि जो कुछ मैं कर रही हूँ वह अनैतिक है कि मैं कितनी गिरी हुई हूँ कि मैं कितनी चरित्रहीन हूँ?

रामन—यह मैं नहीं आप सोच रही है! समाज की सदियों पुरानी मान्यताएँ आपको ऐसा सोचने के लिए बाध्य कर रही हैं। मैं कोई धर्माचार्य नहीं कि आपको नैतिकता-अनैतिकता की शिक्षा या फैसला दूँ। मुख्य बात सुविधा और अवसर मिलने या न मिलने की होती है। यदि सामाजिक निंदा का भय न हो, कानून का फँदा न हो, नैतिकता या पाप-पुण्य की धारणाओं का दबाव न हो तो हम में से बहुत से वैसे न होते, जैसा आज नीतिवान और आदर्शवान होने का दावा करते करते हैं। मैं ऐसा नहीं मानता कि वह व्यक्ति चरित्रवान है और यह व्यक्ति चरित्रहीन है। मेरा यह मानना है कि यह व्यक्ति संबंधों की ईमानदारी की परीक्षा में सफल नहीं उतर पाया, इस व्यक्ति की उस परीक्षा में कंपार्टमेंट आई है और इस व्यक्ति को अभी परीक्षा में बैठने का अवसर ही नहीं मिल पाया। मैं नैतिकता वाले प्रश्न के द्वारा आपकी सोच के सारे पहलू आपके सामने खोलकर रखना और जानना चाहता हूँ ताकि आप और मैं इस स्थिति को ठीक से समझ सकें और किसी निर्णय तक पहुँच सकें। जैसे पेट की पाचनशक्ति होती है—कोई लकड़-पत्थर सब हजम कर जाता है और कोई लौकी भी नहीं पचा पाता—वैसे ही वैयक्तिक ढाँचे की भी अपनी पाचनशक्ति होती है। कोई अपने सिस्टम के विरुद्ध कार्य करने पर पूरी तरह से टूट जाते हैं—कोई उदास-परेशान रहते हैं। कोई जरा सा झूठ नहीं सह पाते,

कोई झूठ पर सारी जिंदगी जीते चले जाते हैं यह सोचकर कि यदि हमें या सामने वाले को कोई हानि या फर्क नहीं पड़ रहा तो क्या हरज है झूठ में? कई दूसरों को हानि पहुँचाकर भी झूठ की दुनिया में मजे से जीते रहते हैं। इस तरह पचा सकने के आधार पर भी नैतिकता और अनैतिकता, गलत और ठीक व्यक्ति और व्यक्ति में बदल जाते हैं। उस व्यक्ति का आपके प्रति बदला हुआ व्यवहार आपको परेशान-व्यथित करता है, पर क्या कभी आपका अपना व्यवहार भी आपको दु:खी करता है?

चंद्रेश—किस रूप में? किसके प्रति?

रामन—क्या आपके मन में कभी कोई अपराधबोध जागता है?

चंद्रेश—हाँ!

रामन—उसका क्या रूप है?

चंद्रेश—कि मेरे पति अपने बदसूरत शरीर द्वारा मुझे प्यार, सम्मान, सारी सुख-सुविधाएँ, सुरक्षा और अपना विश्वास देते हैं और मैं उन्हें अपने इस खूबसूरत शरीर द्वारा विश्वासघात और जिंदगी की कुरूपता देती हूँ! कभी-कभी बेहद परेशान और उदास हो जाती हूँ यह सब सोचकर कि मेरा कितना पतन हो गया है। उस व्यक्ति के लौट जाने के बाद जब वे दफ्तर से आते हैं और मुझे खोया सा पाकर कहते हैं—'चंद्र! तुम कहाँ हो?' तो मैं कानून की दृष्टि में एक अपराधी की तरह कटघरे में खड़ी रह जाती हूँ, कोई उत्तर देने के बदले।

रामन—आपने पति-पत्नी के संबंधों की मर्यादा तोड़ी है, पर आपको मर्यादा के नियम फिर भी याद हैं। आप समाज के तय नैतिक मूल्यों के दबावों से इतने वर्षों में भी मुक्त नहीं हो पाईं। आप कानून की धाराओं से भी परिचित हैं। स्पष्ट है कि आपको गलत या ठीक की याद दिलाने की कतई आवश्यकता नहीं है। इससे यह भी पता चलता है कि मुक्ति और सुख संबंधों की ईमानदारी भंग करने में नहीं है। इस रास्ते से किसी से कोई बदला भी नहीं लिया जा सकता। अंतत: चोट अपने को ही लगती है। यदि आपका वैयक्तिक ढाँचा अपने किए को इतने वर्षों बाद भी सहन-स्वीकार नहीं कर पा रहा, आपके मन की अपराध भावना आपको परेशान करती है तो आप इसे जारी क्यों रखे हुए हैं?

चंद्रेश—मैं पत्नी के नाते संतान भी तो नहीं दे पाई।

रामन—क्यों?

चंद्रेश—वह व्यक्ति यह सब नहीं चाहता।

रामन—और आप?

चंद्रेश—मैं भी नहीं चाहती इस झंझट में पड़ना। मुझे यह डर है कि मेरी खूबसूरती ढल जाएगी और वह व्यक्ति मुझसे दूर हो जाएगा। संतान हो जाने पर उसके साथ एकांत

में जीने की मेरी आजादी और सुख-सुविधा छिन जाएगी। मुझे यह भी डर है कि पता नहीं किसकी संतान मेरी गोद में आ जाए और फिर मुझे कोई लाँछना सारी जिंदगी ढोनी पड़े कि मेरी संतान मेरे पति के अनुरूप न होकर उनके दोस्त के अनुरूप है। ईश्वर संतान के रूप में माँ-बाप की कॉर्बन कॉपी या फोटोस्टेट कॉपी निकालने में बड़ा माहिर है। हम दुनिया को धोखा दे सकते हैं। पर उसकी कार्यशाला को धोखा नहीं दे सकते। संतानें पति-पत्नी के संबंधों की मुँह बोलती तसवीरें होती हैं। मैंने कभी शकुंतला की कहानी पड़ी थी। उसमें उसके बेटे भरत की कहानी भी आती है। भरत की तीन रानियाँ थीं और उनके जितने बेटे थे उन्हें देखकर लोग कहते—इनमें से एक भी महाराज भरत पर नहीं गया! यही बात जब रानियों ने भरत के मुख से सुनी तो उन्होंने अपने सारे बेटे मार डाले। मैं अपने को ऐसी किसी मारक स्थिति में नहीं डालना चाहती।

रामन—आप क्या करती हैं?

चंद्रेश—गर्भनिरोधक खाती रहती हूँ। वही व्यक्ति मुझे लाकर देता है। अब मुझे डर है कि इतने वर्षों से ऐसी चीजें खाते रहने से शायद मैं कभी माँ बन ही सकूँ।

रामन—आपका यह डर सही भी हो सकता है। आपने या उस व्यक्ति ने तलाक के बारे में, आपसे विवाह के बारे में क्या कभी नहीं सोचा या चर्चा की?

चंद्रेश—तलाक के झंझट में न वह पड़ना चाहता है और न मैं। एक तो तलाक मिलना आसान नहीं और दूसरा सामाजिक निंदा का भय। वह व्यक्ति अपने मित्र को स्पष्ट ठेस नहीं पहुँचाना चाहता। हम दोनों को ही यह रास्ता आसान और सुरक्षित लगता है। विवाह वाली जिंदगी अपने रास्ते पर चलती रहे और हमारा रिश्ता अपने रास्ते पर चलता रहे, बिना झंझट-बखेड़े के।

रामन—आपके पति संतान के बारे में क्या सोचते हैं?

चंद्रेश—परेशान रहते हैं और कभी बच्चे को गोद लेने की बात भी कहते हैं।

रामन—आप क्या कहती हैं?

चंद्रेश—मैंने हमेशा इनकार किया है। मैं सिर्फ अपना बच्चा चाहती हूँ।

रामन—अपना बच्चा। मतलब?

चंद्रेश—अपने पति का बच्चा।

रामन—आप उन्हें 'अपना' भी मानती हैं और 'पति' भी मानती हैं!

चंद्रेश—मैं चाहे जो करूँ, पर फिर भी वे मेरे पति तो हैं ही, मैं उनकी पत्नी तो हूँ ही!

रामन—अपनेपन का यह भाव ही आपकी समस्या का समाधान बन सकता है। क्या उस व्यक्ति की संतान है?

चंद्रेश—हाँ। जब कभी वह सपरिवार हमारे यहाँ आता है तो मेरे पति अकसर

उससे कहते—'अपना एक बच्चा हमें दे दे! तुम अपने लिए और पैदा कर लेना। हमारे भाग्य में शायद··· !'

रामन—क्या आपको कभी ऐसा नहीं लगता कि वह आपका इस्तेमाल कर रहा है?

चंद्रेश—वह जो कुछ कर रहा है, मेरी इच्छा और सहमति से कर रहा है। यदि मैं माँ बनना चाहूँ तो क्या वह मुझे रोक सकता है? नहीं! पर मैं किसी घपलेबाजी में पड़ना नहीं चाहती।

रामन—वह कहता है—'मैं आ रहा हूँ।' और आप उसके स्वागत में द्वार खोल देती हैं। यदि कभी आप कहें—'मैं आ रही हूँ।' तो क्या वह भी अपने घर के द्वार आपके स्वागत में खोल सकता है?

चंद्रेश—यह कैसे हो सकता है? वहाँ घर में उसकी पत्नी है। बच्चे हैं।

रामन—क्या आपको यह अनुभव नहीं होता कि उसकी वैवाहिक जिंदगी के रंग पूरे हैं और आपकी जिंदगी के रंग अधूरे हैं। इस रिश्ते को आप दोनों जी रहे हैं, पर उसकी कीमत केवल आप अदा कर रही हैं। और यदि कभी भेद खुल जाता है तो उसकी पूरी कीमत भी केवल आप ही चुकाएँगी!

चंद्रेश—पहले ऐसा महसूस नहीं होता था, पर अब उसके बदलते व्यवहार को महसूस कर मुझे लगता है कि मैं छली गई हूँ। मेरा मन हर पल उस व्यक्ति के चक्कर काटता रहता है, मैं इतनी दुःखी और परेशान रहती हूँ, पर उस व्यक्ति के मन तक मेरे दुःख-द्वंद्व की तनिक सी भी आँच नहीं पहुँच पाती। अब वह केवल अपनी जरूरत समझता है, मेरी जरूरत उसे समझ नहीं आती। मुझे लगता है, जिस व्यक्ति को मैं प्रेम करती हूँ, यह वह नहीं है! मैं अपने को बिल्कुल अकेला और बेराहा पाती हूँ। हर वक्त हारी-खीझी, अपमानित और अशांत। उस व्यक्ति के साथ जीने के लिए मैंने अपने को हर ओर से काट लिया था इसलिए मेरा कोई सोशल सर्कल भी नहीं है, ताकि इस घुटन से कुछ देर के लिए बाहर आ सकूँ।

शब्दों की जगह जब आँसुओं ने ले ली तो डॉ. रामन ने उन्हें चुपचाप बरसने दिया और फिर बोले—अब आपके सामने तीन रास्ते हैं। एक जैसा चल रहा है, चलने दें। आपके मन को ठेस लगती है तो लगने दे। अहं आहत होता है तो होने दें। क्रोध आता है तो ठंडा पानी पी लें। रोना आता है तो रो लें और फिर अपने आप आँसू पोंछ लें। कहीं बाहर घुमाने नहीं लेकर जाता, कभी कोई उपहार लेकर नहीं आता तो न सही। वह कहता है कि मैं आ रहा हूँ तो आने दें। अपराधबोध जागता है तो परवा न करें। यह रिश्ता तो अब ऐसे ही चलेगा। धीरे-धीरे और दूरी आएगी। निकटता बढ़ने की कहीं कोई संभावना नहीं, क्योंकि आप दोनों अलग-अलग परिस्थितियों और धरातलों पर जी

रहे हैं। आपकी जिंदगी का एक ही ठहरा हुआ आयाम है—यह व्यक्ति। उसकी जिंदगी के अनेक सक्रिय पहलू हैं—पत्नी, बच्चे, उनके प्रति आर्थिक-भावनात्मक जिम्मेवारियाँ, नौकरी और भविष्य के सपने। आप उसकी व्यक्तिगत जरूरत हो सकती हैं, पर सामाजिक नहीं! आपकी जगह उसके जीवन के या आपके अपने ही घर के किसी अँधेरे कोने में हो सकती है, पर रोशनी में नहीं! इस रिश्ते की बाढ़ वाली उम्र बीत चुकी है—अब यह रिश्ता उतार पर है—पानी सूख जाने पर पीछे केवल कीच-काँदों ही रह जाता है। अब आपके हिस्से में कुछ भी मनचाहा पाना नहीं, केवल पाने की निष्फल प्रतीक्षा ही आएगी।

चंद्रेश—उस प्रतीक्षा से थक-हार कर ही तो मैं आपके पास आई हूँ और देख रही हूँ कि मेरी हार और हताशा को आप भी नहीं बदल सकते!

रामन—मैं नहीं बदल सकता, पर आप बदल सकती हैं। दूसरा रास्ता यह है कि इस रिश्ते को एक झटके से तोड़ डालें। धीरे-धीरे तोड़ने से यह कभी पूरी तरह से नहीं टूट पाएगा। 'मैं आ रहा हूँ' वाले अधिकार-सूत्र को बेबाकी से काट डालें। आपकी हार और आपकी जीत, आपका बंधन और आपकी मुक्ति—दोनों इस वाक्य में निहित हैं! पर यह सब करना इतना आसान नहीं। आखिर जो रिश्ता इतने वर्षों से चला रहा रहा है, वह आपको अब भी कोई-न-कोई सुख-संतोष-तृप्ति जरूर देता होगा सारी शिकायतों के बावजूद। जो कुछ आपको पति से नहीं मिल पाता या जो कुछ आपके पति में दिखाई नहीं देता, वह वहाँ मिलता होगा शरीर के स्तर पर, मन के स्तर पर। किसी-न-किसी भाव-अभाव की प्रति करता है यह रिश्ता, चाहे वह दूसरों की दृष्टि में कितना ही अनुचित क्यों न हो। पर सवाल यह है कि क्या जीवन में शरीर ही सबकुछ है? क्या स्त्री-पुरुष का रिश्ता और उसकी तृप्ति ही सबकुछ है? क्या जीवन में इससे इतर और कुछ भी नहीं, जिसे पाया जाए—पाने का यत्न किया जाए, जिसे जीया जाए—जीने का प्रयत्न किया जाए, जिसे खोजा जाए—खोजने का श्रम किया जाए? अभी आपकी उम्र ही क्या है? अभी पूरी जिंदगी-जिंदगी के अनगिनत वर्ष आपके सामने हैं। सोचिए, क्या कोई ऐसा काम है, जिसे करने में आपकी रुचि हो? जीवन में नए रास्ते तलाशिए, उसमें जीवन की सार्थकता खोजिए।

चंद्रेश—मुझे तो अब अपने जीवन में कहीं कोई रास्ता नजर नहीं आता।

रामन—स्वस्थ संतान को जन्म देना और उसे अच्छे संस्कार देना भी एक रास्ता हो सकता है। अब उसके लिए भी आपके पास थोड़ा सा वक्त है। निष्ठा और संबंध की ईमानदारी भी एक रास्ता हो सकता है उस व्यक्ति के प्रति जिसे आप 'अपना पति' मानती हैं। आप अपने पति को खोजने का काम भी शुरू कर सकती हैं। उन दोषों को खोजने का काम, जिनके कारण आपको इस राह पर चलना पड़ा—चलते रहने की छूट

और सुविधा मिली। अपने पति के गुणों को खोजने की शुरुआत, जिनके कारण आप इस राह पर चलती रह सकीं आसानी से और उन्हें कभी कोई शक नहीं हुआ—न दोस्त की दोस्ती पर—न पत्नी के पत्नीत्व पर! अपराध कोई और कर रहा है—दंड किसी और को मिल रहा है! बदले की नदी किसी और के आँगन से जनमी, वह किसी और के आँगन में रही है। फिर कोई भी बात हमेशा छिपी नहीं रह सकती। यदि कभी यह बात खुल जाती है तो परिणाम भयंकर हो सकते हैं। आपका वैवाहिक जीवन और उससे मिली सुरक्षा-सुविधाएँ-सम्मान और स्वतंत्रता-सुख छिन्न-भिन्न हो सकते हैं। बात तलाक तक पहुँच सकती है। दूसरा विवाह फिर आपका आसानी से संभव न होगा। एक तीसरी तरह की कैद में आप फँस जाएँगी और फिर उससे निकल पाना शायद इस जीवन में संभव न होगा। उस व्यक्ति की शर्तों-इच्छाओं और दया पर ही जीते रहना होगा। तब अहं के आहत होने या न होने का भी कोई अर्थ नहीं रह जाएगा। यह भी हो सकता है कि वह आपका आर्थिक बोझ उठाने को तैयार न हो। और यह भी हो सकता है कि बात खुल जाने पर बदनामी के बोझ से बचने के लिए वह व्यक्ति आपसे पूरी तरह किनाराकशी कर ले, क्योंकि इस तरह के मूलविहीन और मूल्यविहीन अमरबेली रिश्ते अकसर दूसरों की या अपनी सुविधाओं पर पलते हैं। यथार्थ का जरा सा झटका इनकी चाँदनी को छीनकर घनघोर अँधेरों में पटक देता है। अभी आपके पास जिंदगी के चुनाव का—खड़े होने के लिए सही और अपनी जमीन की तलाश का एक अवसर है। तब यह अवसर आप हमेशा के लिए खो देंगी। शरीर से ऊपर उठने की कोशिश करें, अपने पिछले घर के हालात से ऊपर उठने की कोशिश करें।

डॉ. रामन को लगा, चंद्रेश कहीं पीछे रुकी हुई है। उन्होंने उसे आगे आने के इरादे से कहा—आप क्या सोच रही हैं?

चंद्रेश—यही रास्तों के बारे में। क्या हो गए सारे रस्ते?

रामन—क्या रास्तों की कोई सीमाबंदी हो सकती है? यदि पति की ओर ले जानेवाला रास्ता आपको स्वीकार नहीं तो फिर कोई और रास्ता खोजिए, अपने आपको खोजिए। अपनी सामर्थ्य को तौलिए-सोचिए कि आप क्या कर सकती हैं? अपनी योग्यताओं को तलाशिए जो कुंद और बंद पड़ी हैं—उन पर शरीर का ताला लगा हुआ है। अपने अंदर से आत्मबल आपको स्वयं जुटाना है। अपनी रुचियाँ तलाशिए, देखिए चारों ओर कितना कुछ है करने और जीने को, कितना कुछ कर सकती हैं आप। कला का रास्ता, कल्याण का रास्ता, काम-काज का रास्ता। अपने एकांत अकेलेपन से बाहर आइए, अपने शरीर से बाहर आइए, अपने अतीत से बाहर आइए, अपनी जिंदगी की इस दूसरी कैद से बाहर आइए! कभी बन चुके इस रिश्ते की बेबसी और बेड़ियों को तोड़िए। इतना बड़ा जीवन, इतना सुंदर जीवन केवल एक बेबसी और बेड़ियों को

तोड़िए। इतना बड़ा जीवन, इतना सुंदर जीवन केवल एक बेबसी की कैद में क्योंकर गुजरने और बरबाद होने दे दिया जाए? यदि आपने कोई तीसरा रास्ता नहीं खोजा तो आपको कीचड़ से भी समझौता करने की आदत हो जाएगी। यदि आपने इस संबंध को अब नहीं तोड़ा तो फिर कभी नहीं तोड़ पाएँगी। जो जितना मिलेगा, उसी से संतोष कर लेंगी—अपमान के बड़े-से-बड़े घूँट पी जाएँगी जरा सी आदतन खुशी के लिए!

चंद्रेश ने एक बोझिल साँस ली। डॉ. रामन ने उसे महसूस किया और बोले—आपके सामने एक कठिन प्रश्नपत्र है। इतने पुराने संबंध को तोड़ना आसान नहीं, जहाँ प्रेम का कोई-न-कोई रंग-रूप बाकी है। संबंध का एक सूत्र तोड़ा जाएगा तो दूसरा मन को बाँधे खींचेगा। इन आदिम संबंधों के अदृश्य सूत्रों में बड़ी जकड़न होती है। छोड़े नहीं छूटते, तोड़े नहीं टूटते, सुलझाए नहीं सुलझते और उनसे बँधा इनसान घसिटता चला जाता है। दिल-दिमाग-आत्मा-शरीर—सब एक साथ दखल लेने लगते हैं और कोई किसी को कुछ समझा, रोक नहीं पाता। बिजली के एक छोटे से स्विच की जगह या क्रम को बदल दिया जाए तो हाथ अनायास ही पहली वाली जगह की ओर चला जाता है, फिर वह तो इनसान है। उसे यदि आप पहली वाली जगह से हटा देंगी तो क्या आपका ध्यान भी इस बात को तत्काल सहज-सरलता से मान जाएगा? जैसे एक खास जगह, एक खास मेज-कुरसी पर बैठने की आदत हो जाती है, वैसे ही एक खास व्यक्ति के साथ जीने की, जीवन के एक खास ढर्रे की आदत हो जाती है। इतने बजे उस व्यक्ति का फोन आएगा, इतने बजे वह आएगा, इतने बजे चला जाएगा। इतने बजे पति ऑफिस से लौटेंगे। जब इस निश्चित व्यवस्था में खलल पड़ता है तो मन में परेशानी आती है। नहीं तो पता ही नहीं चलता और व्यक्ति जीता चला जाता है। अब अगर आप कोई फैसला लेंगी तो इस खलल और परेशानी को झेलने के लिए तैयार रहना होगा। आपकी यह नई यात्रा आसान नहीं, क्योंकि यह यात्रा एकतरफा नहीं। एक किनारे पर आप हैं तो दूसरे किनारे पर वह व्यक्ति खड़ा है। आपके साथ जीने की उस पुरुष की भी आदत बन चुकी होगी। 'मैं आ रहा हूँ'—यह वाक्य यदि आपकी जिंदगी का हिस्सा बन चुका है, जो आपको सब कुछ भुला-बिसरा कर बहा ले जाता है उस व्यक्ति की ओर तो इस वाक्य से मिलने वाला सुख और इसमें निहित अधिकारभाव वह भी आसानी से नहीं छोड़ पाएगा। आप फोन नहीं करेंगी तो वह कर देगा। आप दूसरे रास्ते पर चलने लगेंगी तो वह उसी रास्ते पर सामने आ खड़ा होगा, रूठे हुए रिश्ते को मनाने के लिए कोई बहुत कीमती उपहार या किसी पर्वतीय यात्रा का चारा लेकर। वह आपको आसानी से इस परीक्षा में सफल नहीं होने देगा। छोटी-बड़ी खुशियों के क्षण आपको भरमाएँगे। दूसरे पक्ष के इन सब वारों से आपको सावधान रहना होगा। इस लड़ाई में आपका अपना हृदय भी आप पर वार करेगा—उस व्याक्त के प्रति कभी सहानुभूति और कभी प्रेम के

नाम पर। अभी आप प्रेम और घृणा, विश्वास और संदेह के कहीं बीचोबीच खड़ी हैं इसलिए आपकी यह लड़ाई कठिन है। कैसे भी प्रेम-संबंध बन सहजता से जाते हैं—अनजाने ही बढ़ते चले जाते हैं एक खुशी और उत्साह में—एक उत्सुकता और आवेग में—पर उन्हें तोड़ना उतना ही कठिन होता है, क्योंकि यह सब सायास होता है—इसमें अपने आपको काटना और तोड़ना पड़ता है—धारा के विपरीत तैरना पड़ता है। शायद परिस्थितियों ने आपको यह वक्त और एक अवसर दिया है—एक मुहलत दी है असामान्य जिंदगी को बदल लेने की, एक तर्कसंगत, ईमानदार और सहज जिंदगी जीने की मुहलत। इसीलिए आप अपने अंदर से चलकर यहाँ आई हैं। आपका चलकर यहाँ आना यह दरशाता है कि आप सच ही कुछ करना चाहती हैं—कोई सही फैसला लेना चाहती हैं—फैसला ले सकती हैं?

चंद्रेश—आपकी राय में कौन सा निर्णय ठीक है? मुझे कौन सा निर्णय लेना चाहिए?

प्रश्न सुनकर रामन हँस दिए। चंद्रेश भी हँस दी। याद करने पर भी उसे याद नहीं कि इससे पहले वह कब हँसी थी?

रामन—जो सवाल आप मुझसे पूछ रही हैं, वह तो मुझे आपसे पूछना है कि आग कौन सा निर्णय लेना पसंद करेंगी। क्या करना है, क्या नहीं करना है, इसका फैसला तो आपको ही करना है।

चंद्रेश—आज मुझे खुशी है कि मैं अपने मन का बोझ किसी से कह-बाँट सकती हूँ, किसी से सलाह ले सकती हूँ। मुझे नहीं पता कि मैं क्या कर पाऊँगी और क्या नहीं। मैं नहीं जानती कि आपकी बातें घर तक भी पहुँच पाएँगी या रास्ते में ही कहीं रह-छूट जाएँगी। 'तुम नहीं आ सकते। तुम नहीं आओगे।' पता नहीं मैं कैसे कह सकूँगी उससे? पर इस पल मैं अपने अंदर एक अनोखी सी शक्ति और मुक्ति अनुभव कर पा रही हूँ। यदि मैं अपनी इस लड़ाई की सूचना आपको देती रहना चाहूँ तो क्या आपको एतराज होगा?

रामन—आपके विकास का गवाह बनकर मुझे खुशी होगी!

चंद्रेश—मुझ जैसे एक कमजोर परीक्षार्थी को अपने सिर पर एक निरीक्षक की निगरानी की आवश्यकता है, ताकि मैं संबंधों की इस परीक्षा में कोई बेईमानी न कर सकूँ!

रामन—यह कहकर आपने ईमानदारी की पहली परीक्षा पास कर ली है। जीवन की इस महत्ती लड़ाई में—इनसानी रिश्तों की ईमानदारी की पुनर्परीक्षा में आपकी विजय के लिए मेरी हार्दिक शुभकामनाएँ। हमारे चारों ओर अथाह ज्ञान का समुद्र और आदर्शों की गगनचुंबी मीनारें खड़ी हैं। ज्ञान और आदर्श हम सब को ही सम्मोहित

करते हैं, पर उस आदर्श और ज्ञान को मन की मुट्ठी में कसकर थाम लेना, अपने में आत्मसात् कर लेना कठिन तपस्या चाहता है! और जो तपस्या से उसे पा लेता है, अपने जीवन-पथ में ढाल लेता है, वही तो बुद्ध बन जाता है। इस इतने विराट् संसार का काम केवल एक बुद्ध से नहीं चल सकता। हम सब को ही बुद्ध-प्रबुद्ध होने की कोशिश करते रहना होगा!

□

# इलायची के पौधे

कक्षा की अगली पक्ति की एक सीमा है और उसके आगे किसी को नहीं बैठाया जा सकता। वह अपनी कक्षा की अगली सीमा पारकर रोता-रोता घर आ गया है।

धीरे-धीरे, एक-एक कर सारी पहेलियाँ उसने लिख ली हैं। अपनी किताबों में से अपनी पसंद की कविताएँ भी उतार ली हैं। बचपन से सुने-सीखे भजन और गीत भी लिख लिये हैं। कापी का पहला पन्ना खोलकर और उसे आँखों के पास तक लाकर वह पहली पहेली पढ़ने की कोशिश करता है—

'पिरच-प्याली टूट गई, जोड़ने वाला कोई नहीं!<br>सरकार के ताले बझ गए, खोलने वाला कोई नहीं!

कॉपी को उसने तकिए के गिलाफ के अंदर छुपाकर रख दिया है। वह सोचता है—'जब दृष्टि मेरे पास नहीं रहेगी, वह मुझे छोड़कर, मुझसे नाराज होकर जब कहीं दूर जंगल में छुप जाएगी, तो यह सब एक जगह लिखा हुआ मेरे पास रहेगा! जरूरत पड़ने पर मैं यहाँ से याद कर लिया करूँगा⋯।'

उस कोरी कॉपी में इतना कुछ उतारकर उसे लगता है, उसने अपनी दृष्टि को पन्नों में कैद कर लिया है। उसे लगता है, उसने उस जादूगर के हाथ में हथकड़ी डाल दी है, उसे हरा दिया है, जो उसके हाथ से उसकी किताबें, उसका स्कूल, उसके साथी-दोस्त, धीरे-धीरे सबकुछ छीन लेने का गंदा खेल खेल रहा। क्या उसे और कोई खेल नहीं आता? खेलने को तो और कितने ही खेल हैं। वह उसके साथ कंचे का खेल क्यों नहीं खेलता? उसमें तो वह उसे पूरी तरह हरा देगा!

वह कंचे के खेल के बारे में बड़े उत्साह से सोचता है। वह उस दृष्टिचोर जादूगर को अपने साथ कंचे के खेल के लिए तैयार कर लेता है। वह एक खिलाड़ी की ईमानदारी से पहले उसे सारा खेल समझा देता है। खेल के लिए उसने उसे अपने कंचे भी दिए हैं। दोनों ने बराबर-बराबर कंचे डाले हैं। पहली पारी वह उस जादूगर को ही दे

देता है। वह रोंदू बच्चों की तरह पहल की जिद नहीं करता। वह खिलखिलाकर हँसा है यह देखकर कि जादूगर ने अपनी पारी एक ही बार में गँवा दी है। जादूगर इस मामले में बिल्कुल अनाड़ी है! अब उसे खेलना है। सिर नीचे झुकाने पर उसे दर्द होने लगा है। लगता है जैसे सिर कितने ही टुकड़ों में बँट गया है। कोशिश करने पर भी जमीन पर थोड़ी सी दूरी पर पड़े धुँधले से कंचे पर वह ठीक निशाना नहीं लगा पा रहा। कंचा दिखाई देते-देते धुँध में ओझल हो गया है। 'पिल' खाली रह गई है। धीरे-धीरे सारे कंचे उस जादूगर की जेब में चले गए हैं और वह हारा हुआ चकित और चुप खड़ा उसे देख रहा है।

अब उसके दोस्त उसे खेलाने में न कहने लगे हैं। कोई भी उसे अपना खेल का साथी बनाने को तैयार नहीं हो रहा। वे कहते हैं—'दीपू! अब तुझसे ठीक खेला नहीं जाता। तुझे कंचे दिखाई ही नहीं देते। तू अपने कंचे हमें दे दे। तू देख हम खेलते हैं।' 'हूँऽ! दूसरे खेलें मेरे कंचों से और मैं बुद्धू की तरह उन्हें देखूँ। जैसे कि मुझे खेलना न आता हो?'—वह यह सारा अपमान, असमर्थता, अयोग्यता और पराजय कैसे सहे? 'ठीक है, मैं देखूँगा भी नहीं।' वह बुदबुदाता है। उसका मन उसे चिढ़ाता हुआ उससे कहता है—'दीपू! तुझे अच्छा दिखाई भी कहाँ देता है, जो तू देखे भी? ठीक है, जा चारपाई पर चुपचाप लेट जा। जा। जा न!'

घर आकर वह कंचों को गुस्से में रोते हुए इधर-उधर फेंकने लगा है। लेकिन रोने से आँखें और माथा दु:खता है। उसने रोना बंद कर दिया है और चारपाई पर लेट गया है। उसे लगता है जैसे यह कड़वी दवाइयाँ देनेवाला और उसकी पढ़ाई बंद करवा देनेवाला कस्बे का वैद्य, यह घर, यह माँ-बाप, ये दोस्त—सब उसके शत्रु हैं। शायद ये सब भी उस जादूगर से मिले हुए हैं। वह अकेला छोटा सा इन बड़े-बड़े शत्रुओं से घिर गया है। उसे कोई जादू आ जाए तो इन सबको सुला दे अपनी तरह। सभी उसकी तरह दिन में भी आँखें बंद कर लेट जाएँ तो कैसा हो? तब इनमें से कोई भी उसे परेशान न कर पाए!

उसकी शांत उदासी, चुप्पी, समझ और विचारशीलता में से एकाएक अशांति, खीज, दाह, द्वेष, असहायता और दिशाहीन क्रोध उभर आता है। 'सबकी आँखें ठीक हैं तो मेरी क्यों नहीं?'—उसके मन में चक्रवात उठने लगता है और घर में उसकी उठा-पटक मच जाती है। वह दोस्तों के साथ खेलते या बातचीत करते हुए लड़ाई और मार-कुटाई करने लगता है। मार-पीट में जीत-जीतकर भी उसे लगता है जैसे कि उसके साथी उससे आगे निकल गए हैं। वास्तव में हार तो वह ही रहा है।

उसके साथी-सहपाठी स्कूल से सारी छुट्टी की खुशी में उछलते-कूदते, शोर मचाते उसके घर की गली से निकल रहे हैं। वह छत के ऊपर से उन पर गालियाँ फेंक

रहा है। गालियाँ उन लड़कों को पत्थर की तरह लग रही हैं। फिर भी वे बुद्ध की तरह शांत भाव से वहाँ से निकल गए हैं। न जाने कैसे वे अजब ढंग से समझदार से हो गए हैं? गली धीरे-धीरे शांत हो गई है। वह चुपचाप अकेला खड़ा अपने आप रोने लग गया है। उसे उन लड़कों का स्कूल से पढ़कर आना और अपने न पढ़कर आने का तो दुःख है ही, पर उसे इस बात का भी घना दुःख है कि उसके साथियों ने उसे पलटकर गाली का जवाब गाली से क्यों नहीं दिया? पत्थर का जवाब, पत्थर से क्यों नहीं दिया? वे भागकर छत पर क्यों नहीं आए और उससे झगड़ा क्यों नहीं किया? उसे क्यों नहीं मारा? उन्होंने माँ से शिकायत क्यों नहीं की? और फिर माँ ने भी उसे क्यों नहीं डाँटा? कोई भी उसे क्यों नहीं डाँटता अब? सभी जैसे उपेक्षा करते रहते हैं। और उसकी पलकों के नीचे से जमे हुए आँसू पिघलने लगते हैं। दृष्टिहीनता दूर से अपना सफर आरंभ कर उससे मिलने की बेकली में दृश्यों को मिटाती-पोंछती जा रही है। उसे कैसे पकड़कर बाँध दिया जाए किसी को समझ नहीं आता।

पिता उसे समझाते हैं—'···सबकुछ छिन जाने पर भी जीवन चलता रस्ता है। इस चलते हुए जीवन को सदैव एक सहारे की, एक भरोसे की जरूरत होती है। तुम इसे संगीत का भरोसा दो। तब वह अधिक लड़खड़ाएगा नहीं··· ।'

वह पिता की वात को दूसरे रूप में समझता है—'क्या जो हो रहा है, वह सच ही में सच है? बिल्कुल ही सच?' उसकी दशा उस विद्यार्थी के समान है, जिसे फेल होने के बाद भी लगता रहता है, शायद वह कल पास हो जाए। और जो भी हुआ है वह शायद किसी गलतफहमी से और उस गलती को कोई-न-कोई किसी दिन सुधार देगा। जब उसकी कक्षा के रजिस्टर में से उसका नाम फिर पुकारा जाता है, जब वही पुरानी किताबें उसे फिर उठानी पड़ती हैं तो उसे लगता है वह दोबारा फेल हुआ है। बार-बार फेल होने का यह क्रम न जाने कितने दिन तक चलता रहा है। वह अपने अँधेरे में दोबारा लौटते हुए सोचता है—'क्या अब मैं अपने कस्बे के स्कूल में अपने साथियों की तरह कभी पढ़ने नहीं जाऊँगा? दूसरे कस्बे के किसी साधु-संत के पास जाकर मुझे गाना सीखना होगा? मैं अपने दोस्तों जैसा नहीं जीऊँगा? मेरा जीवन और जीना दूसरों से बिल्कुल अलग हो जाएगा?' आँखों से भी अधिक इस अलगाव का उसे दुःख है।

× × ×

माँ-बाप का वह एकलौता प्यारा बेटा और सात बहनों का एक प्रिय भाई घर में सबसे अंत में उठा करता था। 'उसे सोने दो'—लाड़ भरा वाक्य घर में केवल उसके हिस्से का था। जब तक वह सोया रहता, उसकी शैतानियाँ भी सोई रहतीं। यहाँ उसके हिस्से का वाक्य है—'उसे जगा दो।' एक सख्त अजनबी और अनुशासित वाक्य। संत उसे भी अपने साथ मुँह अँधेरे उठा देते हैं। संगीत उनकी भजन-भक्ति का ही एक

हिस्सा है। पहले कुछ घंटे ईश्वर स्तुति होगी और फिर संगीत की शिक्षा। दोनों काम वे दोनों गुरु और शिष्य साथ-साथ करेंगे।

आज फिर उन्होंने उसे जाड़े की अँधियाली सुबह में उठा दिया है। वह एक सिरे से उठा है और रजाई के दूसरे सिरे में दुबककर सो गया है। अहा! खूब मजे की गुनगुनाती नींद आई है। जी भर सो लेने के बाद जब दिन चढ़े उठकर वह उन्हें प्रणाम करने आया है तो उसे कोई उत्तर नहीं मिल रहा। वे उसकी ओर आँखें उठाकर देख तक भी नहीं रहे। सारा दिन रूठा हुआ बीत गया है। कोई बात नहीं की है उन्होंने उससे। कुछ भी सिखा नहीं रहे। वह सजा पाया हुआ टुकुर-टुकुर दीवार से लगा बैठा उन्हें देख रहा है। उसके हृदय में आनेवाले अँधेरे जीवन की भयभीत अनुभूति उनके नाराज हो जाने पर और भी डरावनी हो उठी है।

वह पलकें झपका-झपकाकर कल की देखी चीजों को भयभीत ध्यान से देखता और फिर हिसाब लगाता है—वे आज भी दिखाई दे रही है या नहीं? चीजें कहीं गुम तो नहीं हो गई? उनकी गिनती और आकार पूरा तो है न? सामने की हर चीज के साथ एक प्यास उसे जुड़ी मिलती है—कभी यह नहीं रहेगा…यह भी नहीं रहेगा…सबकुछ को एक बार ध्यान से देख लो। वे चीजें जो अब तक घाते में मिली लगती थीं, वे सभी महत्त्वपूर्ण रूप से मूल्यवान हो उठी हैं। उसका मन होता है, वह खूब जोर से रो दे और फिर सोचने लगता है—जब वह देख नहीं सकेगा क्या तब भी रो सकेगा? क्या जो आँखें देख नहीं पातीं वे आँखें रो भी नहीं पातीं? वह चिंता में डूब जाता है—अब दुनिया कितनी ज्यादा छोटी हो गई है! दूर की चीजें पता नहीं कहाँ चली गई हैं और पास की चीजों पर धूल की गहरी परत चढ़ी दिखाई देती है, जो झाड़ने पर भी नहीं उड़ती।

× × ×

एक कोने में बैठा आज वह एक नई उलझन में फँसा हुआ है—'इन दिनों क्या मुझसे फिर कोई गलती हो गई है? मैं रोज सुबह उठता हूँ, बिना किसी के जगाए ही। मैं मन लगाकर सीखता हूँ। याद करता हूँ। फिर भी मुझे यह सजा क्यों मिल रही है? आपस में तो ये सब लोग बोलते हैं, पर मुझसे पहले की तरह ठीक से कोई नहीं बोलता। मेरी किसी बात का कोई उत्तर नहीं देता। जैसे कि मेरी बात इन सबको सुनाई ही न देती हो। मेरे आते ही, मेरे कुछ कहते ही सब चुप हो अपने काम में लग जाते हैं। रामदयाल ने आज मुझे कहानी नहीं सुनाई। भोला ने मेरी पहेली नहीं बूझी। 'पिरच-थाली टूट गई, जोड़ने वाला कोई नहीं! सरकार के ताले बझ गए, खोलने वाला कोई नहीं।' लोगों की इस भीड़ में मुझसे बोलने वाला कोई नहीं। डूबती हुई इस दृष्टि को उतराने वाला कोई नहीं! ये सब लोग कितने अजीब हो गए हैं। अब कोई मुझे पहले की तरह प्यार नहीं करता। देखकर भी देखते नहीं। सुनकर भी सुनते नहीं। मुझसे छुआछूत के रोग वाली

दूरी बनाए रखते हैं। शायद ये मेरी आँखों के अँधेरे से डरते हैं···शायद से सब मुझसे नफरत करते हैं···शायद···।' पर उसके मन में उठते किसी प्रश्न, किसी शायद, किसी भाव या आवेग को कोई परिणाम नहीं मिलता। उसका मन वहाँ से अपने घर भाग जाने का विद्रोह भी करता रहता है और उसे उसकी विवशता भी समझाता रहता है।

काँव-काँव करता कौवा मछली की तरह चुप हो गया है। वह पानी के अंदर चुपचाप तैरता रहता है। अकेला बैठा अपने आपसे बातें करता हुआ मुसकराता रहता है। अपनी पहेलियाँ, कहानियाँ और गीत अपने आपको सुनाता और बूझता रहता है।

× × ×

'क्या दिखाई न देने से लोग बात और दोस्ती करना भी छोड़ देते हैं?···छोड़ देते हैं?' संगीत सीखकर जब वह वहाँ से अपने घर की ओर लौटने लगा है तो उसके मन में फिर यह विकल प्रश्न चक्रवात की तरह चक्कर लगा रहा है। वह इसमें जैसे फँस गया है। उसे लगता है, इस एक प्रश्न की सरगम के अतिरिक्त उसे संगीत का कुछ भी याद नहीं है और यदि उत्तर न मिला तो कुछ याद आएगा भी नहीं। यह प्रश्न उसने पहले भी तो कई बार संतजी से विकल होकर पूछा था। दूसरे कई लोगों से पूछा था। उसे किसी ने कोई उत्तर नहीं दिया था। किसी ने उसका प्रश्न सुनने तक का आभास नहीं दिया था। चुपचाप अपना काम करते रहे थे या उसका चेहरा देखते रहे थे। पर प्रश्न फिर भी थका नहीं था। वह मन की तहों में चलता रहा। आज विदा होने से पूर्व फिर उसने यत्न किया है। पर आज वह संत गुरु का पद छोड़कर उसका दोस्त बन गया है। उसने उसे अपने निकट बैठा लिया है। वह इतना मीठा हो आया है, जितना कभी नहीं हुआ—'···मैं संगीत का कोई बड़ा भारी शास्त्रीय पंडित नहीं हूँ। मुझे केवल ईश्वर का भजन आता है। नहीं पता, उसमें संगीत कहाँ से आ गया है। तुम इतनी दूर से अपना घर छोड़कर मेरे पास आए थे। सोचा, तुम्हें कुछ ऐसा दे सकूँ, जो उम्रभर तुम्हारे काम आए। मैंने अनुभव किया, बातों में तुम्हारी रुचि अधिक है। बहुत बोलने से व्यक्ति बहुत खोता है। मैंने ही सबको तुमसे बोलने के लिए मना कर दिया था। तुम्हारा जीवन जिधर जा रहा है, वहाँ ईश्वर का ध्यान ही तुम्हें शांति देगा। उसके लिए बाहरी बिखराव नहीं, सिमटाव और एकचित्त होने की आवश्यकता है। जो कुछ भी तुम्हारे पास है, उसे लेकर अपने आप में ही प्रसन्न रहने की जरूरत है। चुप्पी और अकेलेपन में ही तुम अपने को पा सकोगे। एक ओर बाहरी आकर्षण, संगी-साथी-मित्रों से घिरे रहने की आंतरिक इच्छा और आवश्यकता तथा बातें करके मन हल्का कर लेने की प्यास एवं दूसरी ओर व्यक्ति की नियति में निहित उसका अँधेरा, उसका तय अकेलापन उसके जीवन में अशांति, अभाव, दुःख और भटकाव पैदा करता है···।'

वह अपने पिता के साथ घर लौट आया है, पर दृष्टि साथ नहीं ला सका है। दृष्टि

धीरे-धीरे इस तरह चली गई है जैसे कोई बिछे हुए कालीन या दरी को तह-दर-तह परत-दर-परत लपेट-उठाकर एक ओर रख दे। चीजों का बाहरी आकार ओझल हो गया है। केवल ध्वनियाँ शेष रह गई हैं। वह आवाज और स्पर्श के द्वारा ही इस संसार को जान-समझ और देख पाता है। नए व्यक्ति की आवाज को वह ध्यान से सुनता है। फिर उस आवाज को औरों से अलग कर मान लेता है कि यह आवाज ही यह व्यक्ति है। आवाज उसे रूप, रस, गंध, आकार और भावों का अनुभव एक साथ दे देती है। नई वस्तुओं को वह अंगुलियों से छू और टटोलकर देखता है और उनके आकार और बुनावट का नक्शा अपने मन के पृष्ठ पर खींच लेता है।

उसे अब केवल आँख के ऊपरी हिस्से से बाहर के तीव्र प्रकाश का मंद सा आभास मिल जाता है और पता चल जाता है कि इधर दरवाजा होगा और उधर खिड़की। उसकी दृष्टि का स्थान लाठी ने ले लिया है। जिस जमीन पर उसके बाल और चंचल कोमल पाँव निरापद और निडर दौड़े-भागे थे, वहीं युवा पग सहमे-सहमे से, टोह-टोहकर, ठहर-ठहरकर, बुढ़ापे की तरह साँस ले-लेकर, सोच-सोचकर चौकसी से उठ रहे हैं। पाँवों की संवेदनशील अंगुलियों की नोक पर सदैव एक भ्रम और संशय पलता रहता है। जीवन का एक सहज क्रम और संतुलन खो गया है। आगे आनेवाले गड्ढे, पत्थर या दीवार के भय से हर बार पाँव से पहले उसके हाथ उठ जाते हैं और हवा में अदृश्य बाधा टटोलने लगते हैं। दोनों आँखें जैसे अपनी जगह से हटकर हाथों-पाँवों-कानों और मन में आ लगी हैं। शरीर का हर रोयाँ जैसे आँख बनने का यत्न करता है।

दृष्टि के बिना, अँधेरे में भटकते उसके मन का मय-भ्रम-संशय और प्रश्न-भाव उसके चेहरे पर स्थायी रूप से अंकित हो आया है। स्थिर ठहरा हुआ चेहरा—किसी कोमल मानवीय सहज भाव से विहीन काठ हो आया चेहरा—जैसे कि उसके आगे कोई पत्थर या दीवार आने ही वाली है और वह निहत्था चेहरा उससे टकराकर चोट खाकर लहूलुहान होने वाला है। चौकस, सावधान, उत्सुक खड़ा चेहरा—जैसे कि उसकी पलक झपकी कि कुछ पार हो जाएगा—जैसे कि वह बाहर फैले सारे अस्पष्ट उलझाव और विस्तार को अपने अंदर ले जाकर समझ लेना चाहता है—पा लेना चाहता—जैसे कि किसी वस्तु के छिन जाने या एकाएक भाग जाने का कुंठित भाव उस पर ठहरा हुआ हो—जैसे कि वह एक पथरीला चेहरा हो—जैसे कि देख पाने के आंतरिक दबाव से ही उसका माथा और आँखें बाहर उधर आई हों। एक चौकन्ना गुप्तचर भाव—कौन आया? कौन गया? क्या हुआ? किसने क्या कहा? कौन क्या सोच रहा है उसके बारे में?

अपने परिचित सीमित घेरे में, निश्चित दिनचर्या में उसकी आँखें न देख पाते हुए भी देखने लगती हैं। वह भूल जाता है कि वह देख नहीं पा रहा। विस्तृत, नए, अपरिचित वातावरण में उन आँखों का अँधेरा फिर नया हो जाता है—सबकुछ अस्पष्ट और जकड़न

भरा फैलाव—जिंदगी की गाड़ी जैसे रात को घने जंगल में ठहर गई हो।

उसके पुराने खेल और पढ़ाई के साथी एकदम जैसे नए होकर उससे मिलने आए हैं। वे पारी-पारी से अपना परिचय दे रहे हैं और अपनी याद दिला रहे हैं—'...मैं बिल्लू हूँ। मैं संतू हूँ। मैं...मैं...तुम्हें याद है न हमारी? तुम पहचान रहे हो हमें? क्या तुम बिना देखे ही बाजा बजा लेते हो? क्या तुम अब हमें बिल्कुल ही नहीं देख सकते? ऐसे कितने ही सहमे प्रश्न, ठहरे प्रश्न, कचोटते प्रश्न। वह जैसे प्रश्न नहीं, अपने अंधेपन को सुन रहा है। वह उन्हें यह नहीं दिखाना चाहता कि उसके पास उनकी तरह दृष्टि नहीं है या वह उनकी तरह चीजों में अंतर नहीं कर सकता या वह किसी भी सांसारिक अभाव से दुःखी है—यह उसके अहं का प्रश्न और सम्मान की समस्या है। प्रश्न सुनते-सुनते उसका उदास साँवला हो आया चेहरा अपने अँधेरे में बैठे-बैठे मुसकराने लगा है—हँसने लगा है। वह अपनी उस अँधेरी मुसकराहट, प्रसन्नता और आनंदीभाव से ही जैसे उनकी दृष्टि को नकार रहा है—उन्हें जीवन के नए कंचे के इस खेल में हराने की कोशिश कर रहा है।

समय पाकर लिखने का अभ्यास छूटने से, लिखना धीरे-धीरे भूल गया है। उसे अपने काम में आनेवाली सीखी हुई सारी बातें अपने स्मृति-घर में सँभालकर रखनी हैं। भूल जाने पर कहीं से दोहरा लेने या देख लेने की सुविधाजनक छूट उसे नहीं है। उसमें कुछ अधिक नया जोड़ लेने की भी सुविधा नहीं है अपनी संवेदनशीलता के सिवा। उसके युवक मन में अब विवशता के बादल कविता बनकर मँडराने लगे हैं। देखो—वह जिंदगी और रात के अँधेरे में कविता करने बैठ गया है। साथ-साथ उसे कंठस्थ भी करता जा रहा है। सुबह उठा है और रात के कुछ अंश भूल चुका है। पुनः उन विस्मृत अंशों को पाने का यत्न कर रहा है। इस तरह से कविताएँ बनती हैं, उसके मन को बहलाती हैं और अँधेरे की मरुभूमि में खो जाती हैं।

एक लंबी कविता उसने किसी विशेष अवसर पर बोलने के लिए बनाई है। उसे इस क्षण अपने आसपास कोई ऐसा व्यक्ति नहीं मिल रहा, जो उसे लिख दे और बोलते हुए यदि वह भूल जाए तो उसे पढ़कर बता दे। कुछ पल विवशता छटपटाई है। फिर विवशता ने भी विवश रहना सीख लिया है।

उसका मन होता है, कोई रोज उसे पुस्तकों में लिखी नई-नई बातें पढ़कर सुनाए। पर अपनी गृहस्थी में डूबे उसके साथियों-मित्रों के पास इस सनक और व्यर्थ के काम के लिए समय नहीं है। ऐसे में उसके तकिए के पास पड़ा और कभी उसके वक्ष पर खड़ा हुआ बजता नन्हा ट्रांजिस्टर उसे शेष अदेखी दुनिया से जोड़ता है, उसकी ज्ञान की प्यास को घूँट-घूँट पानी पिलाता है।

कस्बे में धीरे-धीरे एक प्रतिमा का निर्माण हो रहा है।

देवालय में उस युवक को कीर्तन-कथा करते हुए देखकर भाव-विभोर हुए लोग आपस में चर्चा करने लगे हैं—'…वास्तव में भगवान् इसे अपनी इस सच्ची राह पर ही लाना चाहते थे…आँखों का जाना तो एक बहाना है…इसकी भक्ति के पुण्य से तो इसके कुल की सात पीढ़ियाँ तर जाएँगी… ।'

वह बोलता नहीं, मन-ही-मन कुढ़ता है—क्या सच्ची राह अंधा होकर ही पाई जा सकती है? तब तो अंधी सच्ची राह से आँखों वाली झूठी राह ही अच्छी है। अदृश्य सात पीढ़ियों को तारने की ठेकेदारी! उसका मन होता है, वह अपनी इस महानता पर जोर-जोर से चीखे। पर उसके चीख पड़ने से लोगों की प्रतिमा टूट जाएगी इसलिए वह चुप है।

लोग अपनी प्रतिमा को 'दरवेश' कहते हैं। उसे भेंट देते हैं और बदले में उससे आशीर्वाद और इच्छापूर्ति की कामना करते हैं। और वह गुनगुनाता है—'काले मेरे कपड़े, काला मेरा वेस। अवगुण भरिया मैं फिराँ, लोग कहें दरवेश!'

बाहर का रास्ता उसे हर बार बंद मिलता है, बाहर रास्ता न पाकर हर बार उसका भाव अंदर की ओर फैल जाता है। उसे लगता है जैसे उसकी आँखें लोगों की आँखों में जाकर बैठ गई हैं और वे आँखें हर पल उसे देख-परख रही हैं—उसकी चौकीदारी कर रही हैं। अब वह स्वतंत्र व्यक्ति नहीं है। शायद वह एक 'मनुष्य' भी नहीं है कि जो चाहे करे और जैसा चाहे अपने ढंग से जिए। वह लोगों की बनाई प्रतिमा है। लोग अपनी बनाई प्रतिमा को घना प्यार करते हैं और उसकी रक्षा मंदिर या म्यूजियम में बंद रखकर करते हैं। अपनी प्रतिमा का विद्रोह—उसका टूटना या चोरी हो जाना वे सहन नहीं कर सकते। कभी उसका मन होता है, वह कस्बे में नए-नए बने सिनेमाघर में जाकर चल रही फिल्म को देखे-सुने कि वह क्या चीज है? पर नहीं, वह ऐसा नहीं कर सकता। कभी उसका मन होता है कि वह थोड़ी सी शराब पीकर देखे तो सही कि उसका आस्वाद कैसा होता है? पर नहीं, वह ऐसा नहीं कर सकता। लोगों को पता चले तो वे उसके बारे में—अपनी प्रतिमा के बारे में क्या सोचेंगे?

उसकी एक प्रतिमा लोगों के मन में है।

उसकी एक प्रतिमा उसके घर में है।

और उसकी एक प्रतिमा उसके मन में रहती है।

लोग उसे चाहे कुछ भी समझें, पर घर उसके भजन-कीर्तन-संगीत को केवल उसकी योग्यता और जीविका का साधन समझता है। वह अपने पाँवों पर खड़ा हो गया है, कमाने लगा है—यह घर के लिए बहुत संतोष की बात है। घर की अब उससे संबंधित जो भी कल्पना और आशा है, वह बिल्कुल घरेलू किस्म की है। घर के कोने-कोने को उसके विवाह की आवश्यकता और इच्छा महसूस होती रहती है।

वह अपने विवाह के प्रश्न को लेकर बार-बार माँ से झगड़ता है। पर उसके

निषेधने पर भी माँ की शह पाकर विवाह का पक्षी उड़-उड़कर उसके आसपास मँडराने और चहकने लगता है—'आँखें न रहने से क्या जीवन भी नहीं रहता?' वह पक्षी एक कोने से दूसरे कोने तक कमरे में फड़फड़ाकर उससे अपने प्रश्न का उत्तर पूछता है।

वह कुछ पल निरुत्तर सा चुपचाप उसे देखता रहता है। फिर वह अपनी सीमा और अयोग्यता नापकर उस पक्षी को उसके प्रश्न का उत्तर देता है और उसे चले जाने के लिए कहता है। पक्षी जैसे उसकी बात सुनना ही नहीं चाहता और वहीं बैठा हुआ पंख फैलाए गरदन मटकाता रहता है। वह उसे खिड़की से बाहर भगाने के लिए उस पर झपटता है। धीरे-धीरे वह पक्षी उसके कमरे से या उसकी कमजोरी से परिचत हो गया है। वह उड़ाए-भगाए जाने पर भी किसी कोने में या तसवीर के पीछे दुबककर बैठ जाता है—उसे झाँकता रहता है—और मौका पाते ही फिर इधर से उधर फड़फड़ाने और उड़ने लगता है। वह बार-बार उसके घोंसले को उखाड़ देता है, पर वह जैसे डर हजम कर चुका है। वह उसके द्वारा तोड़े हुए घोंसले के वही तिनके चोंच में दबा-दबाकर, उसे दिखा-दिखाकर फिर घोंसला बनाने लगता है।

उसकी बाहरी वीतरागी-संत-संन्यासी-त्यागी प्रतिमा के पीछे एक क्रोधी प्रतिमा जैसे काई की तरह आकर जम गई है, जिस पर वह अकसर ही फिसलकर गिर पड़ता है। टूट-फूट जाता है। यह काई, फिसलन और विरोध भरा जीवन उसे बार-बार अपने प्रति घृणा, ग्लानि और पछतावा देता है। एक गहरा अपराधभाव उसे जकड़ लेता है। कितने ही दिनों तक वह अपनी दृष्टि में अपने को गिरा हुआ और अपमानित देखता है। अपने को आप वह फीका, स्वादहीन और जूठा-जूठा लगता है। और फिर गुस्सा आता किस पर है? माँ पर। घर में अब और है ही कौन जिस पर गुस्सा निकल सके? माँ के प्रति क्रोध करना या अपशब्द कहना उसे ऐसा लगता है जैसे कोई नहा-धोकर गंदी नाली का पानी पी ले। वह न चाहने पर भी यह पानी पीता रहता है और पी लेने के बाद फिर अपने को धोने और साफ करने की कोशिश में लग जाता है। तब वह अपना सारा काम स्वयं ही करने का यत्न करता है। उपवास रखता है। और अधिक भक्ति और जाप करता है। डॉक्टर के पास जाकर क्रोध न आने की दवा माँगता है। माँ को कई दिन तक अपना मुँह नहीं दिखाता। बात नहीं कर पाता। जो कुछ भी माँ देती है, बिना नुक्ताचीनी किए खा लेता है। जो कुछ भी माँ कहती है, सुनता रहता है धैर्य से। माँ से क्षमा माँगकर अच्छा और आदर्श बेटा बन जाता है। फिर उसे पता ही नहीं चलता, इसी पश्चात्ताप के बीच कब किस छोटी या बड़ी बात पर क्रोध फिर उबल-उबलकर बिखरने लगता है। जब सबकुछ बिखर चुकता है तो वह फिर नए सिरे से उसे समेटने बैठ जाता है और अपने आपसे ही पूछने लगता है—'मैं क्यों अपने पर से यों नियंत्रण खो बैठता हूँ? मुझे इस तरह का तोड़-फोड़ और गाली-गलौज वाला पशु-क्रोध क्यों आता है? मेरा जैसा

शांत, निरीह और महान् गरिमामय साधु परिचय बाहर बाहर का है, वैसा ही अंदर का भी क्यों नहीं है? लोगों को यह सब पता चले तो वे मेरे बारे में क्या सोचें?' वह किसी को देख नहीं सकता—सब लोग उसे देख सकते हैं। अतः हर बात में लोगों का ध्यान उसे चौंकाता और डराता है।

देखो—आज उसे फिर क्रोध इस बात पर आ गया है कि औरों की तरह वह भी क्रोध क्यों न करे? क्या वह मनुष्य नहीं है? गुस्सा आ जाने पर वह गुस्सा करेगा ही। जरूर करेगा। ऐसे में वह जिस तरह अपनी अँधेरी आँखों से अपने अँधेरे को देखता है, वैसे ही अपने क्रोध को भी देखने लगा है—'क्रोध आ रहा है⋯आ रहा है तो आने दो। तोड़-फोड़, उठा-पटक सब ठीक है—बिल्कुल सही। क्रोध सभी करते हैं। मैं भी करूँगा⋯।' जब क्रोध का क्षण बीत गया है तो अपनी ही धारणा और अपनी ही कारगुजारी उसे फिर गलत लग रही है। और फिर एक विवश निष्कर्ष उसे मिलता है—'बहुत सी अन्य चीजों की तरह क्रोध भी मेरे हिस्से और अधिकार की वस्तु नहीं है। इसे छोड़ना ही होगा। चाहे छोड़ना कितना ही कठिन क्यों न हो। इसे छोड़ना रोशनी को छोड़ने से अधिक कठिन नहीं है⋯।'

माँ पहले बड़बड़ाती—'फिर घुस गया है दुर्वासा तेरे अंदर!'

फिर अपने अनुभव-कोश में से माँ उसे एक कहानी सुनाने बैठ जाती—

'एक राजा था। वह अपनी प्रजा के सुख-दुःख का हमेशा ध्यान रखता था। उसके राज्य में पशु-पक्षी तक प्रसन्न थे। एक बार उस अच्छे राजा को बुरा क्रोध आ गया। कितने ही दिन बीत गए, पर राजा का क्रोध शांत न हुआ। क्रोध के अतिरिक्त उसे राजकाज की सारी बातें भूल गईं। राजमहल में हर समय अशांति छाई रहती। राज्य में तरह-तरह की बुराइयाँ और बुरे व्यक्ति खूब फलने और मोटे होने लगे। प्रजा की फरियाद सुनने वाला अब कोई नहीं था। जो अपना दुःख लेकर आता, उसे राजा के हुक्म से जेल में भूखों मरने के लिए फेंक दिया जाता। सभी परेशान और हैरान। राजा को शांत कैसे किया जाए? सब ओर से हारकर मंत्री ने एक चाँडाल को बुलाया। वह आया और झाड़ू से राजा के कोप-भवन का दरवाजा पीटने और चिल्लाने लगा—'मेरा भाई अंदर बंद है। उसे बाहर निकालो। वह कितने दिनों से भूखा है।' राजा यह सुनकर पहले तो हैरान हुआ और सोचने लगा—'मैं तो राजा हूँ! क्या चाँडाल का भाई भी साथ वाले कमरे में बंद होकर बैठ गया है? वह मेरे महल के अंदर आने की हिम्मत कैसे कर सका?' पर उसे पूरी तरह कुछ समझ न आया। वह अपने ही दरवाजे पर फिर झाड़ू की तेज पटक सुनकर गुस्से में गरजा—'अंदर तो मैं हूँ—इस देश का बादशाह! तुम कौन हो और क्यों चिल्ला रहे हो?' 'मैं चाँडाल हूँ। आपके अंदर मेरा भाई कितने दिनों से भूखा-प्यासा बंद है। अपने अंदर से उसे बाहर निकालिए।' राजा बात को सुनकर और

फिर समझकर बहुत लज्जित हुआ कि क्रोध जैसी छोटी और घटिया चीज उसके अंदर बैठी हुई है। और फिर सोचने लगा—अरे! इस चाँडाल की बात बाहर प्रजा ने भी सुन ली तो वह मेरे बारे में क्या सोचेगी? वह अपना गुस्सा थूककर बाहर आ गया। खाना खाया और फिर कभी क्रोध न किया।'

कहानी सुनाकर माँ उदास स्नेह में एक वाक्य दोहराती है—'मैं भी न रही तो तू अपना गुस्सा और नाराजगी किस पर निकालेगा?'

सुनकर उसने हमेशा सोचा है—'क्या क्रोध जैसी बुरी और छोटी बात के लिए भी किसी सहारे और साथ की जरूरत होती है?'

माँ के इस बार-बार दोहराए जाते वाक्य ने जहाँ उसके अंदर के क्रोध पर पानी डालकर उसे उबलने और गिरने से रोक दिया है, वहीं एक स्थायी अभाव की गहरी अनुभूति भी उस पसीज आई जमीन पर रोप दी है। माँ का यह विश्वास कि उसके बाद उसके बेटे का क्या होगा, जैसे उसकी कमजोरी बन गई है। उसे माँ के बिना अपने अकेले रह जाने, पीछे छूट जाने, मेले की भीड़ में खो जाने का शिशु-भय सताने लगता है—'…मैं अंधा हूँ। यह घर अंधा है। आँखें केवल माँ के पास हैं। पिता की तरह माँ के भी न रहने पर मैं इस घर के अँधेरे में कैसे जिऊँगा? इस दुनिया में बिल्कुल अकेला क्या करूँगा? मैं और यह घर और इसकी छोटी सी दुनिया माँ के चलाए ही तो चल रहे हैं। माँ के दिखाए ही तो देख रहे हैं। जब तक मैं जीवित हूँ माँ को मेरा साथ देने के लिए जीना ही पड़ेगा। यदि माँ मेरी यह बात नहीं सुनेगी तो ईश्वर के दरबार में अपने इस अधिकार का दावा करूँगा—'तुमने मेरी आँखें ले ली हैं, पर मेरी माँ तुम नहीं ले सकते!'

उसका इतना लगाव, जोर और अवलंबन माँ के प्रति है तो भागना भी माँ से ही चाहता है और बिल्कुल अकेला हो जाना चाहता है। एकाएक किसी दिन, किसी समय उसकी घरेलू मनोवृत्ति बदल जाती है और वह चाहने लगता है—'जंगल में एक झोंपड़ी हो और उसमें केवल 'मैं' हो—बिल्कुल एकाकी। माँ यहाँ से कहीं चली जाए। माँ मुझे बिल्कुल अकेला और चुप छोड़ दे। कोई भी बात—एक भी बात मुझसे न करे। अपनी जमा रखी कोई भी कथा और मोहल्ले की बातें मुझे सुनाने की कृपा न करे। चुप रहे। बिल्कुल चुप।' किसी दिन उसकी इस तरह की हो जानेवाली बेसिर-पैर वाली अजीब मन:स्थिति को माँ नहीं समझ पाती। माँ इसे उसका क्रोध और कृतघ्नता समझती है। जबकि वह इसे 'क्रोध' के वर्ग में नहीं रखना चाहता। वह इसे कृतघ्नता भी नहीं कहना चाहता। फिर यह क्या है? वह माँ को ठीक-ठीक नहीं समझा पाता। रसोईघर में पानी के नल के साथ माँ के आँसू भी गिरते रहते हैं—'अच्छा-भला शांति से रहते जीते, 'हँसते-बोलते और कहते-सुनते इसे न जाने यह क्या हो जाता है? मैं इसे इतनी बुरी लगती हूँ? आज मेरा जरा सा बोलना और कुछ पूछना-कहना इसे नहीं भाया! इसने

किस तरह मुझे टोक और घुड़ककर चुप करा दिया है! ऐसा व्यवहार मेरे लिए और लोगों के लिए मीठी बातें। मैं किसे सुनाऊँ अपना मन? किससे बाँटू अपना अकेलापन? अपनी बेटियों को मिले-देखे भी कितने दिन-वर्ष हुए। आज ही जाती हूँ। फिर जी भरकर मुँह बंदकर अकेले पड़े रहना···।' माँ रसोई में बैठे-बैठे ही अपनी बेटियों के पास पहुँच जाती है—अपने बेटे की एक-एक शिकायत कर वापस लौट आती है। माँ को लगता है, वह ठीक है। बेटे को लगता है, वह ठीक है। इस प्रकार दो सही एकाएक दो गलत हो जाते हैं।

× × ×

आज माँ बीमार है। चारपाई पर लेटी माँ उसका हाथ पकड़कर बेचैनी से अपनी बहुत पुरानी बात फिर दोहराने लगी है—'इतने लोग आते हैं तेरे पास। क्या उनमें से कोई तेरा हाथ नहीं पकड़ सकता? तुझमें भला क्या कमी है?' समय के पतझड़ में कितनी ही पीड़ादायक स्थितियाँ झड़-झड़कर पीछे छूट गई। पर माँ के मन की यह स्थिति कि उसके जाने से पूर्व इस घर में दो प्रकाशित आँखें आ जाएँ—न पुरानी पड़ती है, न बरसात के पानी में भीगकर जमीन से चिपकती है। उसकी इच्छा गिरे हुए सूखे पत्ते की तरह आवाज करती हुई लुढ़कती, खड़खड़ाती उसके बुढ़ापे के आगे दौड़ती रहती है। वह उसके पीछे उसे पकड़ने के लिए दौड़ती-दौड़ती हाँफ गई है, फिर भी रुकती नहीं, हार मानती नहीं।

'लोगों' से माँ का तात्पर्य किससे है, वह खूब समझता है। उसके हाथ पर माँ की पकड़ आज बहुत गहरी है। वह माँ की पुरानी बात सुनकर अपने पुराने गुस्से के साथ माँ का हाथ झटककर उठ जाना चाहता है और फिर दूर खड़ा होकर जोर-जोर से चिल्लाना चाहता है—'ओह! लोभ व्यक्ति का कितनी दूर तक पीछा करता है! माँ! क्या तुम्हें यह नहीं पता कि मैं अंधा हूँ और यही कमी है मुझमें? अब तुम चुप रहा करो—बिल्कुल चुप। ऐसी कच्ची बातें मुझसे मत किया करो। अपने लोभ के राज्य में मुझे बार-बार खींचकर मत लाया करो। तुम क्यों यह नहीं समझती कि तुम्हारी यह इच्छा, कल्पना और हताशा मेरे पुराने अँधेरे को बार-बार नया बना देती है। तुम्हारी बातें मेरे अँधेरे से छेड़खानी कर-करके मुझे अपनी जमीन से बार-बार हिला और उखाड़ देती हैं। अपनी जमीन में मुझे फिर जमने की कोशिश करनी पड़ती है। तुम मेरे ठहरे हुए अँधेरे को मत छेड़ा करो। और फिर विवाह मनुष्यों के हुआ करते है, प्रतिमाओं के नहीं!' पर आज वह अपने इस आवेश को विचारों के गिलास में डाल कर घूँट-घूँट पीता हुआ चुप बैठा हुआ है—

'सामने की दीवार के बाहर की ओर डेढ़-दो फीट ऊँचा एक पौधा है, माँ के हाथों का लगाया हुआ। उसकी पतली-दुबली टहनियों में लगे पत्ते पतले-लंबे बाँस के पत्तों की तरह हैं। वर्षों पूर्व माँ ने उसे लगाते हुए कहा था—'इस पर नन्ही-नन्ही हरे रंग की

इलायचियाँ लगा करेंगी।' वह पौधा शिशु से युवक बन गया है। प्रत्येक मौसम आ-आकर बीत जाता है। उसने झाड़ी की तरह चौड़ाई में फैलकर काफी जगह घेर ली है। पर कभी एक भी इलायची उसमें नहीं लगी। इलायची का पौधा इलायची नहीं देता, फिर भी माँ उसे क्यों उखाड़कर फेंक नहीं पाती? क्यों वह उसे उखाड़कर फेंक देने के लिए पूरा अविश्वास किसी पतझड़ में नहीं जुटा पाती? उखाड़ने की बात उठने पर वह हर बार यही कहती है—'यह इलायची का पौधा है। इस पर नन्ही-नन्ही हरे रंग की इलायचियाँ लगेंगी। देखो तो शायद एक नन्हा सा सफेद फूल इस पर आ गया है।' माँ को शायद यह भी ठीक से नहीं पता कि वह इलायची का ही पौधा है या कुछ और!'

वह अपने विचारों का दूसरा घूँट भरता है—'मैं माँ को ही क्यों इतना दोष देता हूँ? मैं माँ पर क्यों नाराज होता हूँ? एक पौधा मेरे मन में भी तो लगा हुआ है न! मैं भी तो उसे उखाड़ नहीं पाता। उल्टा उसे पानी दे-देकर पालता रहता हूँ। उसकी जड़ें इतनी पुरानी हैं कि उसे उखाड़ते ही मेरे जीवन की जमीन भी साथ ही उखड़ आएगी। मैं जीवन में सबकुछ स्वीकार करता गया हूँ, पर इन अँधेरी आँखों के अँधेरे को कभी पूरी तरह स्वीकार नहीं कर पाया। जब भी अवसर मिला है, मैंने अपनी इन आँखों के लिए फार्म भरा है। डॉक्टरों के आगे अपनी आँखों के अँधेरे इतिहास को बार-बार दोहराया है⋯।'

'कभी-कभी तो लगता है जैसे मेरी सारी साधना-भक्ति केवल आँखों को लौटा लाने के लिए है। लगता है, किसी दिन ये आँखें मुझे मिल जाएँगी। लगता है, किसी दिन कोई डॉक्टर मुझसे कहेगा—'देखो, ये आँखें यहाँ ठीक हो सकती है!' तब आँखों वाला मेरा वह जीवन कैसा होगा? हूँ? कैसा होगा वह जीवन? शायद तब उस जीवन में कुछ जिद और मनमानी मेरी भी चल सकेगी। तब जो कुछ दूसरों की इच्छा और दया से मिल जाए, केवल उसे ही विवश, कृतज्ञ होकर मुझे स्वीकार नहीं करना पड़ेगा। तब केवल अँधेरे से अँधेरा ही नहीं टकराया करेगा—कहीं थोड़ी सी रोशनी भी मेरे लिए होगी। तब केवल मेरी प्रतिमा ही नहीं जिएगी, मैं भी जिऊँगा। तब केवल जीवन से मृत्यु ही नहीं टकराएगी। तब मैं केवल ऐसा व्यक्ति नहीं रहूँगा, जिसके अपने जीवन या जीवन के सुख-दुःख का नहीं, केवल मेरी थोड़ी सी अर्जित पूँजी या छोटे से इस मकान का ही महत्त्व हो, जिसकी जल्दी-से-जल्दी किसी के नाम वसीयत हो जानी चाहिए। तब कुछ भी शौक का खरीदते हुए अँधेरे की तरह लंबी सोच में नहीं पड़ना होगा। तब शायद खरीदी हुई चीजें मुझे केवल विरोध और शत्रुता ही नहीं देंगी। तब मैं हर समय छोटे-छोटे खतरों से बचने और छोटी-छोटी सुरक्षा को पाने की कोशिश में ही नहीं जिऊँगा। कभी-कभी सारी सुरक्षाएँ तोड़-गिरा कर किसी खतरनाक जगह पर जान-बूझकर अपने पाँव रख दूँगा और तब देखूँगा क्या होता है? हर स्टेशन पर रुकती-सरकती धुआँ छोड़ती, बेरौनक, उदास खाली-खाली सी छोटी लाइन की यह पैसेंजर गाड़ी बड़ी लाइन

पर भी चल सकेगी। तब बस के पास पर मेरी पहचान और परिचय केवल माथे पर चोट के निशान और मेरी अँधेरी आँखें नहीं होंगी···

वह विचारों का तीसरा घूँट भरने का यत्न करता है—'पर डॉक्टर मेरी आँखें देखकर हमेशा एक ही निष्कर्ष निकालते हैं—'ऐसी आँखों का ऑपरेशन केवल अमरीका या रूस में हो सकता है।' वे अपने निष्कर्ष से मुझे ऐसे समुद्र में फेंक देते हैं, जिसे मैं तैरकर पार नहीं कर सकता। वे मुझे ऐसा रास्ता बताते हैं, जो मेरी समझ में नहीं आता। वे शायद इसे कभी नहीं समझेंगे कि उनकी इस तरह की विदेशी जानकारी और ज्ञान से मेरा मन कितना भटकता है और कैसी लाचारी का अनुभव होता है। लगता है, मेरी दो आँखें कहीं खड़ी हैं किसी समुद्र के पार के अनोखे स्वप्निल देश में मेरी प्रतीक्षा में, पर मैं ही उन तक पहुँचने की कोशिश नहीं करता। प्रयत्न की कमी मुझमें ही है। आँखें न पा सकने में दोष मेरा ही है। सोचता हूँ, डॉक्टर अब मुझे एक और जानकारी दे देने की कृपा करें। वे कह दें कि इन आँखों में अब रोशनी की रेखा कहीं बाकी नहीं है। मुझे अनुभव होते रोशनी के आभास को वे उखाड़कर फेंक दें। अनिश्चय और अविश्वास के अँधेरे से निकालकर निश्चय और विश्वास का अँधेरा मुझे दे दें। मेरे मन की अविश्वसनीय भटकन को समाप्त कर देने की कृतज्ञता और आभार वे भिक्षा के रूप में मुझे दे दें। मेरे मन में लगे इलायची के पौधे को जड़ सहित उखाड़कर मेरे हाथ में रख दें और कह दें—'तुम्हारी बातों की आदत की तरह, तुम्हारे क्रोध की तरह, तुम्हारे मन की आँखों के संबंध में यह भटकन, यह असंतोष, यह लालसा और भावुकता भी किसी और के लिए चाहे ठीक हो, पर तुम्हारे लिए नहीं—ये सब तुम्हारे हिस्से और अधिकार की चीजें नहीं हैं!'

□

# विरोध

यह घर पिता और माँ का है। चार संतानों का विवाह हो चुका है। अवकाश-प्राप्ति के बाद उनके दृष्टि-केंद्र में अब नीरजा और सुमीत हैं।

पिता भोजन के कमरे में रखी लंबी-चौड़ी मेज पर फैले कागज-पत्रों में डूबे हुए हैं। उनका पेन निरंतर चल रहा है।

माँ रसोई में खाना पकाने में संलग्न है।

नीरजा बाहर बरामदे में जाड़े की कोमल धूप में पड़ी मेज पर बरतन लगा रही है। तभी फोन की घंटी बज उठी है। पिता हाथ बढ़ाकर फोन का चोंगा उठा लेते हैं, ''हैलोऽ!''

''सुमीत है?''

''नहीं, अभी कॉलेज से नहीं लौटा। क्या कोई खास काम है आपको?''

''मेरे नोट्स उसके पास थे। मैंने सोचा, उससे कहूँ, दे जाए।''

''बेटी, आपका नाम क्या है?''

''कंवलजीत।''

''आप घर का पता दे दें तो मैं सुमीत को कह दूँगा। वह आपके घर आकर दे जाए।''

''नहीं, घर ढूँढ़ना उसके लिए मुश्किल होगा। मैं फिर फोन कर दूँगी।''

यह पहली ही बार है कि किसी लड़की का सुमीत के नाम फोन आया है। दिन के डेढ़ बजे खाना खाया जा चुका है। माँ फिर रसोई को सँभालने लग जाती है। नीरजा बाहर की मेज को खाली करके पोंछने लगती है। पिता फिर उन्हीं फाइलों के आगे बैठ जाते हैं। हाथ में पेन तीव्र गति से दौड़ता हुआ और चश्मे के अंदर एकाग्रता के सूत्र में बँधी आँखें मंथरगति से सरकती हुई। कभी चलते-चलते पेन कागज से ऊपर उठकर कुछ सोचने लगता है। सैनिक अनुशासन से घिरा एक जीवन—एक पिता।

इसी बीच सुमीत कॉलेज से लौट आया है। आते ही पिता ने उसे बुलाया है। पहला सवाल पूछते हैं, ''तुम्हारे पास किसी के नोट्स हैं?''

''नहीं तो!''

''यह कंवलजीत कौन है? उसने कहा है कि उसके नोट्स तुम्हारे पास हैं।''

''मेरे पास किसी के नोट्स नहीं हैं और न ही मैं किसी कंवलजीत को जानता हूँ।''

''उसने कहा है, वह फिर फोन करेगी। तब शायद तुम्हें पता चल जाए कि वह कौन है और तुम उसे जानते हो या नहीं।'' पिता ने ठहरी हुई आवाज में कहा है।

पिता के कोर्टमार्शल के बाद सुमीत बाहर बरामदे की मेज पर अपने आगे रखे भोजन को अस्त-व्यस्त भाव से खाने लगा। उसका हाथ रोटी के बदले अनजाने ही में अमरूद और संतरे की प्लेट की ओर बढ़ गया। पास खड़ी नीरजा ने कोमलता से टोका, ''पहले खाना खा लो, फिर इसे खाना।'' कि तभी फोन की घंटी बज उठी।

कई कदम एक साथ कमरे की ओर बढ़ गए। आगे सुमीत और पीछे पिता तथा माँ। नीरजा दरवाजे की ओट में ही खड़ी रह गई, जैसे कि किसी के व्यक्तिगत मामले में यों सबका सक्रिय ढंग से बीच में आना ठीक न हो। वह जैसे बीच में न आकर, साक्षियों की संख्या कम करके सुमीत की परेशानी को कम करना चाह रही है।

''हैलोऽ!''

''हैलोऽ।'' अपनी पहचान देता हुआ उधर का स्वर।

''यह कोई तरीका है फोन करने का?'' एक आवेश, गुस्सा और तनाव है सुमीत के स्वर में।

''क्यों? क्या तरीका पसंद नहीं आया?''

''...'' उत्तर में एक तना हुआ मौन है।

''बहुत दिन हुए तुम बस में मिले नहीं। सोचा, फोन पर बात कर लूँ...।''

उस ओर की बात खत्म होने से पहले ही चोंगा धड़ाम से नीचे आकर अपने आसन पर बैठ गया, जैसे कि वह कह रहा हो, बात ही करनी थी तो पिताजी को बीच में लाने की क्या जरूरत थी?

''कौन थी?''

''रश्मि।''

''तुम उसे जानते हो?''

''हाँ।''

''तुम्हारा इससे परिचय कैसे हुआ?''

''बस में मिली थी।''

"बस में जाने से क्या किसी से दोस्ती हो जाती है?"

"मेरी इससे कोई दोस्ती नहीं है।"

"फिर उसे तुम्हारा फोन नंबर कैसे मिला?"

"एक बार बस में भीड़ थी। मेरा एक हाथ बस से छूट गया था और दूसरे हाथ में फाइल थी। मैं बड़ी मुश्किल से बचा। तब इस लड़की ने मेरी फाइल ले ली थी। शायद वहाँ से उसने फोन नंबर देख लिया होगा।"

"पर लगता है उससे तुम्हारी काफी गहरी और पुरानी जान-पहचान है।"

"पहले बस में आती थी। अब हमारा रूट बदल गया है तो कभी देखा ही नहीं।"

"यह ठीक है कि उसने तुम्हें सहायता दी—इसके लिए तुम्हारा धन्यवाद दे देना ही काफी था। मैं भी तो अपने जीवन के आरंभिक दिनों में ट्रेन में रोज सफर करता था दफ्तर जाने के लिए। पर मेरा तो किसी से परिचय या दोस्ती नहीं हुई।"

सुनकर सभी हँस दिए।

"अब आपकी तरह सभी तो नहीं हो सकते।"

इस पर पिता हँस दिए। सुमीत कहने को यह नहीं सोच पाया कि उस वक्त न लड़कियाँ आज की तरह कॉलेज पढ़ने जाती थीं, न नौकरी करने दफ्तर आदि।

लगा, बात यहीं हँसी में खत्म हो गई है। पिता और माँ विश्राम करने लगे। सुमीत भी खाना खाकर लेट गया। ऊपर से वह सहज था, पर मन-ही-मन घबराहट और कुढ़न से भरा हुआ। नीरजा छोटे भाई के इस तरह के स्पष्ट घिराव और पेशी पर संकोच तथा उदासी महसूस करती हुई, अपने कमरे में आकर किसी पत्रिका को पढ़ने बैठी तो सुमीत की बातें एक-एक कर उसके मन-मस्तिष्क में चक्कर काटने लगीं।

पिछले वर्ष जब 'चित्रलेखा' और 'आषाढ़ का एक दिन' वह सुमीत को पढ़ा रही थी तब प्रेम और नारी का उलझा-सुलझा दार्शनिक वर्णन और उसकी व्याख्या सुनते हुए उसने कहा था, "जब हमें प्रेम का अता-पता नहीं कि क्या बला है तो ये क्यों ऐसी किताबें रखते हैं हमारे कोर्स में? माँ-बाप प्रेम-दोस्ती का विरोध करते हैं और किताबें कोर्स में ऐसी हैं! इनसान क्या करे, कुछ समझ नहीं आता इस दुनिया का चलन!" सुमीत के मन-मस्तिष्क की पंखुड़ियाँ कदम-कदम पर इस विषय पर उत्सुकता और प्रश्नों से मुकुलित हो उठतीं। उन पंखुड़ियों को मूँदने के लिए उसने किसी बहस के बदले समयाभाव और परीक्षा की चिंता की ओर सुमीत का ध्यान खींच दिया था।

और एक दिन फिर किसी संदर्भ में, "...मेरा एक दोस्त है। लड़कियों के अलावा कोई बात ही उसे नहीं आती। जब भी पूछो, 'कहाँ गया था कल?' 'वहाँ—अरे यार वहाँ—तुम्हें क्या पता...।' रहनी-बहनी नहीं रही उसमें। सभ्यता नहीं रही। बटल खुले-बूट सफेद-बिल्कुल मजनू। ठीक है, दोस्ती करो—मैं कहता हूँ करनी चाहिए। एकाध

लड़की से दोस्ती होनी ही चाहिए—पर दोस्ती दोस्ती तक—जायज दोस्ती, नाजायज दोस्ती नहीं—दूसरे का जीवन बरबाद करने के लिए नहीं—धोखा देने के लिए नहीं। लड़कियों से दोस्ती एक मायने रखती है। उनसे बोलना—कहीं जाना उनके साथ, उनके साथ खड़ा होना मायने रखता है—व्यक्ति सीखता है बहुत कुछ। यह क्या हुआ कि शादी के बाद जो एक स्त्री मिले, बस उसी से दोस्ती-प्रेम, लड़ाई-झगड़ा आदि सबकुछ की शुरुआत और अंत करो। उस दिन संजय भाई इस तरह मुझसे बात कर रहा था जैसे कि लड़कियों से दोस्ती करना केवल उसी को आता है…।"

नीरजा ने टोकना चाहकर भी धैर्य से सुनने के बाद भयातुर होकर कहा था, "अभी तुम बच्चे हो न। समय आने पर अपने आप हो जाएगी दोस्ती।"

"हाँ, कल बच्चा था—आज भी बच्चा हूँ—शादी के बाद भी माँ-बाप बच्चा ही कहेंगे। अपने तो माँ-बाप ही ऐसे हैं—दोस्ती के नाम पर बवंडर खड़ा कर देनेवाले। कोई कुछ कर ही नहीं सकता।"

"जिंदगी व्यवस्थित हो जाए, कुछ पढ़ लो तो ठीक है न।"

"सब व्यवस्थित है। कॉलेज में आ गया हूँ। अगर इस जीवन में दोस्ती न हुई तो क्या बूढ़े होकर दोस्ती करेंगे?"

"मनोनुकूल श्रेणी पाने के लिए अभी तुम्हें कुछ अंकों की कमी पूरी करनी है। लगता है, परीक्षा के दिनों की परेशानी और चिंता तुम भूल गए हो।"

नीरजा ने सुमीत का ध्यान बाँटने की बार-बार कोशिश की, लेकिन वह नहीं बँटा, "शुरू में कुछ दिन परेशानी होती है जरा-माइंड डिस्टर्ब रहता है—अपने को उसकी पटरी पर लाना या उसको अपनी पर—फिर तो सब सहजै चलता रहता है।"

नीरजा सोचती है—इतनी समझदारी और जानकारी की बातें क्या कोई बिना अनुभव के कर सकता है? पर उसने पूछा तो सुमीत ने इनकार कर दिया। तब सांत्वनाभाव से समझाने और अप्रत्यक्ष भाव से उसके मन की भटकन को वर्जते हुए वह बोली, "दोस्ती तो ऐसी चीज है, जो अपने आप होती है—उसके लिए सोचने या यत्न की क्या जरूरत है?"

"यत्न की जरूरत होती है। लड़कों को लड़की से दोस्ती करने के लिए चुनाव करना होता है—किससे करे, किससे नहीं।" वह उत्तर देते-देते नीरजा के प्रश्न पर एकाएक सचेत होकर उसे देखने लगा था।

नीरजा ने उसकी दृष्टि से सचेत होकर कहा, "मैंने तो यों ही पूछा। जैसे तुमने सबकुछ कहा है सहज भाव से, क्या मैं तुम्हारी तरह नहीं कह-पूछ सकती?"

"हाँ, हाँ, क्यों नहीं? मैं तो ये सारी बातें तुमसे इसलिए करता हूँ, क्योंकि तुम अभी नादान हो। इससे तुम्हारा ज्ञान बढ़ेगा जैसे कि हमारा ज्ञान हमारे दोस्त ने बढ़ाया

है।'' नीरजा का मन हँस देता है इस छोटी सी बुजर्गियत पर।

सुमीत शंकित होकर चेतावनी देता है, ''कहीं तुम मेरी ये बातें पिताजी को मत कह देना। मैंने देखा है, हमारे घर के लोग किसी बात को ज्यादा देर तक पेट में नहीं पचा पाते।''

रात के दस बजे थे। सुमीत के कमरे में पिता और माँ ने उसे जा घेरा और वह इस तरह घिर गया जैसे वह इसके लिए तैयार ही बैठा था। पिता की हँसी के बावजूद उसे मामले के इतनी जल्दी और इतनी शांति से शांत हो जाने का विश्वास नहीं था। उसे हैरानी यह थी कि घिराव इतनी देर से क्यों हुआ है? एक बार फिर पिता उसे स्पष्ट समझा रहे थे, ''...जीवन कुछ खास सिद्धांतों पर चलता है और उन सिद्धांतों में किसी के साथ, माँ-बाप के साथ, प्रिय से प्रिय के साथ भी समझौता नहीं किया जाता। क्या तुम्हारे जीवन में ऐसे किसी सिद्धांत का स्थान है? तुम्हारा व्यक्तित्व बहुत ही नाजुक किस्म का है, जो जल्दी ही किसी लोभ में आ जाता है। एक बार आगे भी कहा था—तुम अपने चाल-चलन का दान हमें दे दो, उसके अतिरिक्त हमें कुछ भी नहीं चाहिए। लड़कियों का मामला बड़ा खतरनाक होता है—आत्मघाती-हत्यारा। उसके साथ खेलना आग के साथ खेलना है। अपने इसी मोहल्ले की यह घटना है...! याद होगी तुम्हें। लड़की माँ बनने वाली थी। लड़की के पिता और भाई लड़के वालों के घर आए कि शादी करो। वह नहीं माने। लड़का भाग गया। उन्होंने उसके बड़े भाई और पिता की हत्या कर दी। इस तरह से तो भ्रष्ट स्त्री ही मिलेगी, फिर जिससे छुटकारा पाना कठिन है। तुम्हारी उम्र क्या है अभी? अभी से इस चक्कर में पड़ गए तो तुम पागल हो जाओगे, टी.बी. हो जाएगी, यह पढ़ाई धरी-की-धरी रह जाएगी। पढ़ाई साधना माँगती है। सुबह-सुबह कोई मांस नहीं खाता। हम मजदूर लोग हैं, हम साधारण लोग हैं, हमें साधारण ही बनकर रहना चाहिए—यह सब चीजें हमारे लिए नहीं... । जिंदगी में वैसे ही अनेक परेशानियाँ हैं। तुम हमारे लिए एक और परेशानी खड़ी कर रहे हो!''

''पर मैं आपको सच बता दूँ कि ऐसा कुछ मैंने किया नहीं जिस पर मुझे शर्मिंदा होने या डरने की जरूरत हो। वास्तव में इस लड़की के साथ मेरा कोई संबंध है ही नहीं। मेरे दोस्त के साथ उसकी मित्रता जरूर रही है। वह उम्र में मुझसे कितनी बड़ी है। किसी फर्म में रिसेप्शनिस्ट है। और कोई काम न हुआ तो बैठे-बैठे फोन करना उसका शगल है...।'' इस सारे स्पष्टीकरण से पिता और माँ के मन का बोझ उतर गया था। भले ही एक बोझ सुमीत के मन पर आकर ठहर गया था। किसी भी समस्या को सुलझाने में पिता ने इससे अधिक वक्त कभी नहीं लिया। उनके पास न कभी किसी प्रश्न का संकोच रहा है, न उत्तर का, न निर्णय का—हर बात और हर निर्णय एक ऊँची, सधी और सीधी वाणी में निष्कंपित—जो कि कभी स्पर्धा का विषय भी हो सकता है और

कभी दु:ख तथा उदासी का भी।

दूसरे दिन जब सुमीत कॉलेज से लौटा था तो नीरजा से मन की बात कहते हुए वह बोला, ''यह बात मैं केवल तुम्हें ही बता रहा हूँ। मैं अपने दोस्त के साथ उस लड़की के पास गया था। पर वह उसके सामने फोन की बात साफ इनकार कर गई। अब मैं उसे क्या कहता और कैसे डाँटता? लड़कों से दोस्ती से तो मुझे हमेशा नुकसान ही हुआ है, लड़कियों से पहचान का श्रीगणेश भी कैसा खराब हुआ है। बात कुछ भी नहीं और मुफ्त की बदनामी। पिताजी तो बात-बात पर ऐसे-ऐसे बही-खाते, उदाहरण-आँकड़े खोलकर बैठ जाते हैं कि व्यक्ति की रूह काँपने लगती है—लगता है, किसी लड़की से मित्रता या प्रेम न हुआ कोई हत्या का षड्यंत्र हुआ। इन्हें मुझ पर जरा विश्वास नहीं रहा। कोई भी बाहरी व्यक्ति आकर इनसे मेरे बारे में कोई बात कह देगा तो यह उसकी बात मान लेंगे। मेरी स्थिति काफी खतरनाक हो गई है। अब कॉलेज से लौटता हूँ तो ऐसा लगता है जैसे मैं कोई चोर हूँ—पता नहीं मैं बाहर क्या-क्या करके आया हूँ—पता नहीं मेरे पीछे फिर किस लड़की का फोन आया होगा और मेरी आफत आएगी—सूँघ लेता हूँ चारों ओर सब ठीक तो है!''

× × ×

यह घर पापा और मम्मी का है। पिता और पापा के बीच लगभग पच्चीस वर्षों का अंतराल है।

फोन पर अकसर ही एक अंग्रेजी टोन में हिंदी की आवाज आती है, जो हर बार एक ही प्रश्न पूछती है, ''ओजय है?''

मम्मी के दिल में प्रश्न उठता है—यह लड़की है या लड़का? पर पहेली हल नहीं होती। अजय से पूछ लें, इतनी स्पष्टता वे नहीं समेट पातीं और संशय-शंका में ही महीना बीत जाता है। अजय मम्मी से नहीं, पापा से डरता है। अत: मम्मी ने सारी समस्या पापा के लिए रख छोड़ी है।

पापा प्रवास से लौटकर आते हैं तो अकसर ही एक निश्चित समय पर, एक निश्चित स्वर उनसे पूछता है, ''ओजय है?''

पापा इतना तो समझ जाते हैं कि लड़की ही है, पर नाम क्या है, कहाँ रहती है और वह क्यों अजय को इतना फोन करती है, शंकित होकर भी नहीं पूछते अजय से। उस लड़की से एक-दो बार पूछा तो हर बार उसने अलग-अलग नाम और निवास स्थान बताए। उनके प्रश्नों की वजह से उसने पापा की आवाज का सामना करने से बचना शुरू कर दिया है। जब पापा की आवाज 'हैलोऽ?' कहती है तो वह फोन का चोंगा रख देती है। और फिर किसी दूसरे समय पर फोन करती है, जब पापा के घर पर होने की संभावना न हो।

जब भी फोन की घंटी एक निश्चित समय के इधर-उधर बजती है, पापा और मम्मी एक-दूसरे की ओर देखने लगते हैं और साथ ही महसूस करते हैं अजय की भी यह उलझन कि वह उनकी उपस्थिति में फोन पर 'हाँ-न' के अतिरिक्त कोई सवाल-जवाब नहीं कर पाता।

पापा और मम्मी आपस में चर्चा करते हैं, पर इस नाजुक से विषय पर चाहकर भी अजय से कुछ नहीं कह पाते—शायद उसे अच्छा न लगे पूछना—कहीं वह सचेत न हो उठे इस संबंध में—निषेध से वह कहीं किसी जिद में न आ जाए।

पापा-मम्मी के कहने पर अजय से तीन वर्ष बड़ी मीता ही उससे एक दिन पूछती है, "उसके इतने फोन क्यों आते हैं? स्कूल में तो तुम लोग मिलते ही हो।"

"स्कूल में बात करो तो सभी बात बनाते हैं। इसलिए हम स्कूल में बात नहीं करते। वह मेरी बहन की तरह है। उसका अपना कोई भाई नहीं है।"

पापा को पता चलता है तो सोचते हैं—एक उम्र में इस तरह के उलझे हुए संबंध विकसित हो ही जाते हैं। अभी वह नौवीं कक्षा में है—चौदह-पंद्रह वर्ष का—अभी से इन बातों में पड़ना ठीक नहीं। फिर भी पिता की तरह पापा मामले के बीच में सीधा आने में और एकदम सीधा शाब्दिक हमला करने में एक उलझन अनुभव करते हैं। कभी बालमनोविज्ञान उनका रास्ता रोक लेता है, कभी उचित और अनुचित के बदलते पैमाने। आमने-सामने खड़े होकर ऊँचे आदर्श और उपदेश भरे शब्द तथा उदाहरण भी जैसे साथ देना नहीं चाहते। कुछ भी दो टूक विरोधपूर्ण कहना जैसे आज सरल न हो। उन्हें लगता है जैसे जीवन उलझा-उलझा, बेहद नाजुक और न जाने कितनी दृश्य-अदृश्य तहों में कैद हो गया है। अब इधर या उधर का धमकी-धमाके और अधिकार भरा कोई एक निर्णय आसानी से नहीं लिया जा पाता। कभी अपने मन और अपनी राय की ओर दृष्टि जाती है, कभी सामने वाले के मन और उसकी राय की ओर देखना पड़ता है। आज हर हाथ ने जैसे जीवन के न्यायालय में अपनी-अपनी अर्जी दाखिल कर दी है, आज हर मन ने जैसे अपना संगठन बना लिया है और संसार के सामने अपना दावा पेश कर दिया है—यह दावा चाहे कितना ही अटपटा-अनुचित-अनुभवहीन-उम्र में छोटा या संगीन क्यों न हो, फिर भी उस पर विचार करना ही पड़ता है। समस्याओं के कुछ समाधान और निर्णय एक अभिभावक की सशक्त मुट्ठी में ही नहीं, सामने वाले के कोमल हाथों में भी है या हो सकते हैं। पापा को अभी चिंतातुर तनाव सहना है—सही वक्त का उन्हें इंतजार करना है, आश्वस्त हो सकने के लिए मन की बोझिलता से मुक्त हो सकने के लिए—कोई मित्रवत् स्पष्टीकरण दे और ले सकने के लिए या यह सलाह कि किसी दिन उसकी 'बहन' घर पर आए, ताकि वे सब भी उससे मिल सकें या कुछ भी...।

× × ×

यह घर डैडी का है। मम्मी को गुजरे तीन वर्ष हो चुके हैं। बड़ी बेटी का विवाह पिछले वर्ष हुआ था। बेटा अफगानिस्तान में है। दो बेटियाँ—अनुराधा और बुलबुल के साथ वह रहते हैं।

अनुराधा अकसर याद किया करती है, "...मम्मी और हममें एक पारस्परिक समझ और विश्वास का भाव था। डैडी और हमारे बीच जब हमारे किसी कार्य-व्यवहार या उनके किसी विरोध-आदेश को लेकर बहस या मनमुटाव होता तो मम्मी बीच में आकर मामला सुलझा देतीं। डैडी से नाराज होकर मम्मी से उनकी शिकायत करते तो वे सांत्वना देते हुए कहतीं—'अच्छा, डैडी से कह दूँगी'—भले ही वह कहतीं या न कहतीं।"

अब डैडी और बुलबुल में क्रिया-कलाप की आजादी के नाम पर बहस होती है। दोनों ही गुस्से में एक-दूसरे को अपनी बात-भावना और आवाज की टोन बदलने को कहते हैं। पर डैडी उम्र में बहुत बड़े हैं और बुलबुल उम्र में बहुत युवा। अतः किसी से भी अपनी तर्ज बदलने की आशा करना संभव नहीं। ऐसे में अनुराधा द्वारा डैडी को यह कहकर बहलाना पड़ता है कि बुलबुल ने जो कहा उसका कहने का यह मतलब नहीं है और बुलबुल को एकांत में यह समझाना पड़ता है—'डैडी इतने बड़े हैं तुमसे—कुछ रूढ़िवादी भी। उनसे अपनी बात मनवाने के लिए इस तरह झगड़ना-बहसना और जवाब देना ठीक नहीं। जब तुम इस उम्र में पहुँचोगी तो तुम भी चाहोगी कि तुमसे तुम्हारे बच्चे ठीक आदर से बोलें—तुम्हारी बात सुनें—तुम्हारी बात मानें। यह रोक-टोक और विरोध किसी-न-किसी रूप और मात्रा में तब तक चलता रहेगा, जब तक माँ-बाप और बच्चे का रिश्ता कायम है—जब तक खेत और बाड़ का संबंध संसार में है।"

पर इस सारे समझ-समझाव के बावजूद अनुराधा और बुलबुल यह स्वीकार नहीं कर पातीं कि डैडी उन्हें इच्छानुसार व्यवहार और आचरण की कुछ भी आजादी न देकर पूरी तरह से उन्हें अपनी इच्छानुसार चलाएँ और घर में हर वक्त 'आंतरिक सुरक्षा कानून' लागू किए रहें। यदि पढ़ने-पढ़ाने के अपने काम के बाद किसी सहेली के साथ वे उसके घर या सिनेमा चली जाती हैं तो इतनी आजादी उन्हें दी ही जानी चाहिए—किसी दिन का कुछ वक्त उन्हें अपनी इच्छानुसार—बिना किसी पूर्वयोजना या डैडी की पूर्व स्वीकृति के बिना भी बिता सकने की इजाजत उन्हें होनी ही चाहिए और इस संबंध में कोई भी पूछताछ नहीं की जानी चाहिए कि वे कहाँ गईं और क्यों गई और पहले बताया क्यों नहीं गया।

डैडी गुस्से में कह देते हैं—"ठीक है, जो इच्छा है करो, पर छह बजे तक घर पहुँच जाना चाहिए तुम लोगों को।" पर एकाएक फिर किसी दिन उनका मन घबराकर

इधर-उधर मुआयना करने लगता है, फिर उनके किसी व्यवहारतंत्र पर उन्हें रोक-टोक देते हैं, फिर उनकी गतिविधि पर टीका-टिप्पणी कर बैठते हैं, फिर उनके शब्द अपने बच्चों की नाराजगी को भूलकर उनके चारों ओर अपनी तय और आदेशों की दीवार बनाने लगते हैं, फिर बुलबुल गरम हो जाती है, फिर अनुराधा अपना पक्ष स्पष्ट करने के लिए तर्क लेकर बैठ जाती है डैडी के सामने।

उनके पड़ोस में सुलेखा और उसका भाई सुरेश रहते हैं। सुरेश उनसे उम्र में छोटा ही है। लगभग पंद्रह वर्षों से वे मैत्रीभाव के पड़ोसी रहे हैं। सुरेश के माता-पिता दोनों नौकरी करते हैं। अत: उस घर की चाबियाँ जरूरत पड़ने पर इस घर में आकर रह जाती हैं। सभी बच्चे धीरे-धीरे अपने बचपन को लाँघकर युवावस्था की आवाज और लय के घेरे में आ गए हैं। इधर सुरेश का घर पर आना-जाना कुछ ज्यादा बढ़ गया है। डैडी टोकते हैं—''ये लड़का इधर अधिक क्यों आने लगा है?''

किसी छोटी सी भी बात पर सुरेश को जरूरत से ज्यादा और ऊँचा हँसने की आदत है। डैडी पूछते हैं—''यह इतना हँसता क्यों है? तुम लोगों का उसके घर या उसका यहाँ इतनी-इतनी देर ठहरना ठीक नहीं है...।''

बुलबुल भड़क उठती है—''हम वही करेंगे, जो हमारी कांशस कहती है, जो हमारा दिल है।''

अनुराधा शांत भाव से अपनी स्थिति और डैडी के अन्याय को स्पष्ट करना चाहती है—''...लड़का सा है! इस तरह से आपका शक्कोशुबहा करना ठीक नहीं है। आप हमारे हर मामले में दखल देते हैं। आपने अपनी युवा उम्र को—अपने जीवन को अपनी इच्छानुसार जिया है। आपने मम्मी से प्रेम विवाह किया, छह वर्ष तक आपकी मित्रता चलती रही। फिर आप हमें अपनी इस उम्र को अपने ढंग से क्यों नहीं जीने देते? आखिर दिलबहलाव का भी तो कोई साधन होना चाहिए। मम्मी की उपस्थिति से घर में एक चिंतारहित-तनावरहित-मनोरंजक और मुक्त स्थिति बनी रहती थी। मन का बहुत कुछ हम उनसे कह-सुन लेते थे और मनवा भी लेते थे। आप दिनभर ऑफिस में रहते हैं। और हम अपने-अपने काम पर। आप शाम को घर आकर चुपचाप एक कोने में समाचार-पत्र लेकर बैठ जाते हैं, पर हम ऐसा नहीं कर सकते। ऐसे में हम इन लोगों के साथ उल्टी-सीधी बातों और मजाक से—वजह-बेवजह हँसी से अपना मनबहलाव कर लेते हैं। हम नहीं चाहते कि हम हर वक्त बोर-ऊबे-थके-तने-उदास और उखड़ी मन:स्थिति में जीते रहें। उसकी नौकरी लगी है तो उसने हमें पिक्चर दिखा दी तो इसमें क्या हर्ज है? आपका विश्वास हम पर से इतनी जल्दी क्यों डोल जाता है?''

डैडी पल भर के लिए चुप रह जाते हैं। आँखों में जैसे एक नमी बिछ गई है। दोषारोपण के जिस कटघरे में बुलबुल और अनुराधा ने डैडी को खड़ा कर दिया है, वे

उसमें खड़े-खड़े जवाब देते हैं—"ऐसा नहीं कि मेरा अपने बच्चों पर विश्वास नहीं होता या तुम्हारे प्रति शत्रुता रखता हूँ या जान-बूझकर किसी जिद या दुर्भाववश या नासमझीवश तुम्हारे स्वतंत्र विकास में बाधक बनना चाहता हूँ या बच्चों को अपने अधीन बनाए रखने जैसा औपनिवेशिक दृष्टिकोण से मुझे सुख मिलता है। वस्तुत: संसार की बुराई पर ही मन को विश्वास नहीं होता। बुराई सदियों पुरानी है और उसके पुरानेपन के मुकाबले में बच्चे कितने नए, कोमल और अनछुए से होते हैं। माँ-बाप उस बुराई के इतिहास और उसकी क्रूरता को—उसकी संक्रामकता को—उसके विनाश और कालिमा को जान-समझ चुके होते हैं, इसलिए हर वक्त उससे डरते और उसके प्रति शंकित रहते हैं—अपने बच्चों के प्रति नहीं। अपनी संतान के प्रति कल्याण का एक कोमल भाव, एक सुरक्षा भाव, अपनी चीज को सँभालकर रखने का भाव ऐसा है, जिससे आसानी से मुक्त और तटस्थ नहीं हुआ जा पाता, चाहे कोई कितना ही उदार और आधुनिक क्यों न हो—कितना ही शिक्षित और मनोवैज्ञानिक क्यों न हो। व्यक्तित्व की आजादी और विकास के नाम पर अपने घर के सारे द्वार खोलकर, अपने बच्चों को नीचे जाती सीढ़ियों के पास बैठा देने का साहस हो नहीं पाता। जब मुरगी आकाश पर किसी चील को उड़ता देखती है तो वह अपने नन्हे-नन्हे चूजों को झटपट अपने पंख तले समेटकर क्यों बैठ जाती है? उसे किसी भी सदी में यह समझ नहीं आ सकेगी कि उसके द्वारा चील का विरोध करना और अपनी संतान की रक्षा करना उसका गलत व्यवहार है। अपनी नन्ही-से-नन्ही उम्र में भी तुम लोगों ने वर्जना का स्वागत नहीं किया था। संसार के प्रत्येक शिशु की तरह तुम लोगों ने भी आग की लपट को—यहाँ तक कि साँप को भी किसी खिलौने की तरह हाथ में पकड़ना चाहा था—पानी में दिनभर खेलना चाहा था—मिट्टी को खाना चाहा था और जब-जब तुम्हारी माँ ने इसके लिए मना किया था, तुम लोग बुरा मानकर रूठ गए थे और रो-रोकर माँ के अन्याय की घोषणा की थी। उस वर्जना का भी मतलब यह नहीं था कि माँ को अपने बच्चों पर विश्वास नहीं था—विश्वास आग-साँप-पानी और मिट्टी आदि पर ही नहीं हो पाता था…।"

□

# तरु को देख आना

उसके सामने एकाएक उस शहर का एक और अर्थ झिलमिला उठा और वह उसमें उलझ सा गया।

माँ उसकी तैयारी करते हुए पूछ बैठी थी—"वहाँ ठहरोगे कहाँ?"

सुनकर उसे लगा, जैसे माँ भी कहीं उलझी हुई है।

"तुम क्षमा मौसी के यहाँ ही ठहरना। हम आठ बहनें, अभावों के भावों में पली-बढ़ीं। चलते आए जमाने के हिसाब से अनपढ़ और कुछ पढ़ी हुई। ब्याह सभी के अपने जैसे साधारण घरों में हुए, पर धीरे-धीरे कोई अफसर की पत्नी बन गई और कोई क्लर्क की ही रह गई। एक माँ के पेट से जनमी हम एक-दूसरे के लिए दूर की रिश्तेदार बनकर रह गईं और केवल शादी या गमी में ही मिलना हुआ। जब भी तुम्हारी नानी के यहाँ बहनों के विवाह आदि पर क्षमा का आना-मिलना हुआ, तो अपने यहाँ आने का निमंत्रण अवश्य दिया, पर अपनी उस दो साल छोटी बहन के बड़े घर में जाना कभी बना नहीं और इधर कुछ सालों में मिलना भी हुआ नहीं। तरु इस वर्ष शायद बी.ए. कर लेगी। उसे भी देख-मिल आना। तुम्हारी शादी उससे करने को मेरी दिली इच्छा रही है। यदि तरु से तुम्हारी रिश्ता तय हो जाए तो इससे अच्छी बात और क्या होगी?"

माँ यह बात न जाने कितनी बार दोहरा चुकी थी और हर दोहराव इस रिश्ते पर एक नई मोहर लगा देता। आज भी मुहर के शब्द उसे पहले से अधिक स्पष्ट लगे। वह मुसकराता सा चुप रहा, पर उसकी कल्पना चुप न रह सकी और तरु के मानस-चित्र में अपनी पसंद के रंग भरने लगी।

वह गाड़ी में आ बैठा था। गाड़ी चल पड़ी थी। वह फिर उलझ गया था। जिस कार्यवश वह उस शहर में जा रहा था, उस पर बार-बार 'तरु को देख आना' हावी हो जाता। उसे लगा, जैसे वह तरु के लिए ही उस शहर में जा रहा है और मुकदमे का मामला तो बहानामात्र है।

ताज एक्सप्रेस दिल्ली से चलकर लगभग तीन घंटे में आगरा स्टेशन पर पहुँचकर शाम तक के लिए शाही आराम फरमाने लगी।

पेठे और दाल-मोठ का नमकीन शहर, ताजमहल का प्रेमी शहर कुछ ऐसा संगमरमरी भाव हो उठा कि वह उसके लिए केवल 'तरु का शहर' बनकर रह गया था। तरु को देखे बिना ही उसने उसे अपना मान लिया। वह किसी शाहजहाँ की तरह गाड़ी से उतरा और उसकी प्रेमिल कल्पना ने देखा कि स्टेशन के एक कोने में बुक स्टॉल के पास खड़ी तरु उसकी प्रतीक्षा और स्वागत कर रही है। वह उसे आग्रह-पूर्वक राह दिखाने लगी है, 'ललितजी, आइए। इस रिक्शे पर बैठ जाइए। रिक्शे वाले, आगरा कैंट में मालरोड की ओर ले चलो।...उधर से...अब इधर...इस मोड़ से...हाँ, ठीक। लीजिए घर आ गया। अब उतरिए।'

सारा शहर, सारा रास्ता, सारा मकान जैसे तरुमय हो उठा था।

उसने बंद द्वार पर सोचती सी दस्तक दी।

लगभग ग्यारह वर्ष के लड़के ने उचक कर सिटकनी खोली, बाहर झाँका, एक अजनबी को देखकर माँ को सूचना देने अंदर दौड़ गया—"कोई आया है।"

"कौन है वह कोई?" क्षमा ने पूछा।

"पता नहीं।"

फिर तेरह वर्ष के लड़के ने किसी शिनाख्त के लिए जरा सा बाहर झाँका और हँसता हुआ अंदर भाग गया—"कोई आदमी आया है।"

"अरे कौन सा आदमी? कितनी बार समझाया गया है कि घर में आनेवाला हर आदमी-औरत, आंटी-अंकल होता है, पर न जाने कब तुम लोगों को अक्ल आएगी," क्षमा ने दो टाँके लगाकर धागा तोड़ा और मशीन के आगे से कुढ़ती हुई उठी—"न जाने कौन बेवक्त आ गया है? वे तो घर पर हैं नहीं।" उसकी बेबसी पति की ओर लपकी। कोई आदमी आए और 'आदमी' घर पर न हो, यह कैसी अटपटी बात है। ऐसा तो आज तक कभी हुआ नहीं।

इस बार पूरा दरवाजा खुला और 'कौन है?' के भाव से गरदन बाहर आई। अतिथि ने दोनों हाथ जोड़ दिए तनिक झुककर, मुख पर स्मित भाव में लिपटा एक उत्साही प्रश्न, 'बूझें तो कौन हूँ?'

उसे देखते ही क्षमा के चेहरे पर आ बैठी सलवटों ने तत्काल ताना दिया—'अरे! यह तो कालू का भाई लालू है। क्यों आया है यहाँ? पता नहीं कितने दिन ठहरेगा? शाम को वह दफ्तर से लौटेंगे तो इसे यहाँ देखकर पता नहीं क्या कहेंगे? मेरे मायके वालों को यह कतई नहीं पसंद करते। कहीं ये तरु के साथ रिश्ते के लिए तो नहीं आया? इनके फौजी स्वभाव को क्या ये लोग नहीं जानते?'

किसी परिचय की पहचान को न उभारने वाला मिट्टी से लीपा हुआ चेहरा देखकर अतिथि गलत जगह से एकदम वापस मुड़ जाने को हुआ। क्षमा इस बीच दो-तीन बार अपना पल्लू सिर पर सँवार गई। ठीक पल्लू को ठीक करने की एक दुविधा भरी आदत जो किसी आकस्मिक स्थिति का सामना करने के लिए सँभलने का वक्त और ओट-आसरा देती है। तभी क्षमा को सास की हजार बार समझाई गई सीख याद हो आई—"अरी भलीमानुस। जब कोई मेहमान आए तो पहले हँसकर उसका स्वागत कर। फिर चाहे उसे पानी को भी न पूछ!" इस विचार ने आतिथ्य के द्वार खोल दिए। एकाएक अटपटा सा लड़खड़ाता हुआ वाक्य अतिथि को सुनाई दिया—"अरे ललित। क्या तुम हो? इतनी देर से मैं ये सोच रही थी कि ये कौन है? मेरी दूर की नजर इधर बहुत कमजोर हो गई है न। तुमने तो खूब कद-काठ निकाला है कि मुझे भी भुलावे में डाल दिया। तुम्हारा कोई पत्र तो हमें मिला नहीं।"

अतिथि अपनी इस त्रुटि पर संकुचित हो उठा—"अचानक ही एक मुकदमे के संबंध में यहाँ आना पड़। तो सोचा···।"

"कैसा मुकदमा?" क्षमा ने बीच में ही टोका।

"दिल्ली में अपने मुवक्किल हैं। उन्हीं की प्रॉपर्टी का झगड़ा यहाँ चल रहा है।"

"अरे वाह! तुम तो खूब बड़े वकील बन गए हो (अरे मुकदमेबाजी के अशुभ काम के लिए आए हो तो हमारे यहाँ आने की क्या जरूरत थी?)।"

"सोचा, आप सबसे भी मिलता चलूँ। माँ ने खासतौर पर कहा था।"

क्षमा के मन ने चुपके से दुलत्ती झाड़ी—'अरे तेरी उस लड़ाका और सूम माँ के मन में कहाँ से इतना प्यार और दुनियादारी उमड़ पड़ी है? और अब तो वह तुम्हारी, नहीं कालू की माँ है इसलिए यह प्यार और दुनियादारी उसे ही मुबारक हो।' तभी क्षमा को सास की दूसरी सीख याद हो आई—"अरी भागवान, मेहमान से पहले दो मीठे बोल बोलकर उसका हालचाल तो पूछो। फिर चाहे रात का बासी खाना और दूध के बदले दही की ही चाय बनाकर पिला दो।"

क्षमा ने अपने दिल के दायरे का तनिक विस्तार किया और दुनियादारी की ओर एक कदम बढ़ाते हुए मिस्री जबान से बोली, "पत्र लिखते तो स्टेशन पर आ जाते। घर ढूँढ़ने में कठिनाई तो नहीं हुई न?"

इससे पहले कि अतिथि सारे उलटबाँस बयानों का ठीक-ठीक गठजोड़ कर सके, क्षमा नौकर को आवाज लगाती हुई तेजी से अंदर की ओर मुड़ गई। अब अतिथि को अपने सामान और रिक्शे वाले का ध्यान आया। वह बरामदे में खड़ा खंभे पर हाथ टिकाए हुए क्षमा को घर के अंदर और रिक्शे को गेट से बाहर जाते हुए देखता रहा।

नौकर आया और उसकी अटैची को अंदर ले गया। वह पीछे-पीछे अंदर आकर

कुछ पल दुविधाग्रस्त कमरे के बीच खड़ा रहा। फिर अपने को गठरी की तरह कुरसी पर फेंक दिया और चौकन्ने भाव से इंतजार करने लगा।

उसने कमरे को कानूनी निगाह से देखा, बैरकनुमा लंबायमान घर में यह क्रम से शायद तीसरा कमरा है, जो अंदर-बाहर आने-जाने का रास्ता भी है। एक मेज और दो आराम कुरसियों के कारण बैठकघर भी है और पलंग के कारण सोने का कमरा भी बन सकता है।

क्षमा का ठंडा व्यवहार किन्हीं परतों में किरकिराता रहा, पर फिर भी उसकी गोद में कभी पला-खेला वह, अपनी उस अनगढ़-अधपढ़ मौसी को संदेह का लाभ देते हुए कितने ही 'शायद' उन चुभते काँटों पर फूलों की तरह टाँकने लगा—

'शायद मौसी 'लड़के' को अचानक आया देखकर घबरा गई हैं। शायद माँ की तरह कुछ लोग ऐसे होते ही हैं, जो घर में रिश्ते के लिए किसी के आने पर इस तरह घबरा जाते हैं जैसे किसी राजा की सवारी आन पहुँची हो और उसकी सेवा में कोई त्रुटि नहीं रहनी चाहिए। फिर अतिथि के चले जाने के बाद कहीं कोई कमीबेशी रह जाने पर, अपनी इज्जत जाने के डर से एक-दूसरे पर दोष मढ़ते हुए घर में कलह पैदा करना।'

'शायद कुछ लोगों को किसी भी स्थिति में सहज होने के लिए काफी समय की जरूरत होती है।'

'शायद कुछ लोग कुम्हार के कच्चे घड़े की तरह होते हैं, जो जीवन भर परिपक्वता प्राप्त नहीं कर पाते।'

अटपटी-असमंजस भरी स्थिति से जूझने के लिए वह ऐसी कितनी ही संभावनाओं के दायरे में भटकने लगा।

नौकर आया और सामने रखी मेज पर बर्फीले पानी का गिलास रख गया।

फिर नौकर आया और दीदारे शरबत हुआ।

क्षमा आई और सामने वाली कुरसी पर बैठ गई।

बेटियों से बात की शुरुआत हुई—"टप्पो बेटी कैसी है?"

"ठीक है।"

"उसकी शादी कब कर रहे हो?"

"लड़का तो देख रहे हैं।"

"गप्पो किस क्लास में है?"

"दसवीं का इम्तहान दिया है।"

"लज्जा बहन कैसी हैं?"

"माँ ठीक है, आप सबको बहुत याद करती हैं।"

क्षमा अक्षमाभाव से मन-ही-मन फुफकारी—'अरे मैं खूब जानती हूँ कि उसकी

यादों के घोंसले में कौन सा अंडा सड़ रहा है इतने सालों से। उससे कह देना कि उसमें से कोई चूजा नहीं निकलने वाला। कभी थी मेरे मन में इस रिश्ते की साध जब तुम्हारे पिता जीवित थे, पर अब नहीं। अरे ललित, वैसे तो तुम मुझे बचपन से बड़े दुलारे लगते रहे हो। मैंने तुम्हें बचपन में कितना उठाया-खिलाया था। तेरी माँ की नासमझी भरी मार से भी तुझे कई बार बचाया था। तुम्हारी मेहनत के कारण ही उस बेबाप वाले घर का कुछ बन सका है, पर तुम यह न भूलो कि तुम उस कालू के भाई हो और उस तंगदिल माँ के बेटे हो, जो ऊपर से बड़ी मीठी और मालाफिराऊ भगतिन बनी फिरती है। मैं अपनी सीधी-सरल तरु को ताड़ के पेड़ के साथ बाँधने से रही, जहाँ उसे जरा सी छाया तक नसीब न हो। मैं किसी छाया वाले काँटेदार पेड़ से भी उसे नहीं बाँधने वाली, जहाँ वह दिन-रात लहू-लुहान होती रहे।'

मन के संग्राम को रोककर क्षमा अगले सवाल पर आई—"घर में और सब कैसे हैं?"

"ठीक हैं सब!"

सुनकर क्षमा की सोच हुँकारी—'हूँ तुम सब क्या समझते हो कि तुम्हारे घर की हवा उस शहर से इस शहर तक की यात्रा नहीं कर सकती?'

दोनों घरों के हालचाल की बातें शुरू हुईं और दो-तीन सवालों में ही बेदम हो गईं। विश्वास और स्नेह-सद्‌भाव के सहारे के अभाव में आधी-अधूरी बातें लड़खड़ाकर इधर-उधर गिरी-पड़ी जा रही थीं और उनकी मरहम-पट्टी करनेवाला कोई नहीं था वहाँ।

उसने चाहा कि उन लड़कों से उसका परिचय कराया जाए, जिन्होंने दरवाजा खोला था। सबसे छोटी मौसी के विवाह में कभी उन्हें देखा था और अब उनकी पासपोर्ट साइज फोटो पोस्टकार्ड साइज की बन गई है और ठीक से पहचान नहीं हो पाती। बातों की गाड़ी रिश्तों के जंगल के बीचोबीच कहीं पटरी से उतर गई थी और आगे सरकने का नाम नहीं ले रही थी। उसने बोझिल वातावरण को कुछ सहज बना पाने का यत्न करते हुए, बातों को नए सिरे से पटरी पर चढ़ाने का यत्न करते हुए पूछा, "सब कहाँ हैं?"

"बाहर खेल रहे हैं।"

क्षमा ने भरी दोपहरी में सबको खेल के मैदान में धकेल दिया और चारों ओर काँटेदार तार लगा दी। तभी उसे पास के किसी कमरे से लूडो खेलने और हार-जीत पर लड़ते-झगड़ते लड़कों की आवाज सुनाई दी।

उसने सबको अलग-अलग सुनना चाहा—"अब कौन किस क्लास में है?"

"घंटा आठवीं में और बँटा सातवीं में।"

'और तरु?' उसने उसी क्रम में सुनना चाहा, पर क्षमा का दीवारी मनोभाव, सँकरा-सिमटा चेहरा और सिकुड़ी हुई नाक प्रश्न के अधिकार को झपटकर दूर धकेल गई। उसने फिर संदेह का लाभ दिया—'लगता है, मेरे आने से पहले घर में कुछ ऐसा घटा है, जिसने मौसी की सहजता छीन ली है। शायद मौसी-मौसा में कोई गंभीर लड़ाई-झगड़ा हुआ है।'

उसे लंबाती चुप्पी अटपटी लगने लगी तो वह सामने पड़े अखबार पर दृष्टि टिकाने का यत्न करने लगा। उसे ठीक-ठीक पता था कि ऐसा करना असभ्यता है, पर उसे यह भी एहसास हो रहा था कि यों आमने-सामने बेबात असहजता से बैठे रहना भी कोई भली सी सभ्यता नहीं लगती। ऐसी स्थिति में सभ्यता और व्यस्तता में जरूर कोई-न-कोई संबंध है। क्षमा भी एकाएक व्यस्त सी उठकर चली गई यह दिखाते हुए कि उसे भी कोई बहुत जरूरी काम याद हो आया है।

'सब एकाएक क्यों गायब हो गए हैं? कहीं से कोई आवाज नहीं, आवाजाही नहीं।' उसका मन पिंजरे में अचानक बंदी हो जानेवाले पक्षी की तरह हक्का-बक्का सलाखों पर चोंच मारने लगा, पर कोई भी सुराग बाहर निकलने को न मिला।

मन की रोशनी लगातार धुँधली होती जा रही थी। उसने गहरे अवसाद-अपमान से घिरकार सोचा, 'क्या सच ही मेरे आने की कहीं किसी को कोई प्रसन्नता नहीं हुई? क्या मैं इतना अवांछित हो गया हूँ आज? क्या मैं यहाँ मान न मान मैं तेरा मेहमान बना बैठा हूँ? अपने पेशे में मेरी कितनी साख है और यहाँ न मैं सूद हूँ, न ब्याज हूँ।' घास-पात बन जाने की चोट से बचने के लिए उसने चारों ओर एक शिथिल दृष्टि घुमा दी बिना कुछ देखे या देखने की इच्छा किए।

नौकर आया और उसके सामने चाय तथा कुछ खाने का सामान रखकर चला गया। क्षमा ने सुबह के धुले कपड़े जून की धूप में टँगी तारों पर से उतारे और उनका पोटला पलंग पर रखकर चली गई।

वह चाय के मीठे घूँट कड़वाहट से भरने लगा। सोच का धुआँ फिर से उसकी साँसों को घेरने-घोटने लगा। कछुए की तरह हाथ-पाँव-मुख अपने अंदर समेटकर पत्थर बने घर को वह अपने तर्कों की नोक से कुरेदने लगा। कोई थाह पा सकने के लिए, 'पिछले कुछ वर्षों में ऐसा क्या घट गया है हमारे बीच जिसने आपसी रिश्तों में इतनी रेत मिला दी है कि यह रिश्ता अब ठीक से खड़ा तक नहीं हो पा रहा? क्यों और कैसे सबकुछ यों अपमानजनक ढंग से बदल गया है? सबकुछ इतना घुन्ना कि आर-पार कुछ भी स्पष्ट दिखाई-सुनाई नहीं देता। आखिर इस रूखे-सूखे और असभ्य-घमंडी घर में ऐसा क्या है, जो मेरी माँ मेरा विवाह यहाँ हर हाल में रचाना चाहती है? क्षमा मौसी को हो क्या गया है? और जो हुआ है। क्या उसकी हमें सूचना तक नहीं?

नानी और मामा के यहाँ जब धूमधाम से मिलते थे किसी-न-किसी के विवाह में तो सबकुछ कितना प्यार-दुलार से लबालब भरा होता था। तब तो ऐसे उपेक्षा के काँटे नहीं चुभते थे। इनकी स्नेही दृष्टि कैसे केवल मुझ पर आकर टिक जाती थी। कुछ लोग जब दूसरों के घर जाते हैं तो बड़े मधुरीले-सुरीले होते हैं, पर उनके यहाँ जब कोई आता है तो सोचते हैं कि मुसीबत कहाँ से आन टपकी। इसलिए लोगों को दूसरों के घर किसी उत्सव-महोत्सव की मीठी सुगंध के बीच नहीं, उनके घर के दाल-रोटी वाले साधारण रोजमर्रा के वातावरण में अचानक पहुँचकर देखना-परखना चाहिए। क्या मेरा अचानक असूचित ढंग से आना इतना खल गया है इन्हें? यदि मैं पत्र लिखकर आता तो क्या ऐसा व्यवहार न होता?'

रसोईघर से आती मेहमाननवाजी की सोंधी सुगंध उसके आसपास तैरते हुए उसे आश्वस्त करने की कोशिश करने लगी।

नौकर आया और चाय के बरतन उठाकर ले गया।

क्षमा आई और बोली, "सफर के थके होगे और फिर गरमी बहुत है। नहाने का मन हो तो नहा लो।"

थकन और तपन का एहसास न होने पर भी उसने सिर हिलाकर मौन स्वीकृति दे दी कि चलो इसी बहाने कुछ हिलडुल तो हो, चारों ओर छाए ऊँघतेपन में कुछ ताजगी तो आए।

"गुसलखाना यहाँ है," क्षमा ने कमरे से लगा उसका दरवाजा खोल दिया। जब तक वह अटैची से कपड़े आदि निकालकर वहाँ पहुँचा, उसने देखा कोरा तौलिया टँगा हुआ है, साबुन का कागजी घूँघट अभी ही उतारा गया है और वे उसे स्वागत के भाव से देख रहे हैं।

दरवाजा बंद कर वह पानी से खेलने लगा। तभी उसने सुना, किसी ने सैंडल सटर-पटर करते हुए एकाएक उस कमरे में कदम रखे हैं और धमक से पूछा है, "माँ, कौन आया है?"

उसने झटपट नल बंद कर दिया।

दबी-दबी सुनगुन सुनाई दी, "चुप, धीरे बोल।"

"क्यों? क्या हुआ है? कौन है?"

"कालू का भाई आया है।"

"अरे कौन कालू और कौन उसका भाई?"

"अरे लज्जा का बड़ा बेटा, लालू।"

"तो यों कहो न कि ललित आया है। ललितजी आए हैं। ये गलत-सलत जोड़-घटाव क्या करती हो माँ, कालू का भाई लालू।" वह खिलखिलाई।

"चुप चुड़ैल, उधर जा। तुझे कुछ पता नहीं रहता रिश्तेदारी का। जब देखो फिल्मों की छौंक लगी रहती है सहेलियों के संग या फिर किताबी किस्से-कहानियों की।"

संवादों की आग से गुसलखाने का ठंडा पानी खौलने लगा।

वह किसी तरह तैयार होकर अपनी कानूनी फाइल लेकर गुमसुम सा बैठ गया मुकदमा हारे हुए वकील की तरह। जिस मुवक्किल के पास उसे पहुँचना था, वहाँ शाम पाँच बजे का समय तय हुआ था और अभी वक्त डेढ़ तक ही सरका था। रह-रहकर उसकी आँखें घड़ी की ओर मुड़ जातीं।

लगभग दो बजे नौकर आया और अनेक प्रकार के व्यंजनों से सजा थाल उसके सामने रखकर चला गया।

क्षमा आई और एक पल निरीक्षण कर खाने को कहकर जाने को हुई। अतिथि ने पूछा, "अंकलजी दिन के भोजन के वक्त घर आते हैं या?"

"नौकर उनका खाना दफ्तर पहुँचा आता है।" कहते हुए क्षमा साथ वाले भोजन-कक्ष की ओर मुड़ गई, जहाँ से चमचों के प्लेट से टकराने और बातों की दबी हँसी सुनाई दे रही थी। वह अपने ही सामने अजनबी हो गया। उसका आहत अहं फिर घेरेबंदी में आ गया, 'हर कदम पर ये कैसा विषयांतर हो रहा है। मुझे यों अलग से भोजन क्यों परोसा गया है किसी अछूत की तरह? ऐसा बेगानगी का व्यवहार क्यों किया जा रह है? सब मेरे आसपास है, पर मेरे पास कोई नहीं तो क्यों? वे वहाँ खाना खा रहे हैं और मैं यहाँ तो क्यों? तरु भी यहीं हैं, पर मेरी उससे कोई बात नहीं तो क्यों? शहरों में रहनेवाले ये कसबाई मानसिकता के दकियानूसी लोग!'

वह अपने ही खुखड़ी प्रश्नों और उनके अस्वीकार्य उत्तरों से घिरा शिथिल भाव से बैठा रह गया। भूख मर चुकी थी। उसे सामने रखे हुए थाल की हर चीज में से केवल अपमान की गंध आ रही थी। परदे के पीछे से इधर-उधर चुपचाप आने-जाने का लुका-छिपा हुआ रहस्यमय ढंग उसे बिच्छू की तरह रह-रहकर काट रहा था। नए सिरे से तनाव और क्रोध उसके अंदर उतर गया। कौर के बदले वह शब्द चबाने लगा, 'कैसा अजीब है यह घर। क्या इनके यहाँ मेहमाननवाजी का यही घुन्ना-घिनौना रिवाज है? जैसे कि यहाँ कोई चोर-डाकू या हत्यारा बैठा हुआ हो।' अपनी ही सोची उपमा ने उसके अंदर नफरत का एक तूफान खड़ा कर दिया। तभी नौकर ने आकर उसके आगे डोंगों की पाँत रख दी कि कुछ ले लो।

उसने इनकार में सिर हिला दिया और लगभग भरा हुआ थाल परे सरका दिया। गुसलखाने में जाकर हाथ धो लिये और फिर आकर अफसोस की मुद्रा में बैठ गया कि यहाँ आने का निर्णय उसने लिया ही क्यों?

तत्काल चले जाने की सोचकर भी झटपट चल देने का उत्साह और ढंग नहीं जुटा

पाया और अनिर्णीत सा पड़ा रहा गया।

नौकर आया और बरतन उठाकर ले गया। जब-जब नौकर आता, उस पर एक दबदबा सा छा जाता। उसे कुछ छोटा कर जाता। उसके सामने माँ आ खड़ी होती, जो ये सारे काम आप किया करती है और उसके आपपास ऐसा कोई नहीं जिस पर वह हुक्म चला सके।

क्षमा ने आकर पूछा, ''कुछ खाया नहीं तुमने, क्यों?''

वह निरुत्तर बैठा रहा जैसे कि इस प्रश्न का अब कोई अर्थ न हो।

क्षमा बड़प्पन की व्यस्तता ओढ़े चली गई।

भोजन से निबटने के बाद सारे घर में सुन्न समाधि छा गई, जैसे सब अपने-अपने बिल में घुस गए हों।

वह तरु को लेकर मन में आती-जाती कोमल सवालिया उलझनें भूल चुका था। उसके स्थान पर क्षमा ही आ-जा रही थी।

क्षमा नौकर को शाम के भोजन के लिए आदेश-निर्देश देकर सामने के पलंग पर आ बैठी और धुले-सूखे कपड़ों का पोटला खोलकर तहाने लगी।

क्षमा फिर उठी और सुई-धागा, बटन-कैंची का डिब्बा उठा लाई।

क्षमा पुराने से बटन कैंची से बिलगा कर नए बटन टाँकने लगी।

क्षमा का आँचल बार-बार सिर से नीचे सरक जाता और उसका हाथ उसे बार-बार ऊपर सरका देता। यह परदानशीनी वाला क्रियाकलाप काम-काज के साथ जारी था। उसका ध्यान हर बार उस ओर मुड़ जाता।

एक कमरे में उपस्थित उन दो प्राणियों की अटपटी चुप्पी की चादर में चुपचाप सुराख होने लगे। वह अपने सामने रखे मुकदमे की फाइल के पृष्ठों को भूलकर सामने बैठी क्षमा नामक औरत में यों उलझ गया जैसे कोई नया मुकदमा सामने आ गया हो। वह उस मुकदमे के तार बिलगाने लगा।

क्षमा का सिर ढका हुआ था और आँचल उसकी तरफ वाले गाल पर आधे घूँघट की तरह सरक आया था। उसके बैठने के ढंग से कुछ पृष्ठभाग उसकी ओर हो गया था। क्षमा की अटपटी चुप्पी और उपस्थिति तथा इस सारे परिदृश्य के कारण अचानक एक दुष्टतापूर्ण विचार उसकी चेतना के तल से कुकुरमुत्ते की तरह उग आया। उसे लगा, यह क्षमा नहीं, उसकी ओर पीठ किए रूठी हुई उसकी दुल्हन तरु है। वह लंबे समय तक बाहर रहा है और उसकी सुध नहीं ली है। आज वह लौटा है और अब मानना है उसे।

इस मनःस्थिति में वह कुछ क्षणों के लिए अप्रत्याशित स्थिति की चुभन को भूल गया और जब वापस लौटा तो अपने ही विचार पर उसे हँसी आने लगी।

अब ऊब की स्थिति यह थी कि उसे कुछ भी सोचना अच्छा नहीं लग रहा था। अपना वहाँ पड़ा होना भी अजीब लग रहा था। वह स्थगित सी मन:स्थिति में पढ़े जा चुके अखबार के पन्ने फिर से उलटने-पलटने लगा। पढ़ते-पढ़ते उसके घुटने मंद-मंथर गति से हिलने लगे और एक लय से टकराने लगे।

क्षमा जो अभी-अभी फिर आकर बैठी थी, बचपन से सुनी-गुनी ऐसी हरकतों के रूढ़ ज्ञान में उलझ गई। उसने नापसंद दृष्टि से उसके हिलते पैरों-घुटनों को देखा और मन-ही-मन उसे डाँटा—'सामने मैं बैठी हूँ और ये टाँगें हिला रहा है। छि:! मेरे बच्चों की ये हिम्मत नहीं कि वे बैठे-बैठे यों टाँगें-पैर हिलाएँ। लज्जा ने अपने बच्चों को कोई अच्छी बात नहीं सिखाई। तभी तो कालू का ये हाल हुआ है।'

क्षमा के थोड़ी-थोड़ी देर बाद उठकर चले जाने और फिर चुपचाप खुफिया पुलिस की तरह आकर बैठ जाने तथा रह-रहकर घड़ी देखने से उसे लगा जैसे वह कोई अपराधी है और क्षमा के बाद उसके पति के कोर्ट में अपनी पेशी की प्रतीक्षा कर रहा है। वे जब तक आ नहीं जाते, उसे यहीं इसी हाल में अदृश्य जंजीरों से बँधे बैठे रहना होगा। कहाँ तो वह एक मुकदमे के संदर्भ में आया है और खुद ही एक मुकदमा बन गया है।

उसने देखा, क्षमा अब एक गुटका लेकर पलंग पर फिर से आ विराजी है और बड़े मनोयोग से पाठ करने लगी है। उसे ऐसे वातावरण में पाठ से हँसी आने लगी। वह सोचने लगा, 'क्या मैं केवल क्षमा से मिलने और उसे ही देखने आया हूँ, जो वही घूम-फिर कर बार-बार आकर बैठ जाती है? शेष सबको इसने न जाने क्यों और कहाँ अलोप कर दिया है?'

तन-मन पर छायी शिथिलता और ऊब ने कई बार सामने बिछे पलंग की ओर देखा, जिस पर क्षमा किसी पहरेदार की तरह बैठी हुई थी।

उस ओर से उदासीन होकर वह बोझिल दृष्टि से दरवाजे से दिखाई देती काली सड़क को देखने लगा। उसकी बड़ी-बड़ी नीली आँखों वाला चेहरा ऐसे मुरझा गया जैसे किसी मरुभूमि में भटकता रहा हो। एक मक्खी बार-बार भिनभिनाने लगती और उसके मुख पर इधर-उधर बैठने की कोशिश करती। एक-दो बार उसने उसे मारने की कोशिश की, पर असफल रहा। कहीं अंदर से आवाज आई—'बेटा, क्या कर रहे हो?' उसने उत्तर दिया—'कुछ नहीं माँ। बस मक्खियाँ मार रहा हूँ।'

तभी उसे माथे की त्वचा में चुलकन सी महसूस हुई। उसने उसे नाखून से खरोंचा। फिर कभी सिर में और कभी बाँह में खुजली की सुरसुरी सी उठने लगी। खुले दरवाजे से आता बड़ा सा धूप का चकत्ता उसकी आँखों को चुँधियाने लगा। मन में आया कि दरवाजा बंद कर दे या परदा आगे सरका दे। फिर उसने देखा के सामने पलंग पर एक

औरत बैठी हुई है, जिसका यह घर है और वह है बाहरी दुनिया से आया एक आदमी। ऐसे में कमरे का द्वार जून की लू-गरमी में भी कैसे बंद किया जा सकता है?

वह उससे मन-ही-मन पूछने लगा—'हे भली स्त्री! तुम यहीं जम कर क्यों बैठी हुई हो? कुछ देर के लिए मुझे अकेला क्यों नहीं छोड़ रही हो? हे अतिथि-सत्कार प्रिय गृहस्वामिनी! अतिथि के अकेले बैठे रह जाने की तुम्हें इतनी चिंता क्यों कर है? घर के दूसरे सदस्यों को भी तो मेरे पास आने दो, उनका भी परिचय करवाओ। तरु को भी एक बार देख-मिल लेने दो। कभी बचपन में एकाध बार देखा था। सच ही एक रहस्यमय उत्सुकता है मेरे मन में उसे देखने की, जिसके गुण अकसर माँ गाया करती है और मेरे लिए वर्षों से उसने उसका चुनाव कर रखा है। उसकी शक्ल-सूरत तुम पर है या अपने पिता पर? वह गोरी है तुम्हणि तरह या अपने पिता की तरह गेहुएँ रंग की? सलवार-कमीज पहनती है या साड़ी? जूड़ा करती है या चोटी? पढ़ने में बहुत होशियार है या बस लड़कियों जैसी? हँसमुख है या तुम्हारी तरह गुस्सैल? बातूनी है या तुम्हारी तरह घुन्नी? आखिर क्यों तुमने मुझे इतने घंटों से नजर बंद किया हुआ है? सच ही मुझे तुमसे डर लगने लगा है। तुग ठीक तो हो न? तुमने सबको छुपा क्यों रखा है? तरु में सबकुछ ठीक तो है न?' उसके बेचैन मन में एकाएक दूसरे तरह के संशय ने सिर उठाया।

वह क्षमा के चेहरे को ध्यान से देखने लगा, उस चेहरे पर मानसिक विकृति की रेखाएँ ढूँढ़ने लगा। क्षमा सबकुछ भूलकर ध्यान मग्न पाठ में डूबी हुई थी। धीरे-धीरे उसके होंठ बुदबुदाहट में हिल रहे थे और वह एक लय में पेंडुलम की तरह झूल रही थी। वह बीच में एक पल के लिए ऊँघ गई और फिर झटका खाकर खोयी हुई पंक्ति ढूँढ़ने लगी। फिर ऊबे-थके भाव से घड़ी की ओर देखकर गुटका बंद कर रूमाल में बाँध दिया और ठीक आँचल को ठीक करते हुए बोली—"कुछ सो लेते न, सारा दिन बैठे थक गए होंगे।"

उसे लगा, उसने अपने शहर से यहाँ तक के न जाने कितने सफर तय कर लिये हैं और अब जाकर क्षमा ने इजाजत दी है—'उतरो, स्टेशन आ गया है!'

उसने इस आतिथ्य को अस्वीकारते हुए कहा, "बस, अब चलूँगा। एक मुकदमे के संबंध में किसी से मिलना है।"

एक चुप्पी।

क्षमा ने सामने रखा मटर का थाल उठाया और एक फली उठाकर उसके दाने निकालते हुए चुप्पी तोड़ी—"ललित, तो फिर तुमने वकालत पास कर ही ली। सुना है बहुत बड़े वकील बन गए हो। कहते हैं, हर परिवार में एक मास्टर, एक डॉक्टर और एक वकील अवश्य होना चाहिए। इन तीनों की जरूरत इनसानों को अकसर पड़ती ही रहती है। रोटी, कपड़ा और मकान के बाद स्कूलों में दाखिले, बीमारी और मुकदमेबाजी

ही तो आज के जीवन की तीन बड़ी मुसीबतें हैं।''

उसने ध्यान से क्षमा को देखा और शकभरी वकीली नजर से सुना। वह खुश हो, गर्वित हो, या अपमानित हो यह सूक्ति सुनकर, वह एकाएक फैसला नहीं कर पाया। उसे लगा, उसके सामने विरोधी पक्ष का कोई वकील खड़ा है।

''लज्जा बहन कैसी है?'' क्षमा के मुख से फिर वही सवाल आ निकला, जो उसने आते ही पूछा था।

ललित के मुख से फिर वही उत्तर बाहर आया, जो आते ही उसने दिया था—''ठीक है, आप सबको बहुत याद करती हैं। मैं तो होटल में ही ठहरना चाहता था, पर उन्होंने ही जोर देकर आप सबके पास ठहरने को कहा था।''

फिर उसने अपने अतिथि होने का खेद व्यक्त किया, ''मैंने बिना सूचना दिए अचानक आकर आप सबको परेशान किया है। माँ ने यह साड़ी तरु के लिए भेजी है और यह मिठाई आप सबके लिए,'' उसने दोनों डिब्बे अटैची पर से उठाकर पलंग पर क्षमा के निकट रख दिए।

क्षमा का मन तनिक लज्जित और अफसोसिया हो उठा। तरल-भाव से बोली, ''अरे इस सबकी क्या जरूरत थी और फिर होटल क्यों? तुम्हारा अपना ही घर है। अभी कुछ दिन यहीं रहो, शहर देखो। ताजमहल, लाल किला, फतेहपुर सीकरी आदि देखे बिना ही क्या चले जाओगे?''

अतिथि ने अविश्वसनीय विस्मय से सुना।

एक चुप्पी।

दोनों के बीच पड़ा हुआ साड़ी का डिब्बा। एक रास्ता उसके आगे जा रहा था और एक उसके पीछे।

''कोई लड़की-वड़की देखी? अब तो पूरे वकील बन गए हो।''

एक सुरंग जैसी अँधेरी चुप्पी। सामने रखी हुई साड़ी तरु के लिए।

''घर में और सब कैसे हैं?'' ये 'और' कौन है, जिसके बारे में क्षमा सुबह से अब तक कई बार पूछ चुकी है?

''ठीक हैं सब।'' इस 'ठीक' के बीच क्या वह 'और' भी है?

क्षमा मटर छील रही थी। एक कीड़े भरे फली उसने चौंक कर छिलकों में फेंक दी। अतिथि बेध्याने ही पत्रिका के पन्ने पलटने लगा। तभी क्षमा ने तौल-तौलकर उस 'और' का हालचाल पूछा, जो अब तक उनके बीच चमगादड़ की तरह उल्टा लटका हुआ झूल रहा था—''काली करतूतों वाला कालू कहाँ हैं आजकल, जेल के अंदर या जेल के बाहर? क्या अभी भी उसका वही रवैया है? लज्जा वैसे तो बड़े सख्त स्वभाव की है, पर अपने छोटे बेटे को राह पर नहीं रख सकी। तुम्हारे लिए भी यह कैसी

शर्मिंदगी की बात है कि एक भाई वकील और दूसरा चोर। उसने तो नाक काट दी है। जब तुम्हें कठघरे में खड़े उस चोर की पैरवी करनी पड़ती होगी, तो कैसा अपमानजनक लगता होगा।''

हमदर्दी और थुकाई से उसका चेहरा स्याह हो गया। धुआँधार शब्दों के बल पर वकालत करनेवाले वकील को अपने घर के चोर ने निमुँहा बना दिया। अपने शहर के बड़े गंभीर मुकदमे जीतकर भी वकील अपने घर के मुकदमे में हारा हुआ बैठा था। घर के चोर का आकार घर के वकील से बड़ा होता जा रहा था। कोई भी उत्तर देने की इच्छा मर चुकी थी, शब्द मर चुके थे।

क्षमा के शब्दों ने एक और वार किया—''कभी-कभी सोचती हूँ कि अच्छा किया, जो तुमने वकालत पास कर ली है। कालू के काम आएगी। नहीं तो मुकदमे और वकीलों की फीस भरना क्या कोई खेल है आजकल? हमारे सामने एक इंजीनियर रहता है। अच्छी-भली सरकारी नौकरी थी। अब उसने भी वकालत पास कर ली है, ताकि किराएदारों के पंजे से अपना मकान छूड़वा सके, अपना मुकदमा आप लड़ सके। अब तो जमाना ऐसा खराब आ गया है कि हर घर को एक-एक वकील की जरूरत है, क्योंकि आज हर मामले में कानून बोलता है, पर करता कुछ नहीं। कानून की बोलती बंद केवल वकील के बोल ही कर सकते हैं। मैं नौकर को चाय बनाने के लिए कहकर आती हूँ, वे भी दफ्तर से आनेवाले होंगे।'' क्षमा ने अक्षमा भाव से बात पूरी की और नौकर को आवाज लगाती हुई रसोई की ओर मुड़ गई।

वह शहर जो सुबह आते समय तरु का था, अब पूरी तरह से वह क्षमा का बन चुका था। और कालू जो इस शहर में कभी नहीं आया था, उसके आगे-पीछे दौड़ रहा था, रह-रहकर उससे टकरा रहा था।

नौकर आया और मेज पर चाय की ट्रे रखकर चला गया।

क्षमा आई और अतिथि को किसी पैकेट-पुलिंदे की तरह इधर-उधर ढूँढ़ने लगी।

□

# कुछ था तो था

मेज पर ‘श्री’ पत्रिका के संपादक का पत्र फैला हुआ है, ‘…पहली कहानी का राग बहुतेरा गाया जा चुका है। हम क्यों न उससे आगे की कोई यात्रा करें, किसी दूसरी, दसवीं, पचासवीं, कहानी की, जिनसे आपकी खास यादें जुड़ी हों?’

आखिर इनसान है ही क्या? अगली-पिछली, आगत-अनागत यादों का चलता-फिरता पुलिंदा-पोटली ही तो। अगर इस देह में सतरंगी यादें न समाई हों, तो भला कौन दस द्वारों वाले इस सूने-अंधियारे खँडहर में जीना-रहना चाहेगा? सुना है कि भगवान् भी जब नए मनुष्य की हथेली का निर्माण करने बैठता है तो उसके पुराने कर्मों को याद करना नहीं भूलता। इतिहास में भी तो यादें ही कैद है। ऐसी ही है महिमाशाली यादों की छतरी हर जगह तनी हुई।

यादों के गठजोड़ इस मानव की हर कथा-कहानी भी तो किसी-न-किसी स्मृति से जुड़ी होती है, जो उसे फिर किसी नई याद की शृंखला से जा जोड़ती है।

यादों को याद करते हुए मैं पहुँच जाती हूँ ‘खाली गाँव’ के पास, जो ‘कहानी’ पत्रिका के संपादक श्रीपतरायजी के मेज पर पड़ी हुई, उन्हें देख रही है और पूछ रही है, ‘आप मुझे छापेंगे या लौटा देंगे वापस?’

श्रीपतराय कलम उठाते हैं और तुरंत पत्र लिखने बैठ जाते हैं—

‘नई दिल्ली, 1970

प्रिय सिमरन,

तुम्हारे पास भाषा की अच्छी संवेदना है। इसे बनाए रखना। खूब पढ़ो। जीवन को अनुशासित रखो। कभी घर पर आओ तो विस्तार से बातें हों…।’

लेखन के साथ-साथ लेखक के जीवन पर भी नजर रखनेवाले इस गुरुवत पत्र को माला के मनकों की तरह इतनी बार पढ़ा-गुढ़ा कि वर्षों बीत जाने पर भी भूलती नहीं उन लहराते से शब्दों की इबारत। नव उत्साह और आत्मविश्वास से भर देनेवाला यह

ऐसा पत्र था, जो किसी भी नए लेखक की गीता बन सकता है, उसकी पहली वर्णमाला बन सकता है।

'चक्रभोग' ने मुझे पीछे से पुकारा, मैं छठे नंबर पर हूँ और तुम मुझे छोड़कर 'खाली गाँव' में पहले जा बैठी हो। पहले मेरे पास आओ।'

'अरे! लौटती हूँ, आती हूँ! कोई गाड़ी थोड़े ही छूटी जा रही है। तुम भूल रही हो कि 'खाली गाँव' का जन्म तीसरे नंबर पर 1970 में हुआ था और तुम्हारा छठे स्थान पर 1971 में हुआ था। मुझे पता है कि तुम मेरी और पाठकों-आलोचकों की बहुत प्यारी-दुलारी रही हो, क्योंकि तुमने 'तुषार' और 'तुषि' का दिल खोल कर उनके सामने रख दिया था और सबको इस भ्रम में डाल दिया था कि मैं ही वह बंगाली युवती हूँ और सभी मुझसे मित्रता करने को लालायित हो उठे थे। एक युवक ने अपना नन्हा सा चित्र भी पत्र के ऊपरी कोने में चिपका दिया था और एक ने इस दृष्टि से भी आश्वस्त किया था कि उसे बंगला भाषा भी आती है और दफ्तरी फोन नंबर भी लिखा था। फिर कितने-कितने प्रशंसा पत्र आए थे, जिन्होंने मुझे इतनी जल्दी लेखक हो जाने का सुखद एहसास दिलाया था। शायद इन सब बातों का गुगान है तुम्हें, पर यह कोई अच्छी बात नहीं। तुम्हारी ही कथा में से जनमी कथा कहने जा रही हूँ।'

वे नौसिखिया शंकित दिन थे। सच पूछें तो आज भी वही हूँ। आज भी संपादकों-प्रकाशकों से डर लगता है। न जाने कब किसी साहित्येतर कारण से ही फेल कर दें। लेखन तो पसंद हो, पर लेखक ही पसंद न हो।

'चक्रभोग' को साधारण डाक से 'साप्ताहिक सारंग' पत्रिका में भेजा था। आज के दिन होते तो कूरियर या इ-मेल की शाही सवारी से भेजती। ध्यान हर पल आशा-आशंका का अखाड़ा बना हुआ था। लेटरबॉक्स की तरह कान-मुँह खुले रहते किसी सूचना के लिए।

सपना देखा—पत्रिका के ऑफिस के बाहर दीवार पर श्यामपट टँगा हुआ है। प्रकाशित होने वाली रचनाओं के नाम क्रम से लिखे हुए हैं और उनमें 'चक्रभोग' भी टिमटिमा रहा है।

दो दिन में ही संपादक विजयदेवजी का पत्र आ पहुँचा है—

'कहानी बहुत अच्छी है, पर उसमें कुछ जगहों पर विस्तार की जरूरत है। घर या दफ्तर में मिलें, जैसी सुविधा हो। फोन से सूचित करें।'

फोन किया, वक्त लेने के लिए। आवाज सुनते ही बोले, 'अरे! तुम तो पंजाबी हो।' उनकी कल्पना में बना बंगाली युवती का तिलिस्म बिखर गया।

रविवार को तय समय पर पहुँची। नई लेखिका के प्रति जिज्ञासु संपादक विजयदेव सफेद पैंट और नीली कमीज पहने, घर के बरामदे में खड़े प्रतीक्षा में थे।

कहानी की उन-उन जगहों की चर्चा की, जहाँ कुछ और विस्तार की जरूरत थी और जिस विस्तार को मैंने विस्तार के डर से काट दिया था।

उनका घर इतना दूर था कि मैं पैदल ही आ-जा सकती थी, पर फिर भी वे कार से घर तक छोड़ने आए और इसी बहाने कहानीकार का आशियाना भी देख लिया और यह निमंत्रण भी दे दिया कि कभी तुम ऑफिस आओ तो आराम से बात हो।

भ्रमित करनेवाली, उत्सुकता जगाने वाली एक बहुत अच्छी कहानी के कारण कितना मान-महत्त्व दे रहे थे, संपादक श्री! उनके अपनेपन, हँसमुख-बातूनी व्यवहार के प्रति मेरे गदहे मन में एक तरल सी भावना तरंगित हो आई।

इस मन की कारिस्तानियाँ भी कुछ मत पूछो। कैसे अंदर गुपचुप बैठा, दो अजनबियों को भिड़ाकर तमाशा देखता है।

कुछ था तो था—बस था—न कुछ उसके आगे, न कुछ उसके पीछे! और फिर एक दिन समय लेकर पत्रिका के दफ्तर में जा पहुँची हूँ। पहली बार देखती हूँ वह जगह, जहाँ पत्रिका जन्म लेती है, जहाँ लेखकों का भाग्य बनता-बिगड़ता है, संपादक श्री के इशारे पर छपता-मिटता है। वे खुश हों तो पूरा उपन्यास छाप दें, नाखुश हों तो लघु कथा भी न छापें। किसी को राजा बना दें और किसी को दरबान, क्योंकि वे होते हैं, पत्रिका के भगवान् श्री!

दफ्तर की उस पहली भेंट में कमरे के अंदर आते-जाते कर्मचारियों और कामों-आदेशों के दौरान उन्होंने अपने व्यक्तिगत के खास कक्ष का एक दरवाजा खोलकर सामने रख दिया, '···मैं लगभग सौ औरतों को जानता हूँ···।'

एक सफल कुरसीदार पुरुष के लिए यह कहना कितना आसान है! गर्व से सीना तान देनेवाली बात। अगर यही वाक्य कोई स्त्री कहे तो?

कीचड़-ही-कीचड़, तौबा! फिसलन-ही-फिसलन, तौबा! बंटाधार-बटमार, तौबा! न रखना कोई सरोकार, तौबा! कैसी है बदकार, तौबा! इसे करो कुरसी से बाहर, तौबा!

विजयदेव लगातार बोले जा रहे थे। जैसे कि आज ही लंबा मौनव्रत तोड़ा हो। बहुत दिनों से सौ किस्सों की गिनती आगे न बढ़ी हो।

उनके बोलने के बीच मेरे बोलने की कहीं गुंजाइश, कोई जरूरत ही नहीं थी। वे स्वयं ही प्रश्न थे, स्वयं ही उत्तर थे।

मेरे बिना कुछ कहे-बोले ही अब वे मेरे व्यक्तिगत की ओर मुड़े, 'तुमने अब तक विवाह क्यों नहीं किया?' वही वर्षों पुराना सड़ा-गला बासी सवाल।

'मन नहीं हुआ।' और वैसा ही जवाब-बेकार-बेस्वाद!

'यह कोई तर्क, कोई उत्तर नहीं हुआ। न करने का कोई ठोस कारण होना चाहिए। मन का क्या है, जीवन के इतने गंभीर और जरूरी मसले में? तुम्हारे व्यक्तित्व के सभी

पहलुओं का संतुलित विकास हुआ है, पर सैक्स-पक्ष दबकर रह गया है।'

तो क्या सैक्स-पक्ष थाली में लिये-लिये घूमना चाहिए? मैं चुपचाप ज्ञान अर्जन कर रही हूँ अपने बारे में। ऐसा आज तक सुना-पढ़ा जो नहीं था मेरी अज्ञानता ने।

'लड़कियाँ तो जरा सी बात पर ऊई-मुई करने लगती है और तुम साधुओं की तरह बैठी हुई प्रवचन सुन रही हो।'

आती-जाती बाधा ने उन्हें आगे बढ़ने से रोका।

'और ये कपड़े कैसे पहने हुए हैं? पिटे-मार खाए व्यक्ति की तरह। नीली साड़ी के साथ गुलाबी ब्लाउज! जरा भी मैचिंग सैंस नहीं!' और मैं हक्की-बक्की सोच रही हूँ—देखो इस व्यक्ति की तारपीडो स्पीड—न ब्रेक, न स्पीड ब्रेकर! अपने व्यक्तिगत के बाद मेरा व्यक्तिगत भी जब उन्होंने खँगाल डाला और शब्दों की गाड़ी जब कुछ थमती नजर आई, तो मुझे लगा कि अब स्टेशन आ गया है।

'अच्छा, अब चलूँ।'

'कुछ कहकर तो जाओ।'

उनका 'कुछ' मेरे अंदर बैठे 'कुछ' से जा टकराया और वह चौंक उठा—'क्या कहूँ?'

'कुछ भी।'

पर मुझे कुछ भी न सूझा। उनके बार-बार के 'कुछ' ने मुझे इतना सचेत कर दिया कि मेरा 'कुछ' कछुए की तरह हाथ-पैर पूरी तरह सिकोड़कर बैठ गया कि कुछ भी कहने को तैयार न हुआ। और मैं किसी अशिष्ट खोखले घोंघे की तरह बंद मुँह से उठकर चली आई। छिः-छिः। कोई ऐसा गूँगापन करता है ऐसी रागमई मुखरता के साथ?

दो भागों में प्रकाशित किसी कहानी के संदर्भ में जब फिर फोनदारी हुई तो अपने भावलोक में आ बैठे 'कुछ' को फिर कोई राह-दिशा देने के इरादे से वे बोले, 'दो अच्छे व्यक्ति मिलकर क्यों नहीं जी सकते?'

इस भयानक सवाल का उत्तर भी मेरे 'कुछ' के पास नहीं था। 'मिलकर जीना' क्या इतना ही आसान है, जितना कुरसी पर बैठे-ठाले कहना, किसी शेखचिल्ली की तरह? फिर एक दिन उनका 'कुछ' बोला, 'तुम मेरी बहुत प्रिय छोटी साली की तरह हो। क्या मैं तुम्हें कभी···कर सकता हूँ? छिः-छिः! बुरी बात। मत लिखो। संपादक श्री शाकाहारी छापेंगे नहीं।

मेरे 'कुछ' को साली की यह गाली भी पसंद नहीं आई और टन् से बोला, 'नहीं'। फिर बेआवाज किरकिर की, 'आपका 'कुछ' अपनी ही हाँके जा रहा है। कभी सामने वाले के 'कुछ' से भी तो पूछकर देखें कि वह क्या चाहता-सोचता है? क्या आपके

'कुछ' ने ही कहने-चाहने का सारा ठेका ले रखा है? लोग एक मामूली सी सड़क लाँघते समय भी दाएँ-बाएँ देखना जरूरी समझते हैं, पर एक जिंदगी को लाँघते समय क्या किसी भी दिशा में देखने की जरूरत नहीं हैं?'

इसके बाद लंबा पूर्णविराम आ गया। जैसे कि कुछ कहने-सुनने को रह ही न गया हो।

एक दिन 'नोबेल पुरस्कार' से सम्मानित मेरे प्रिय लेखक के सम्मान में आयोजन था। मैं भी उन्हें देखने-सुनने के उत्साह में जा पहुँची। वापसी में संध्या घिरने लगी। इलाका ऐसा अलग-थलग और अपरिचित सा था कि किसी तिपहिए का मिलना कठिन था। मैंने वहाँ उपस्थित विजयदेवजी से पूछा, 'क्या आप मुझे ऑटो मिलने वाली जगह पर छोड़ देंगे?'

एक हितैषी स्वर-कोकिला ने फुसफुसाकर मुझे आगाह किया,'यह व्यक्ति बहुत बदनाम है!'

क्या इस व्यक्ति के साथ जाने पर मैं बदनाम हो जाऊँगी? क्या ये मेरे साथ कोई अनुचित व्यवहार कर सकते हैं? क्या अपने शब्दों की तरह, अपने व्यवहार पर भी इनका कोई नियंत्रण नहीं है? अंदर कई शंकित-डरावने प्रश्न उठे। पर घिरती आती रात में, उस सूने से इलाके से बाहर निकलने की चिंता उससे भी बड़ी थी।

विजयदेव गियर घुमाते ही बातों की पनडुब्बी में बैठकर साहित्य के सागर में प्रवेश कर गए,'...एक झूठ को सौ बार बोलो तो वह सच हो जाता है—यह तर्क जीवन में तो चलता है, साहित्य में भी फलता है और किसी-न-किसी महान् लेखक और कृति का आविर्भाव हो जाता है, देखते-देखते...। देशों के तो राजदूत होते आए हैं। अब साहित्य के भी राजदूत होते हैं और साहित्य की गौ माता को अपने मनपसंद इलाके में हाँककर ले जाते हैं...।''

मैंने उनकी इस सूक्तिपरकता के प्रवाह में बाधा डालते हुए कहा, 'आपको मैंने जो 'ठग जाने ठग की भाषा' उपन्यास भेजा था, उस पर अपनी प्रतिक्रिया नहीं बताई? पढ़ा या यों ही पड़ा हुआ है,मन के साथ न देने के कारण?'

'तुम लिखती तो अच्छा हो, पर तुम्हारा नाम कोई नहीं लेता। क्या तुम अभी भी उसी गुट से जुड़ी हुई हो? मैं तो किसी गुट में नहीं हूँ, पर लोग जबरदस्ती मुझे अपने गुट में शामिल कर लेते हैं।'

विजयदेवजी ने तीन वाक्यों में साहित्य-सागर के पानी की कैमिस्ट्री खोलकर मेरे सामने रख दी है, जिसे सुनकर मेरी खोपड़ी खौल उठी है। क्या यह पढ़ी या न पढ़ी गई पुस्तक पर प्रतिक्रिया है या उनके 'कुछ' को चुभा कोई काँटा? पर मन के जब्त ने मस्तिष्क के शेष को शब्दों में ढलकर मुख के रास्ते से बाहर नहीं आने दिया, न जाने

क्यों? लिहाजदारी? आभारदारी? या यह असमंजस कि उनके कहने का आशय क्या वही है, जो वे कह रहे हैं या वह जो मैं समझ रही हूँ? शायद यह भाषा एक चहुँमुँखी सफल व्यक्ति की है, जिसका उत्तर साधारण शब्दों में नहीं दिया जा सकता। सफलता की जबान का उत्तर सफलता से ही दिया जा सकता है और वह कलफ लगी जबान तो मेरे पास है नहीं। ऐसे में चुप ही मेरा हथियार है और कचोट को नजरअंदाज कर देना ताकत। नामी और बेनामी में यही फर्क होता है।

कार से बाहर परिचित इलाका और उसकी सुरक्षित रोशनी शुरू हो चुकी है।

'बस यहाँ उतार दें। ऑटो ले लूँगी।'

पर विजयदेव अपनी रफ्तार और गुफतार में बिना रुके हुए मुझे चुपचाप घर के गेट के पास उतारकर चले गए हैं, एक कहानी में से दूसरी कहानी को जन्म देकर, कितने ही सवाल सौंपकर और 'कुछ' को सामान्य परिचय में बदलकर।

एक परिचय था तो था—बस था—न कुछ उसके आगे, न कुछ उसकी पीछे।

□□□